现代性
五面孔

古代 的 黄昏

徐则臣 —— 著

南方出版传媒
花城出版社
中国·广州

图书在版编目（ＣＩＰ）数据

古代的黄昏 / 徐则臣著. -- 广州 ：花城出版社，
2016.5
　（现代性五面孔）
　ISBN 978-7-5360-7850-5

Ⅰ．①古… Ⅱ．①徐… Ⅲ．①短篇小说－小说集－中
国－当代 Ⅳ．①I247.7

中国版本图书馆CIP数据核字(2016)第013262号

出 版 人：詹秀敏
特约编辑：张　鸿
责任编辑：黎　萍
技术编辑：薛伟民　凌春梅
封面设计： 棱角视觉
　　　　　 ANGULAR VISION
封面插画：Dola Sun

书　　名 古代的黄昏
　　　　 GU DAI DE HUANG HUN
出版发行 花城出版社
　　　　 （广州市环市东路水荫路 11 号）
经　　销 全国新华书店
印　　刷 广东新华印刷有限公司
　　　　 （广东省佛山市南海区盐步河东中心路 23 号）
开　　本 880 毫米×1230 毫米　32 开
印　　张 8.875　1 插页
字　　数 190,000 字
版　　次 2016 年 5 月第 1 版　2016 年 5 月第 1 次印刷
定　　价 29.80 元

如发现印装质量问题，请直接与印刷厂联系调换。
购书热线：020 - 37604658　37602954
花城出版社网站：http://www.fcph.com.cn

目　录

致沉默的生活（自序）/徐则臣 / 1

古代的黄昏 / 1

六耳猕猴 / 53

鹅桥 / 69

西夏 / 97

夜歌 / 143

祁家庄 / 223

夏日午后 / 235

访谈：从"花街"到"耶路撒冷"

/徐则臣　张鸿 / 265

致沉默的生活

—— 徐则臣

（自序）

在我的写作中，一直贯穿着一股暗流，发现者甚少，发现了也多是漫不经心的一瞥，只作为我写作的一个面向，寥寥数语也就打发过去。大家谈的多是我那些"正面强攻"这个时代与生活的小说。在这个光怪陆离、波诡云谲的时代，"正面强攻"的确应该得到足够的尊重和敬意，身处其中，一个小说家需要对这个复杂的现实作出探究和回应。但是，与现实劈面相逢，无论它多么正大庄严，也只能是小说家表达之一种，你得允许他侧身的时候有别的想法，你也得允许他低头弯腰时走一下神，看见了这个世界旁逸斜出的东西。走的这一下神，旁逸斜出的那些细节和路径，谁又敢肯定就与正大的生活无关？要我看来，或许关系更紧要，兹事体大，因为，当你倾斜一下身子与庞大固埃般的时代生活擦肩而过时，你反倒有机会看见生活的影子，看见奔波于生活里的那一个个孤独的人。

——的确如此，时代和生活于写作是个巨大的诱惑，同时也难免形成相应的遮蔽，于是，有时候与"正面强攻"拉开一定的距离，低眉垂眼、踉踉跄跄、歪歪扭扭、曲径通幽地在生活的阴影里揣摩一下混暧昧的人与事，就变得相当重要了。它能补济你对这个世界的认识，它是背面、暗处，它是角落和细节，它是人世的榫隙和断层，它是可以发现和言说之外的沉默的部分：这沉默者，也许是人类与生活的大多数。

因此，我顽强地保留着对这股暗流的偏僻的爱好。在我的理解里，如果"正面强攻"的写作算是阵地战、持久战，那么此类写作当是游击战、闪电战，它的牌理要古怪、角度会刁钻，它要出其不意、攻其不备，它的乖张、诡谲及貌似的无用之用，在一个人的整个写作中，至少对我个人的写作，我以为它是我整个写作的强健机体的润滑剂，甚而是联通我写作整体各部位的神经，它潜伏于内部或身后，在看不见的地方，让我的写作健康苗壮地前行。由此，我倒宁愿别人看不见这部分写作，我甚至小心翼翼地保持它的神秘，它的幽暗、暧昧、哑光和难以名状的特性，它以饱满的韧性一以贯之于我的写作，让我感受到了一个写作者的隐秘的自豪。

现在我把这种写作罗列于此，夫子自道，不为正名，更非自得的展示，而是借此对这些年我的"幽暗"写作稍作梳理。希望这些小说能够印证那别一类型作品的诞生与成立。

《鹅桥》。写于二○○三年，那时候刚进北大念研究生，满脑子都是稀奇古怪的念头，想知道很多事。冷不丁就会冒出一个想法，如果这样会如何，如果那样又会如何。那时候还想着写一个系列的短篇，总的题目叫《虚构的旅程》，全是在路上的故事。一个人在路上，会闯入很多陌生的地方，人与地域，人与人，你是谁，从哪里来，要到哪里去，肯定会有很多故事生发出来。比如这个小说。还有一个《养蜂场旅馆》，和后来的《露天电影》。当时还计划写一个跟父辈有关的在路上的系列，沿着父辈当年的足迹去寻根，物是人非，会有什么样的发现？《鹅桥》是其一。但计划总是容易的，而计划总没有变化快。一大堆的想法真正落实下来的没几个。好在来日方长，写作也不是跺跺脚就立竿见影的事，慢慢来。《鹅桥》里有差异，有吸引，也有敌对，有含混和暧昧的东西，也许还有背叛和坚守。"父亲"与鹅桥的关系，"我"为什么被除了"小水"之外的鹅桥人集体不待见，见仁见智。当年小说写完，给一个好友看，他看不出写这个有何必要，让别人猜谜吗？他很不喜欢。他不喜欢，我反倒更高兴，因为我一直十分信赖他的眼光，而这个小说在他的审美之外。

《古代的黄昏》。不知道是否所有的小说家都有拟古的激情。新历史主义小说在二十世纪八九十年代的中国文坛一度盛行，几乎所有先锋派的闯将都是以把自己放进旧时光里的方式进入当代文学的。与其说是用春秋笔法来借古喻今，或者对此前意识形态化文学的反动，毋宁说是一种审美的趣味和虚构的便利；那个时候的中国文学，的确也到了需要重新锤炼结构小说能力的时候了。时光越拉越长，有无限浩荡的时空可供叙事天马行云，你可以专注于讲述任何波诡云谲的复杂故事，没有现实的障碍横插一脚；而漫漶的旧时光又有天然的飘逸和空灵，像旧照片，苍黄的，黑白的，时间本身已经赋予了风景和人物额外的美，古和旧成了艺术的包浆：如此，既能操练小说技艺的十八般武艺，又天然地获取了艺术的质地，为什么不呢？一大批拟古而非托古（尚未到达隐喻的高度）的新历史主义小说诞生了。其实，大部分作家都要经历"新历史主义"的阶段，那真是一个无忧无虑的技艺的磨练期。你想怎么来就可以怎么来，语言、结构、故事、偏僻的技艺、抽象的人性、佶屈聱牙的真理，都可以在穿着长袍大褂的人物身上彩排一遍，等这些能力都具备了，你已经获得了现实的认知，与火热的生活产生了文学意义上的张力，好，你转身回到现在，就像当年的一批先锋作家集体转身拥抱我们美好或者残酷的现实生活。我不知道这一番逻辑是否以己度人，因为我的确是这么干的。

写《古代的黄昏》那几年，我心甘情愿地让自己回到过去，网历史篱扎，越远越好，一直远到我感受不到任何现实的羁绊和负担。不管你的想法有多么高大上，落实到小说中都得具体，在这个意义上，小说是通过技艺的操练来解决问题的。

古代有黄昏和夜晚，必定也有早晨和中午。我原是想把古代的一整天都写出来的，但写着写着就写丢了，等发现偏离时，我已经上了另外一条道。没办法，"朝三暮四"如果不是写作的新常态的话，那就是常态。但也说不好，哪天一扭头我又写回"古代"了。

《祁家庄》。这本集子里写作时间最近的小说，写于2014年。那几天在老家，花了一个晚上和半个白天，是这两年小说写作速度最快的一个。乡村的夜晚安宁得如同时间也静止了，如同整个乡村被抛到了轰轰烈烈的火热现代化进程之外了。我觉得我忘掉了更广大的世界，或者说，世界只剩下了我的村庄。安静，空气好，头脑的转速远远超过我在北京中关村大街边上的书房里，晚饭后我一个人到野地里散步，小说突然就一句一句地跳出来，如此清晰，每个字的形状和颜色我都看得清清楚楚。回到家，在念小学时就用的简陋书桌上铺开随身携带的大稿纸，用笔写到了后半夜。停下来仅仅是因为天太冷。第二天睡了个懒觉，赶在下午回北京之前写完了。就安静而言，村庄远在喧嚣的世界之外，但就内部的幽微和曲折，村庄依然在世界之中，这个世界该有的它都不缺，也不会缺。很多人感叹世风日下，大妈已经不是那个大妈了，其实大爷也不是那个大爷了，他们都在以畸形的方式行走在今天。我不打算简单地批判，我也不想说什么荒诞，更不会哀其不幸怒其不争，南橘北枳，石榴树上结樱桃，是我们所有人共同造成的。我把这个过程呈现出来。那几天我碰巧在自己的村庄里。

《西夏》。北京小说系列里，这是第二篇，最早的一篇是《啊，北京》，早三个月。如果把《啊，北京》视为现实主义的小说，《西夏》就是打着现实主义的幌子做了点别的事。这小说跟北京的现实主义生活没关系，只是碰巧发生在北京。我只是想看看，改变一个人到底需要多久。假如有个陌生人和你相遇了，你们不得不如影相随，在这样一个"他人即地狱"的时代，你最终是否可以无条件地接受这个人？理论上肯定是可能的，那么现实中呢？一个不吭声的西夏来了。当然这只是我的写作初衷，我觉得基本实现了预定的构想，至于写出来后可作多少种别样的解读，那就是小说自己的事了。《西夏》被改编成电影，看过的朋友反馈，哭得稀里哗啦。我没看，但我相信如果电影实现了小说的意图，应该会在动人上下功夫：能让一个人与另一个人在生命的意义上相互接受，大道理可能收效甚微，情感一寸寸地渗透进去才最重要。

《夜歌》。开始写这个小说，我有点幻灭，这世上没什么东西坚不可摧，海誓山盟不过是套修辞。布阳和书宝在爱情这个问题上已经做得相当好了，问题依然不可避免。难过得我都不想写下去了。小说后半部分我重新获得了信心，书宝妈在和她并不喜欢的儿媳妇旷日持久的相依为命中，逐渐接受了布阳，而这一种爱所焕发出来的能量堪称神奇，植物人一般的布阳有了反应，睁开眼，坐起来，站到了地上，直至婆媳两人一起唱起了《水上船》。毋庸讳言，这是世俗温暖的情感，算不得高大上的发现，但它管用。说到底我们都是凡人，靠一天三顿饭支撑日常生活，在你觉得生活的路可能到了头时，灌注你希望的，往往是琐碎平常的人间烟火。唯有爱，是不能忘记的。

关于《夏日午后》，要说的都在小说里。写这个小说的那段时间，总想起在乡下教书的朋友。他是我最好的朋友，但他过得相当不好。他有大才华，他对文学和教育有精深的认知，他希望成为一个好的初中语文老师，但环境不答应。工资少得可怜，就那点工资每个月还要被扣掉近一半；学校的领导整天像警犬一样在各个教室前转悠，你只能用一种平庸到没能力犯任何错误的水平去教授学生，他们不允许你跟其他人不一样。我相信那是我朋友此生最绝望的时期。每年寒暑假我都去看他，我无法分担他的绝望，但绝望传染了我，我想总得写点什么，后来就有了这个小说。

《六耳猕猴》。这故事发生在北京西郊，就是我生活了十几年的北京海淀区的西部。现在到海淀来索引，肯定找不着，我把时间放在了十几年前，那时候还没有这么多高楼大厦。我到北京是二〇〇二年，北大的研究生公寓在万柳，周围只有正在拆迁的低矮平房和一堆堆废墟，大卡车开过去，尘土飞扬。那时候我喜欢站在宿舍的窗口往远处看，我觉得我看见了一个正在孕育巨大变革的平静的西郊。那个貌似平静、安宁、匐匐的北京西郊，内部已经开始了无规则的运动，外来人口在那里频繁出入。他们携带了大量不为人知的传奇，平凡，卑微，但具体到个人，就是全部，是他们的整个世界。我想写一个主题小说集，就写这一块地方，题为"北京西郊"，就是这几个人：小说里的宝来、"我"、行健、米萝。他们将贯穿小说集里的每一个故事。但写作速度缓慢，几年写下来，只写了七个，《六耳猕猴》即其一。

多年前我患过神经衰弱的毛病，和小说里提供的药方一样，就是跑步、跑步、跑步，早上一次长跑，晚上一次长跑，几年后，神经不再衰弱了，但神经衰弱的后遗症留了下来，多梦。睡必有梦，课间十分钟趴在桌上眯一会儿也要做梦，睡没睡着脑子里都要有很多人走动。也像小说里写的，很多梦稀奇古怪，你会梦见自己变成很多人、很多动物和植物，但在梦里，不照镜子你也知道那些陌生的形象都叫你的名字。此类的梦如此之多，我在梦中已经不会为自己陌生的形象大惊小怪，连诧异一下都不会有。我是一个至今依然饱经梦境摧残的前神经衰弱者。当然，这些梦里也包括像小说中冯年遭遇的那样，连续几天做同一主题的梦，这些梦按照时间顺序，剧情呈递进趋势。

《六耳猕猴》和我的很多小说一样，先有题目。我不知道会有什么样的故事找上门来，但我觉得"六耳猕猴"会是一个好的短篇小说标题。关于六耳猕猴的知识，主要来自《西游记》和猕猴桃。它的形象和内涵与外延在两者中已经表达得相当完备了。六耳猕猴这种动物人世间不存在，它只是孙悟空的心像，是大圣身体中的另一个自我，你说它虚它也虚，但你说它实它也实，它的虚与实全在你如何看待自己。以孙悟空的骄矜、刚愎与自我，六耳猕猴早晚要从他身体里跳出来，否则他永远看不清自己：六耳猕猴既是他的镜像也是他的"他者"，这个"无中生有"充满了辩证法的智慧。

　　如果说六耳猕猴是来给孙大圣醍醐灌顶、敲响警钟的，那么《六耳猕猴》中的屡屡出没在冯年梦里的那只子虚乌有的猴子，实在是要砸他的场子的。该不该砸，砸的效果如何，我也不知道，这得问冯年本人，还有费心劳神看过这篇小说的读者朋友。我能说的是，这只出没在冯年梦中的六耳猕猴，必定也出没在冯年的心里，和孙悟空一样。当然，它必定也在我的梦中，也在我的心里。

　　　　　　　　　二〇一五年五月十七日，知春里一八〇四

自序：致沉默的生活

古代的黄昏

第一章

1

走在这个大院子里没法不想到它的过去。黄妈跺了两脚，脚底下的落叶发出细碎的骨折声，汤也洒了一些，有几滴落到了她的手上，烫得她直抽冷气。这是一条年久失修的石子路，风贴着路面向前吹，干涩的梧桐叶划过石子，像一只只没有脚的空鞋子走在她前面。梧桐叶落得差不多了，剩下的也在风里摇摇欲坠。她把脸探在汤碗的上方，以免树叶落到碗里。穿过紫藤廊，然后拐一个弯，她看到老太太坐在窗户前，露出了一动不动的半个上身，怀里抱着那只白猫，脸像一片枯叶丢掉了表情。

"太太，风大，"黄妈把汤碗放在老太太旁边的桌子上，伸出手要去关窗户。"我熬了点鸡汤，太太趁热喝了吧。"

老太太制止了她。"放那儿吧。秋天说来就来了，一两天的工夫树叶就落了一半，"她指了指窗户下的一条藤蔓，上面的叶子卷起了边，时刻准备脱身而下。"那一片，你看见了吗？我看了它一炷香的时间了，看它什么时候掉下去。"

黄妈把鸡汤端到她面前，上面的热气已经虚飘多了。"太太您看，再不喝就凉掉了。"

老太太接过鸡汤，身下的藤椅发出吱呀的响动。猫也叫了一声。老太太说："以后别再煮什么鸡汤了，黄妈，我肚子里不缺这东西。"

"秋凉来了，喝点暖暖身子。太太最近又瘦了。"

"入土半截的人了，身子凉了什么汤也暖不过来。"老太太说，喝了几勺转身放到桌子上。"喝不下。倒是记得常给紫英也煮些鸡汤什么的喝喝。"

黄妈沮丧地说："喝也没用。人家一根鸡毛没见过的不也照样生出一大堆孩子？"

"你说紫英这丫头是怎么回事，两年多了肚皮一点动静都没有。"老太太说完，忽然指着窗外的藤蔓，"那片叶子没了，落下了。"

黄妈伸头看了看："太太您看错了吧，那叶子不是还在上面吗？"

"你又骗我。我都盯了它一个下午了，"她说，"还是没熬过这个下午。"

黄妈走过去把窗户关上："风变大了，小心着凉。"她让老太太到香炉前坐，她点了一炉香，说香气可以驱寒。她帮老太太把藤椅搬过去，说："我眼神好，不会看错的。太太，少奶奶回来了没有？"

老太太闭着眼睛躺在藤椅上，一句话不说，仿佛没听见黄妈的问话。白猫蹲在她膝盖上，两眼发出绿色的荧光。香炉里的青烟袅袅升腾，烟雾把她隔在了另一边。透过蓬松的烟雾，黄妈只能看到她脸上少数几条深刻的皱纹，平静地垂到下巴。房间里的光线开始黯淡下来，尽管外面的夕阳还没有落尽。阳光极其虚弱，照到干黄的院子里如同冬天已经来了。

黄妈正想端着剩下的鸡汤悄悄地出去，一串脚步声走进了门，紫英交叉着手站在香炉前半明半暗的地方，她说："太太，娘，今天晚饭做什么？"

"随便吧。"老太太说，"小少爷回来了吗？"

"回太太，还没有，"紫英说，"快了。云生已经去鹅桥等着接少奶奶和小少爷了。"

2

林家年轻的管家黄云生坐在桥头的石墩上，把手里一根柳枝一截截折断扔进水里。河水几乎看不见流动，只有风把满河的柳叶推来推去，像是整个河面在移动。移动的还有惨黄的半个太阳，萎靡地沉在水里。云生把折断的柳枝塞进嘴里，转了一圈又吐出来。鹅桥没鹅，光秃秃的栏杆，桥下连只鸭子都看不到，麻雀的叫声听起来也很遥远。云生站起来拍拍屁股，骂了一句："妈的，都死光了。"

他决定再朝前走一段，到石码头那里去。路上遇到几个挎菜篮的老女人，见了他点着头满脸堆笑，向黄管家问好。云生逐一向她们点着头，一路甩着折剩下的半截柳枝来到石码头。石码头离鹅桥不远，但他走了好长时间。石码头上人也不多，河水清冷暗绿，映出岸边低矮的一排屋顶。码头上三两只小船晃来晃去，桨收在舱里。抽烟的几个船夫向他问过好，重新蹲下来抽旱烟。他也蹲下来，湿漉漉的大青石块上照出他的脸。

"少奶奶回来了没有？"他问旁边的人。

"回黄管家，应该没有。撑船的老虾还没回来。"脸上长了一个瘩子的老头说。

这一帮人，除了摇船还要种地，地是林家的。石码头附近的很多船也是林家的。云生用柳枝在青石上划来划去，在心里计算林家到底有多少只船。刚数开了个头，几个人叫着："少奶奶回来了，还有小少爷。老虾的船回来了。"

夕阳落尽，灰暗的雾气从河道和大地上升起。石码头上潮湿清凉，云生站起来时打了个哆嗦。老虾的船已经靠上码头了，少奶奶一身浅黄镶淡蓝的衣衫在风里拂动，怀里抱着三岁半的小少爷。几个船夫走在云生前面向少奶奶和小少爷问好，少奶奶抱着小少爷踏上石阶，云生把手伸过去要拉住少奶奶，少奶奶却抓住另一个船夫的胳膊上了岸。小少爷三岁半了还不会说话，但他机灵的样子一点都不显得傻，算命的先生给他算过命，说小少爷慧根深厚，天生是那种一鸣惊人的人，什么都不需要担心，所以林家上下从不因为小少爷三岁多了还不会说话而担忧。现在小少爷对着岸上的人咯咯地笑起来，一串清水鼻涕流进了嘴里。

"小少爷好。"他们说。

小少爷啊啊地叫着，舞动着小手。他长相可爱，而且很好看，一看就知道像少奶奶。

"你怎么现在才回来？"云生说。

"你在跟谁说话？"少奶奶的脸冷若冰霜，漂亮的眉眼让云生噎了一下。她抱着小少爷走在前面，胳膊弯里挂着一个绣着大朵金牡丹的小包。

"行啦，少奶奶。"云生加快两步，向小少爷伸出了手，"来，一伦，我抱抱。"

小少爷哼了一声把头转过去，藏在了母亲的怀里。

"祝大夫把你的病治好了？"云生说，"太太早就等着你回来吃饭了。"

"我不是回来了么？"

"我是问你是什么病，非要一次一次跑到海陵镇上找那个姓祝的看，大老远的。"

"我愿意，"少奶奶说，"祝大夫医术高明，我不找他看找谁看？"

他们已经走到鹅桥，天彻底黑了。桥上站着一个影影绰绰的人，见了他们喊起来："是少奶奶和小少爷吗？"

少奶奶提高声音说："紫英么？太太还好吗？"

"太太在等您和小少爷吃晚饭呢。"

"你要真担心老太太，就不要过两天就朝姓祝的那里跑。"云生说，扔掉手里的柳树枝。

"你住嘴！"少奶奶压低声音说。

他们回到家里，老太太已经坐在饭桌上等候了。见了孙子老太太高兴起来，"乖孙子，奶奶疼疼，"她接过孙子，把脸贴向小少爷的脸，眼角流出泪来。"一伦，下次我们不出门了，你看小脸冻的。黄妈，上菜吧。"她把小少爷放在腿上，对少奶奶说："秀琅，大夫怎么说？"

少奶奶笑着说："娘您别担心，祝大夫说很快就会好的。劳娘久等了，黄妈，可以吃了吗？"

黄妈端着一大碗汤走过来，走到少奶奶身边时手一抖，汤水洒落到少奶奶的衣袖上，吓得少奶奶惊得跳了起来。黄妈连忙说罪过罪过，问烫着了没有，请少奶奶原谅。

"没什么，黄妈，"少奶奶说，用手巾掸掉留在衣服上的紫菜丝，"反正也要洗了。"

老太太说："黄妈不是你的错，忙来忙去累了一天了，赶快坐下来吃饭吧。云生和紫英怎么还没来？"

门开了，紫英走进房间，手里端着一盘菜。接着是云生，手里也有一个碟子。他把手中的碟子放到老太太面前，说："太太，这是您爱吃的酱鹅翅。正宗的五香胡顺子手艺，太太您尝尝。"

3

林家上下都坐在这张饭桌边了。他们主仆共餐。老爷还在世的时候，定下的规矩还是分明的，下人不能上主人的桌。他死后，老太太就把规矩改了，因为林家的主人和下人各自都凑不成一桌了。老太太说，就剩下这么几个人了，还分什么主仆呢，再说黄妈一家也不是外人。

黄妈比老太太小不了几岁，当年是随老太太一起陪嫁到林家来的，和老太太相守着过了大半辈子了，已经情同姐妹。云生是黄妈的儿子，老管家黄麻子留下的独苗，从小就在林家长大，和少爷一起玩耍，一块儿到学堂念书，十八岁以后又陪着少爷出门做生意，天南海北地跑。在老太太看来，已经是林家的半个儿了，她从不把他当下人看。至于紫英，原来是林家的丫头，爹娘死得早，五岁就被林老爷买到府上，一边成长一边干点丫头仆人干的杂活，十几年下来，也出落成一个秀丽饱满的大姑娘了。老爷去世后，少爷主持了林家的上上下下，他娶了秀琅以后，觉得不能让从小玩到大的云生整天寂寞得跟条迷路的狗一样转来转去，就和老太太商量了一下，把紫英许配给了云生。

谁能想到鼎盛的林家会突然衰败呢？先是人丁的衰败，老爷死了之后，家境也跟着不行了。林家的衰败始于六年前的一场瘟疫，林老爷和黄管家都在那场瘟疫中不幸丧生。那场百年不见的瘟疫不仅对林家，对整个海陵镇和接壤的大秦、青口两镇影响巨大，对整个大平原都带来了可怕的后果。后来云生和少爷到了杭州做丝绸生意，还听到了当地人对那场瘟疫梦魇般的回忆，原来大平原之外的其他地方也饱受瘟疫之灾。也就是说，那场莫名其妙的瘟疫席卷了整个天下。

开始几天，只是听说去海陵镇上的几个船夫回来以后就发高烧，吃什么药都灭不了火，然后就咳嗽，直到咳出血来，最后一个个都在咳嗽时气闷窒息而死。鹅桥的人以为是他们在镇上吃了什么不干净的东西，或者是得罪了惹不起的鬼神，谁也不会想到是瘟疫。瘟疫这个东西鹅桥人都忘了是怎么一回事了。那几个船夫死后，突然一大批人得了相同的疾病，他们的家人、邻居、给他们看病的大夫，凡是和他们有过接触的人相继都出现了相同的症状：持续高烧，喉咙疼痛，干咳，四肢无力，食欲不振，呼吸紧迫，还会出现腹痛和腹泻。

外面疾病开始大面积蔓延时，林老爷一天早上醒来，突然感觉不对劲了。开始高烧，他正怀疑患上了船夫们的病症，黄妈一路小跑过来，哭着对他说，麻子也不对头了，不知是不是也得了那种病。林老爷头脑嗡地响了，前几天一个佃农来向他借钱，当时管家黄麻子也在。他立刻差下人去打听那个佃农的情况，回来报告说，那人已经死了，昨天下午就抬下地埋了。林老爷对药理略通一二，根据外面的情况，他知道大事不妙，一场可怕的瘟疫降临了。他想自己躲不过去了，就让家人把他和黄管家关在后院的一间闲置不用的小屋里，隔着窗户对少爷和太太吩咐了一通，让他们通过门槛旁的猫洞把饭菜递进去。几天以后他们两人死在了小屋里。

瘟疫流传了大约半年时间，一直到了夏天来临才逐渐平息。海陵和周围的几个镇子死尸遍野，林家上下也死了接近十口人。人丁衰败了，家势也从此一蹶不振。一夏一秋乡下收成都不好，抓不上来钱，为了对付这场瘟疫和安抚死难的家属，他们花掉了大部分积蓄。生活不比往日啊，老太太感叹，除了留下黄妈娘儿俩和紫英，其他的下人都辞退了。林家已经没有多余的钱财去养活那么多下人了，还要给他们工钱。

少爷带着云生在外面做了两年生意，没什么大进项，也就心灰意懒了。后来又把秀琅娶进了门，更不想在外面跑，做那些惊心动魄的大小生意了。他要待在家里，像他父亲那样治理好鹅桥这个地方，他想重振家业。娶了秀琅，他开始考虑给云生找个老婆。云生跟了他这么多年，他把他当兄弟看了。少爷在鹅桥四周了解了一下，还没有发现谁家的姑娘比自家的紫英更合适，就和母亲商量了，给他们做了主。

黄妈十二分满意，她想着早早抱上孙子。但云生不答应，理由是现在不想急着找老婆，过些日子再说。少爷说："云生我还不知道你，现在就抱个女人在怀里你都嫌迟了。秀琅也说了，紫英是个不错的姑娘，人好，模样也漂亮，在鹅桥打着灯笼也难找呐。"

云生说："少奶奶真觉得紫英很好？"

"当然了，"少奶奶说，"找个好姑娘安心过日子吧。"

云生沉下脸，低着头不说话，然后扭头就走。第二天一早，黄妈喜气洋洋地向老太太禀报，云生答应了，一切听从太太和少爷的安排。老太太听了很高兴，说那就好，都是一家人了，以后就在一张桌子上吃饭。

第二章

1

天黑得越来越早了，一入夜鹅桥就像突然变成了漆黑的哑巴，一点声息都没有。周围人家的那些在白天吵吵嚷嚷的家禽现在也一声不吭，鸭子和鹅蹲在地上歪头打瞌睡，鸡则成群结队地爬上老槐树的树杈，做着悬在半空的梦。风也不一样了，黄妈走在曲曲折折的小路上，觉得这些看不见的东西一进了林家就冷起了脸，吹到脸上像一只水淋淋湿手摸过去。整个鹅桥都没有声音，林家更是沉寂。她和过去的每天晚上一样，睡前都要把院子里的各个角落查看一遍才能放心地去睡。这个空荡荡的院子里快没人了，她有责任看到这里的一根草一块砖头都安安稳稳地在它们该在的位置。

她拐过一条小路，听到有女人压抑的叫喊声，前面就是云生和紫英的卧室。她向前走了几步停下来，仔细听被风刮过来的声音。的确是女人的叫喊声，而且是紫英的。那声音忽高忽低，长长短短，又像哭又像叫。黄妈脸红了，觉得这个紫英太不像话了，大呼小叫的像什么样子，云生也不知羞耻，就不能堵上她的嘴么。

原路拐回头，她打算绕过云生和紫英的卧室，心里想明天要跟他们提个醒，不能这么折腾下去。绕了一个大圈子走到了他们卧室的另一边，紫英还在叫，声音比刚才更大也更痛苦。黄妈又停下来仔细辨别，觉得不对，不像是那种声音，紫英还在声嘶力竭地说着什么。她悄悄地靠近儿子的房间。房间里点着灯，摇摇晃晃的灯光从窗户纸里透出来。紫英是在挣扎着哭喊。她快速跑过去，差点被一块碎砖头绊倒。

"紫英，是你吗？开门，"她拍着儿子的房门，"开门紫英，出了什么事？"

"没事，娘，"云生气喘吁吁地说，紫英的声音一下子也消失了，"您早点睡吧。"

黄妈迟疑一下，说："没事就好。你们，你们也早点睡。"

她觉得奇怪，云生和紫英今天晚上是怎么了，过去没听过有这么大动静。她下了台阶往回走，在岔路口停下来，索性在路边的石头上坐下来。风从脚底下卷起来，她终于看清了，风是黑的，比黑夜更黑。刚一会儿，又听到紫英的含混的哭叫声响起，在寂静的夜晚如同一团团粗布飘出房间。这次她不再怀疑，再一次来到儿子的房前。

"开门，云生你开门！"

"干什么，娘？"云生说。紫英从喉咙里发出呜呜的声音。

"你先开门再说！"

"娘，我们都睡了。"儿子说。

"那就起来！"黄妈敲着门，"快开门，云生！"

云生打开门时还在勒裤带，肥大的灰色睡衣敞开着怀。"娘，这么晚了有事？"

"你少跟我装蒜，"黄妈径直走进里屋，紫英正伏在床上伤心地哭泣，"紫英，跟娘说是怎么回事？"

紫英只是哭，不说话，脸埋在枕头上。

"到底怎么回事？别怕，紫英，你告诉娘，"黄妈说，抚着儿媳妇的乱发，"有娘在就不能让他胡来。"

"娘，他打我，"紫英哇地大哭起来，抱住婆婆的胳膊，捋下被子露出后背，"娘，他要打死我。"

黄妈看到紫英的后背一道道血痕和手指印，她转过紫英的身子要看她的胸部，紫英迅速地用枕头遮住，说："娘。"

"别怕，娘也是女人，娘知道。"她拿掉枕头，看见了儿媳妇丰白的乳房上一块块青紫的血痕，还有刚刚留下的鲜红的指甲印。这么好的乳房怎么生不出孩子呢？有那么一会儿黄妈为此纳闷，紫英又拿过枕头遮住胸部才让她反应过来。"云生，你这个畜生！"她冲着外间的儿子骂道，"紫英在林家十几年，老爷太太都没打过她一巴掌、骂过她一句不是，你竟然对她下了毒手。你这个畜生！"

云生坐在椅子上，斜着眼睛看着紫英。"不下蛋的母鸡！我不打她打谁？有本事你别哭，你给我生个儿子出来！"

紫英又哭起来。紫英说："娘，我早就想生个孩子了，可是，娘，我也想有个孩子呀。"

"你想你就生呀。我早就看着你呐，地里不长庄稼还怨老天！"

黄妈不说话了。她扶着儿媳妇躺下，给她拉上被子，叹了一口气。

"当着娘的面你倒是说啊。怀不上孩子我还打！"

"娘。"紫英看着婆婆，突然说，"你怎么知道我不行？问题在谁身上还说不准呢！"

"紫英！"黄妈觉得儿媳妇说得有点过了，然后又缓下声来，"孩子，别着急，这不是急的事，慢慢来。"

"我不行？"云生从椅子上跳起来，指点着说，"我儿子都三岁了，我不行？！"

"你说什么？"紫英从被窝里钻出来，马上又缩进去，"你说你有儿子？"

黄妈说："云生你胡说什么？哪来的儿子？"

云生立刻垂头丧气地坐下来，说："我是说她要是能生，我儿子都该三岁了。现在倒好，两手空空。"

"娘。"紫英又哭起来。

"不哭，孩子，咱不急，"黄妈安慰着儿媳妇，"别想太多了，好事多磨嘛。擦擦眼泪早点睡吧。"她给紫英掖好被子，来到外间。"云生你也不要急。这事急得来吗？娘比你们谁都想抱孙子，可娘知道，急不来。以后不许你再打紫英，她有什么错。早点睡吧，小心着凉，明早还要早起。娘该走了。"

黄妈出了儿子的房间，来到刚刚坐过的石头上重新坐下，她有点累。星星很少，黑蓝的天不可见底，风吹到脸上凉飕飕的，她小声地哭起来，流出了眼泪。

2

接下来的几个晚上，黄妈再也没听到儿子房里的哭叫声，但每次走过他们的房间，她都发出沉重的叹息。她当然不知道，云生已经和紫英分开房间睡了，因为白天在她和老太太面前，他们仍然是一对和美的小夫妻。他们隔壁的房间原是老爷的书房，老爷生前喜欢在书房生活，看看书，写写画画，累了常常就在书房里睡了。现在老爷故去了，房间就空下来，床铺还在，云生悄悄地收拾了一下搬了进去。他只用那张床，书橱和案上的笔墨和他无关。这事只有紫英一人知道，她阻止不了，谁让自己的肚皮不争气呢，云生辛辛苦苦了两年一直没有收成。

晚上他们早早地熄了灯。紫英因为寂寞和难过很早就躺下了，侧起耳朵注意隔壁云生的动静，直到他的呼噜声响起她才能睡着。有天晚上黄妈已经巡视过了林家大院，紫英听到云生的房门开了，吱呀一声，声音很小，但在紫英听来已经是如雷贯耳了，云生是从不起夜的。云生的房门又吱呀了一声，接着紫英听到云生的猫一样的脚步声停在她的门前，片刻之后悄然离开了。紫英说不清自己为什么突然紧张起来，摸摸索索穿好衣服下了床，她想知道云生半夜三更的要到哪边去。

出了门，她看见一个黑影在老桑树下晃了一下，拐向后花园的小路上。她提着脚步，躲躲闪闪地快速跟上，认出了云生的身影，云生走路的时候左肩高右肩低。进了后花园的拱门，她放慢速度，伏在一块大石头下面，石头上刻着老爷留下的墨宝："宜园"两个字。云生此刻坐在水池边上，一个接一个地向黑幽幽的水里扔石子。扔了一会儿又站起来，在水池边上不安地走来走去。现在能够看清楚他了，站在水边上显得身后的园子很空，黑夜像是透明的。夜空清冷地高悬，半个月亮在半天上，风经过脸上带来冰凉的水汽，紫英不停地打着抖，后悔没有多穿点衣服。

她不相信丈夫会无端地就这么在水边待上一夜，云生已经捂着嘴连打了两个喷嚏。尽管如此，她还是有点不耐烦了，云生站一会儿走一会儿，她想不出在秋天的子夜这样有什么意义。她正打算悄悄地退出园子，听到布料摩擦的细碎声音。有人来了。

是少奶奶。她在离云生三四丈的地方停下。

"找我干什么？"紫英听到少奶奶冷冰冰的声音。

"我还以为你不来了。"云生说，伸着两手走上去，少奶奶向后退，做着手势让他别过来。"你这少奶奶做得倒是很舒服啊，"云生说，"该做的事忘得一干二净。秀琅，你说，你到底有什么病要三番两次地找那个姓祝的看？"

"我说过了，那是我自己的事。难道女人的事也要对你这个管家说么？"

"你自己的事？"云生说，"你说清楚，你跟那个姓祝的什么关系？"

"黄管家，你别忘了你是在和谁说话。"

"谁？"

"林家的少奶奶。"

"少奶奶？"云生笑了，"过了两天好日子就忘了自己是谁了吧？我告诉你，你别跟我玩花的，一伦可是我的儿子！"

少奶奶捂住嘴，压低声音说："你不要胡说！小心被别人听见。"

"怕什么？你不会连我是一伦的爹都不承认了吧，"云生说，"没人听得见，这院子里就那么几个人，老的老，傻的傻，谁能想到林家的小少爷竟是我黄云生的种！"

紫英一点点软下去，瘫倒在地上。这个消息没有完全出乎她的意料之外，但是亲耳听说还是支持不住，现在她浑身冰冷，脑袋发大，滚热的眼泪流下来。丈夫说她是个傻子。她终于明白刚刚听到云生的门响时为什么紧张了，自从那天晚上云生误说了有个三岁的儿子的时候，她就已经放不下了。原来如此。

"就为了这事？我没什么可说的，"少奶奶说，匆匆地转身离开水池，向拱门走去，"还有，你别胡说，你给我管牢你那张嘴！"

少奶奶出了后花园，任凭云生怎么喊她也不回头。紫英听到云生站在那里哼哼地笑了两声，说："真他妈的女人！"用力地向水里砸了一个石子，然后理理衣服坐下来。

紫英扶着石头站起来，小心地往回走，深一脚浅一脚的。她觉得两腿发飘，而且不一样长。

3

大好的时光说没就没了。和婆婆一样，紫英也常怀念林家那些繁华的时光。老爷在世的时候，那场古怪的瘟疫出现之前，林家不仅在鹅桥，即使放在整个海陵镇，也是数一数二的。丫头下人一大帮，林家大院整天热热闹闹的，哪像现在这样死掉了一半似的孤寂。那时候紫英和黄妈一起伺候老太太，没什么事，整天就陪着太太聊聊天喝喝茶，记着给太太的白猫喂食。瘟疫一过就不行了，林家被掏成了一个空壳。死的死，退的退，院里上上下下一下子都不会笑了。老太太倒是坚强，三天两头把少爷找到房间里来训示。

紫英那会儿已经不单单伺候太太一个人了，而是像黄妈、云生一样，什么事都要插上一把手。都上手也不忙，无非是跑跑腿做个饭什么的。她给太太送茶水时，常看见少爷低着头站在太太的藤椅前，太太抱着白猫，向儿子数说林家过去的美好光景，那些遥远的良田和渔船、商号和生意，奔忙走动的亲戚和朋友。都是过去的事了，但是它们都真实地发生在林家，过去可以，现在照样可以，太太希望儿子能够站直身子，把林家丢掉的那些东西都找回来。少爷鸡啄米似的点头。

"娘，我想好了，我要出去做生意，"少爷说，"这是重振林家的最好的捷径。"

"想法倒是不错，当年你曾祖父最先就是这么发家的，"

老太太若有所思，"你行吗？"

"没问题，我至少应该先试一试。"

事情就这么定了，少爷带着云生外出做生意。三两个月回来一次，要么是少爷本人回来，要么是云生回来，向太太汇报这段时间有关生意的进展情况。那两年里，林家剩下的三个女人，太太、黄妈和紫英，外加一个雇来护院的三虎子，都对未来充满了希望。生意做得不好不坏，但总算还能挣回来一点，少爷和云生还年轻，磨练几年就会大不一样了。她们几乎已经能够看见好日子又欢天喜地地回来了，至少和老爷在世时差不了多少。

按照惯例，少爷和云生会回鹅桥。年前的一个黄昏，少爷和云生叩响林家的门环，紫英去开门，发现回来的是三个人。除了少爷和云生，还有一个漂亮的姑娘。那姑娘长相的确招人疼，眉眼精致，身材也好，举止矜持得体，看起来不像是寒贫粗俗之家的孩子。老太太把儿子叫到自己的房间，打算问清楚这半年来的情况。

少爷说："她叫秀琅，南边清江浦人。"

"我没问她叫什么，"老太太说，"我问你生意做得怎么样了。"

"娘，"少爷说，"赔了。南蛮子把我们给骗了，两车上好的茶叶掺了假，本都砸进去了。"

老太太一听，差点背过气去，半天说不出话来。她一直对儿子的做生意的能力有所怀疑，他太忠厚老实了，这也不是个缺点，但在做生意时他太容易轻信别人，头脑里就不能多转几个弯。她一直担心，每次都嘱咐他悠着点，多做点小的，别只盯着大的。这下好了，这是他背着老太太自作主张的第一笔大生意，几年来最大的，砸了。口袋瘪瘪的回来了。

老太太长叹一声说："说说那姑娘吧。"

少爷擦着额头的冷汗说："清江浦的，叫秀琅。十岁的时候没了爹娘，一直跟着叔叔一家过活。后来她叔叔打算把她卖到玉如意，就是一家窑子，被我和云生看到了。当时我们也在清江浦，坐在水月楼上请万盛布庄店老板喝茶，水月楼在玉如意旁边。我就看到了她，觉得她可怜，就，就买下了。就这样，娘。"

"你把她买来干什么？"

"娘，我想，娶她。"

"娶她？她是什么人家的你娶她？"老太太手里的茶碗咣地落到茶几上，茶水四溅。

少爷又开始擦汗了："不是说了吗，她是被她叔叔卖掉的，父亲是个读书人。"

"这么大的事你自己就做了主，你还有娘没有？"

"可是娘，她已经，怀了我的孩子。"

老太太瘫在藤椅里，白猫叫了一声跳下了她的腿，从门缝里钻了出去。

"你去把云生叫来，"老太太有气无力地说，"你走吧。"

很快云生就来了，恭恭敬敬地站在一边。

"云生，这几年你一直跟着少爷，你跟我说说，那个叫秀琅的姑娘是怎么一回事。"

云生咕噜咕噜地说了一大堆，尽管细节上有些不同，但在主要内容上和少爷刚刚说的没什么出入。

"你说的都是实情？"老太太板着脸说。

"句句是实，太太。"

"一句假话没有？"

"回太太，一句假话没有。"

"好了，"老太太说，站起来走到窗户前，看着院子里的积雪，"明天你到海陵去一趟，把镇上最好的大夫给我请来。"

云生退下了。第二天一大早就出门去海陵镇，请来了镇上最著名的祝大夫。他对祝大夫说，什么事他也不知道，反正是老太太的命令，他只是照吩咐的做。祝大夫冒着大雪来了，老太太让少爷把秀琅领过来。秀琅来了以后，老太太把门关上，只留下她和秀琅，连同祝大夫。祝大夫仔细地为秀琅号过脉，对老太太说："千真万确，太太，有喜了。"

少爷和秀琅的婚礼从简，老太太不想把家底都砸在儿子的婚事上。另一个原因黄妈他们都猜得到，老太太对看不见来路的儿媳妇多少存了一些心。尽管从简，但在普通人家来看也算是十分体面了，因此大家还是高高兴兴地把婚礼搞得很热闹。

结了婚以后，少爷对做生意失去了兴趣，他想踏踏实实地待在家里，向父亲学习，从鹅桥开始，一步一步把林家给走大了。老太太什么也没说，她知道这样也许更适合自己的儿子。

第三章

1

一大早秀琅把小少爷交给黄妈，她说她要出门，天冷了，带着小少爷出门会把他冻坏的。黄妈接过小少爷，问少奶奶要不要云生送一下，少奶奶说，不用了，石码头有很多船，随便叫一只就可以了。临走时还嘱咐黄妈照看好小少爷，他今天夜里醒了两次，又哭又闹，不知是不是哪个地方不舒服，如果还是哭闹，要及时请大夫，她下午会尽早赶回来的。另外麻烦黄妈代向老太太问早安。黄妈答应着，抱着哭着要娘的小少爷离开少奶奶的房间，一路摇晃着逗他高兴。

走到小竹林边黄妈停下，摘下一片竹叶给小少爷，竟把他哄得不哭了。她转身看着少奶奶拎着小包出了大门，对着地上啐了一口唾沫。

"小少爷，知道你娘干什么去了吗？"她问一伦。

一伦突然又哭了，他玩腻了那片竹叶，咧着嘴要娘。

"别哭啦，小祖宗，你娘都不要你了还哭！"她轻拍小少爷的后背。"我到哪里去找你那狠心的娘啊？"

正打算再摘一片竹叶给他，紫英端着一碗银耳粥从小竹林前经过。"娘，您在和小少爷说话？他还不会说呢，"紫英说，"要不要也给小少爷喝点银耳粥？"

"他还不能喝，"黄妈说，"少奶奶出门了，小少爷要娘。多少年不带孩子了，我都不知该怎么办了。"

紫英说："娘，那我来吧。我把粥送过去马上就回来。"

"还是我给太太送过去吧，"黄妈腾出一只手端住托盘，把小少爷送给了儿媳妇。没想到小少爷到了紫英怀里就不哭了，扔掉了手里的竹叶，用两只胖胖的小手拍着紫英的两腮，咯咯地笑起来。

"一伦乖，姨带你去玩喽！"

古代的黄昏

黄妈说:"真是老了,小孩子都不喜欢了。"说完端着托盘去了老太太那里。

老太太抱着白猫站在窗户前,看着窗外光秃秃的藤蔓,只剩下虬结的藤了。天气不错,太阳升起的地方天空清明澄澈,早上的空气却是清冷的,老太太抱着猫的同时还抱着胳膊。那只肥硕的白猫仍是懒洋洋的,没有一点清早的精神,慢腾腾地用口水洗脸。黄妈把银耳汤放下,从衣架上拿了一件外衣给太太披上,"太太,别着凉了,清早寒气重。紫英给您熬的银耳粥我端来了,趁热喝了吧。"

"净让你们操心,"太太说,勉强喝了几口,吃了银耳就放下了。"黄妈你看这藤蔓,刚栽的时候少爷还和云生躲在里面藏猫猫呐,一晃多少年了,少爷都不在了。你说怎么回事,这些天我总是梦到过去的事。我梦到了嫁到林家的情景,你那会儿手搭在花轿上走在我的右边。我梦到了给老爷修胡须,还梦到了生少爷的情景,醒来就是一身的汗,一脸的泪。黄妈你说我是不是该去见老爷了?"

"太太您可不能说。太太是最近心情不太好才做这些梦的,心情好了就没事了。"

"你让我心情怎么好得起来?小少爷呢?"

"紫英抱着玩呐。我也老啦,小少爷都不要我了,紫英一抱就不哭了。"黄妈说,帮着梳理猫的脊背,"要不我把小少爷给太太抱过来?"

"让紫英逗他玩玩吧。少奶奶出去了?"

"太太,我没敢跟您说。您是不是该给少奶奶提个醒了?"

老太太叹了一口气说:"黄妈,林家不比过去了。"

"您就这么随她去？"

老太太笑了笑，问黄妈："那几家佃户怎么样了？实在不行就免了他们的租子。"

"云生说了，他们都是在哭穷，家里什么都不缺。一早云生就出门了，兴许下午就能把账给要回来。"

"那就好，"太太说，抱着猫向门外走。"黄妈，去后园里走走。很久没去过了。"

她们边走边说来到宜园的拱门前，听到紫英正逗得小少爷笑个不停。紫英站在水池边，没看见太太她们。她指着水里的人影问："一伦，那是谁呀？"小少爷伸着手去抓，紫英就用树枝把影子搅乱，小少爷找不到就啊啊地急，待水面平静下来看到人影时又笑了。

反反复复几次，紫英停下来，坐在石头上把一伦抱在怀里，小少爷不肯安静，指手画脚地乱动。紫英说："一伦乖，一伦不闹。姨教一伦说话好不好？乖，跟着姨说：一伦。"

小少爷啊啊地发出声音，口水流了一大串，兴奋地在紫英的怀里蹦起来。啊，啊，啊。老太太看着孙子这么高兴，看看黄妈也微笑起来。

"一伦真乖，姨再教你说简单的：娘。一伦你说：娘。"

小少爷还是啊啊地叫。

"乖儿子，叫我娘呀。叫呀。"紫英说着把一伦紧紧地搂在怀里。"一伦，叫娘呀。"

黄妈听不下去了，紫英这是在犯上呐。她刚要制止紫英，老太太打住了她，拉着她向园子外走。"紫英只是喜欢一伦，她想要个孩子，"老太太说，"紫英这孩子不容易，生不了孩子的女人心里比谁都苦啊。"

这话说得黄妈很伤感，声音都变了，黄妈擦着眼角说："太太。太太。"

2

海陵是个大镇，街街巷巷要全部转遍，步行还是需要几天的，在这么大的一个地方找一个人就更困难了。云生一大早就坐水蛇的小船来到镇上，大半天了，还是一点眉目没有。他要找的是祝大夫。祝大夫的听壶堂关门上锁，人不知到哪里去了。他把听壶堂前前后后查看了一遍，还是无所发现。他觉得奇怪，祝大夫虽然人比较年轻，在整个海陵名气却很大，方圆几十里治不了的病都来找他，平常门前都是排着一长串候诊的队伍的，现在却连个人魂都没有。若是祝大夫出诊了，听壶堂里总该也有个伙计在的。云生向周围的邻居打听了一下，邻居说，祝大夫几个月前就关了听壶堂，手下的伙计都遣散了，他说他要走，就走了。

"没说到哪儿去？"云生问邻居的一个老头。

"没有，"老头说，"很多人都问他的去向。一个鹅桥的女人来问过好几次了。"

"鹅桥的女人？"

"是啊。长得真好看，仙女似的，"老头旁边的老婆子说，"找祝大夫看病的，还抱着个孩子。"

"对，还抱着个孩子。"

云生已经走远了，他知道他们在说谁。街两边的商号和店铺林立，小商小贩的吆喝声不绝于耳。云生在街道上随便走着，一点线索都没有，只好走到哪儿算哪儿，见到哪个地方挂着悬壶济世的招牌就停下来进去，药房也进，进去就向里面的伙计打听，著名的祝大夫在不在这里开堂行医。伙计摇摇头。他又问伙计是否知道祝大夫的下落，伙计还是摇头。末了就烦躁地说："怎么都找姓祝的，他死了你们都不看病了吗！"

一个上午没打听到一点关于祝大夫的消息。云生丧气地坐到一家小酒馆里，要了二两老酒半斤牛肉外加三个小菜和两个馒头，咬牙切齿地全吃下了。中午的太阳很好，暖洋洋地照到他的饭桌上，吃过了午饭他就趴在桌子上睡着了。被老板叫醒时，酒馆里只剩下他一个客人了。云生付了钱出了酒馆，又匆匆走了两条巷子，遇到顺眼的人就问一下，见到祝大夫没有？他们都向他摇头。他从巷子里出来，天已经半下午了，必须回鹅桥了。

云生一路走走看看来到镇子东边的石码头，说好在这里接他的水蛇还没把船摇过来。他看了看周围的船只，也没有认识的，就上了码头边的茶楼上，要了一碗热茶边喝边向楼下张望，等候水蛇。喝了一半，他看到少奶奶出现在码头上，看样子有点累，衣服松垮垮的，落满了尘土。云生下了楼，来到少奶奶身后：

"少奶奶，祝大夫找到了吗？"

少奶奶猛地转过身，退了两步说："你怎么会在这里？"

"找祝大夫呀。"云生笑着说。

"你找他干什么？"

"我心疼少奶奶一趟趟跑来跑去的，就想帮帮少奶奶，省得少奶奶的病没法及时诊治，误了时间可不好。"

"你跟踪我！"

"没有。少奶奶大街小巷地乱跑，跟踪有什么意思。我是心疼，才帮你找找的。可惜祝大夫的邻居说，祝大夫已经死啦。"

"死了？不可能，"少奶奶说，"黄管家，我希望我的事以后你少掺和。"

"我懒得掺和，我就是想知道你为什么要去找那个姓祝的。"

少奶奶说："我应该告诉你么？"

"只是好奇，好奇而已。"

云生的态度变得恭敬起来，因为老虾的船来了。老虾站在船头说："少奶奶让您久等了。黄管家也在呀，黄管家也回鹅桥吗？"

"回，当然回。"

少奶奶已经踩着台阶上了船，云生也想上去。少奶奶说："老虾，船太小，三个人会沉下去的。"

"少奶奶说的是。黄管家，对您不住了，老虾的船太小，怕撑不住三个人。您看？"

"没事。老虾你先送少奶奶回去，"云生说，"我让水蛇来接我的，一会儿也就到了。"

老虾的船走了半袋烟工夫，水蛇就吆喝着过来了，说路上桨出了点差错，所以迟了，请黄管家原谅。云生上了船，挥挥手让他快点划，追上前面的老虾和少奶奶。

落日的色彩铺满河面，岸上的房屋、枯树和行人急速向后退去。两条船几乎同时到达鹅桥的石码头。此时已是夕阳半落，半个码头的河水不断变换着颜色，半河黑绿，半河暗红。刚下了船，就看见紫英抱着小少爷从鹅桥上迎过来，小少爷在风里对少奶奶摇晃着小手。少奶奶和云生一前一后走过去。

"少奶奶回来啦。"紫英说，接过少奶奶的包，把一伦还给少奶奶，"小少爷一天都很乖，一声都没哭，就是半下午时烦着蹦蹦跳跳，要少奶奶呢。"

"一伦，说谢谢紫英姨姨。"少奶奶哄着小少爷说。

小少爷啊啊啊地叫，流出了口水。

"云生，太太问你那几家佃户的账要回来了没有？"紫英说。

"快了，"云生说，"我回去就向太太禀告，他们说过两天就给。"

紫英说："那就好。"

三个人一路无话。少奶奶抱着小少爷走在最前，云生次之，紫英最后。过了一棵柳树，紫英开始越走越慢。她看着少奶奶和云生上了鹅桥，西边的天上是半残的橘红色的冷太阳，他们像是要走进太阳里。

3

现在的林家人都记得祝大夫的模样，个子高高的，脸庞清瘦，走路的时候喜欢用左手稍稍拎起白长衫的下摆，说话之前总要小声地清清嗓子。三十多岁了还没有娶媳妇，但看起来很年轻，像个读书人。其实也就是读书人，祝大夫的父亲就是海陵镇的名医，去世之后，子承父业，因为家学深厚，加上从小就跟在父亲身边习医，祝大夫挂起招牌之后很快成了父亲一样著名的大夫。少奶奶刚到林家时，云生就去过祝大夫的听壶堂了。大堂里是祝大夫给病人诊治的地方，终年弥漫着药香，整齐地摆满了置放药草的抽屉和瓶瓶罐罐。大堂后面是祝大夫的书房兼卧室，书桌上和架子上堆放着一摞摞古书，这间屋子里的味道和大堂里截然不同，是纸墨的香气。

少奶奶也去过听壶堂，是陪少爷一块儿去的，她对听壶堂的印象也很好。她回到鹅桥对黄妈说，去了一趟听壶堂，不吃药病也该好了一半了。那时候少爷身体不适，吃了鹅桥的大夫开的三剂药方也不见好转，反而加重了，少奶奶就陪着少爷来到听壶堂。

祝大夫后来亲自来到林家，这是他第二次来林家。也是云生把他请来的。因为少爷吃了他开的药依然不见效果，反而日甚一日地厉害起来，跑不了那么远的路去听壶堂了。祝大夫听到少爷病情加重的消息很是震惊，行医十几年来还没有出现过这种事情，他是公认的好大夫，即使让其他大夫头大的伤寒在他看来也不过尔尔。林家的人都看到了风度翩翩的祝大夫提着他的白长衫来了，后面跟着背药箱的小伙计。他先是详细地了解了少爷眼下的病情，又查看了按他的方子抓来的各种草药，结束之后清了嗓子对老太太他们说："这个方子没有副作用。"

然后开始给少爷重新把脉。当时的林家少爷已经不见过去的风采了，被疾病折磨得瘦了好几圈，脸色泛黄，嘴唇发乌，伸出的胳膊也变细变长了。胳膊上青筋凸起，脉搏的跳动清晰可见。祝大夫把住少爷的手腕，感到了烫人的温度，他心里吃了一惊，让少爷不要咳嗽。少爷一直不停息地咳嗽，忍起来实在不是件容易的事，只好用手捂住嘴，憋得脸色青紫。

把过脉祝大夫又让少爷把上衣敞开。他把耳朵贴近少爷瘦骨嶙峋的胸膛，这里听听，那里听听，一只手示意别人不要发出声音。听完了前胸听后背。都听完了，又拨开少爷的眼睛，查看了少爷的鼻孔和舌苔，然后缓缓地坐下来，自言自语地说："有点奇怪。"

少奶奶和老太太紧张地问："怎么回事？"

祝大夫站起来围着少爷的病榻转着圈子，说："这病我还是第一次见到。按理说，我上次开的方子应该能够遏制住病情，不应该恶化到这种地步。"

"大夫，请您再想想办法吧。您是海陵最好的大夫。"

"太太和少奶奶不要着急，病去如抽丝，偶尔有个反复也是正常的，"祝大夫说，"说实话，我也不能保证三两副药就能很快把少爷医好。但目前情况还不是太严重，我先换一个方子，先吃着，主要是稳定病情不让继续恶化。我回去再查查典籍，考虑一下，这副药吃完了我就过来。"

祝大夫随即开了一个新方子交给少奶奶，让她亲自去药房给少爷抓药，让药房的大师傅千万仔细，药量一定适中。开过方子祝大夫就带着小伙计离开了，出诊费也没要。他说医好了再一起算账。

祝大夫的方子没能稳定少爷的病情，还剩下一副了，少奶奶不敢再拖延下去，决定亲自到听壶堂去请祝大夫。一大早坐船出门，一直到了黄昏才回到鹅桥，连个祝大夫的影子都没请回来。老太太守在少爷身边坐了整整一天，眼珠子都快望出来了，见到少奶奶疲惫的样子不免上火。

"请了一天了，大夫呢？"她说。

"祝大夫出诊,我等到了半下午才等到,"少奶奶说,"我跟他说了少爷的病情,他说他找到了少爷的病因,今天晚上就配药,明天上午就过来。"

老太太哭着说:"还明天上午,你看少爷都咳嗽成什么样了!"

少爷已经咳出血了,嘴唇像涂了浓墨。现在已经快瘦成一把骨头了,皮肤都变成透明的了,四肢无力,躺在床上没法动弹,嘴唇和手一样不停地哆嗦着。

第二天上午祝大夫果然带着配好的药来了。他亲自为少爷煎药,不时指挥小伙计加大和减小火苗。药煎好后药汤倒掉了,加上从听壶堂带来的陈年雪水继续煎,直到煎好了第三遍才让少爷喝下去。他把煎药的程序做得十分仔细,以便少奶奶、黄妈和老太太都能看明白。他嘱咐说,以后的药也要这么煎,一连喝上七天。

新配的汤药逐渐发挥了作用。两天以后少爷感到身上不是那么冷了。三天之后觉得呼吸稍稍畅快了,咳嗽也开始减弱,额头上甚至已经能冒出汗芽芽了。到了第五天,少爷可以微笑着逗逗一伦玩了。第六天已经能够坐在床上自己动手吃东西了,他的感觉很好,觉得体力在恢复,想吃点好东西了。老太太很高兴,决定明天让黄妈到集市上买菜,让云生去河里抓来最新鲜的鲫鱼,她要亲自下厨为少爷烧菜。

这其间祝大夫来过两次,发现药效显著很高兴,打算回去以后再配几副。每次来他都要给少爷检查一遍,根据病情告诉老太太及时加减药量。

老太太为少爷做的菜非常丰富,一样一样摆上了少爷病榻的方桌上。她坐在儿子的床边看着他吃，因为病情刚刚好转不宜大荤，每样只让他尝一点，红烧鲫鱼可以多吃几筷子，那是老太太的拿手好菜，也是少爷最喜欢的一道菜。少爷吃得很香，林家上下都很高兴，盼着少爷早日康复。

午饭过后，少爷开始睡觉。刚躺下时间不长，少奶奶在隔壁房间就听到少爷痛苦的喊叫声。她急忙跑过来，发现少爷正在床上打滚，满头满脸的虚汗。少爷抱着肚子喊疼。少奶奶不知所措，赶紧去找老太太和黄妈，等老太太和黄妈跑到病床前，少爷已经不动了。

少爷死前的模样很恐怖，两眼圆瞪，嘴巴洞开，双手抓紧了头发。最可怕的是裸露出来的皮肤，比如脸、脖子、手，透明中隐隐透出幽蓝色。黄妈替少爷合上眼时看到，少爷的眼珠子也变成了蓝色。后来黄妈给少爷擦洗身体时，发现他的皮肤整个呈现幽蓝色，以致显得皮肤更加轻薄和透明。老太太和少奶奶放声大哭，把少爷的尸体摇来摇去。黄妈一家也大声地哭。他们痛哭的时候有人敲响门环，云生抹着眼泪去开门。

是祝大夫和他的随行小伙计。听说少爷已死，祝大夫大吃一惊，上次来看还是好好的，怎么突然就死掉了。他跟着云生跑进屋，在少爷的床前站住不动了。

"不可能，不可能。"祝大夫说，清嗓子都忘了。

他给死去的少爷又检查了一遍，还是难以解释，他认为药方不会有问题。尤其是对少爷透出幽蓝色的皮肤大感不解。他让屋子里的人详细回忆了少爷这一两天的生活情况，任何可疑的地方都不放过，还是没能找出破绽来。可能的疑问是，与丰盛的午餐有关。饭菜出了问题，或者是饭菜与正在服用的汤药相克，导致激烈的病变而死亡。但是少爷已经死了，这些推测也无法验证，菜是黄妈和云生操办的，老太太亲自下厨，汤药一直严格按照祝大夫的方子和方法煎熬。究竟哪个环节出了问题，谁也说不清楚。

少奶奶摸索着少爷发蓝的手说："会不会是中了毒？"

"不像，"祝大夫犹疑地说，"我认识几乎所有的毒药，从来没有见过这种中毒的症状。再说，饭菜都是自家人操办的，谁会去下毒呢？"

黄妈说："太太，我们一家跟着林家这么多年了，生死都是林家的人了，太太。"

"没你们的事，"太太悲伤地说，"少爷命短，和别人没关系。祝大夫，谢谢了。"

第二天上午，林家为少爷做了简单的法事，下午就由云生带了十几个佃户，把少爷抬到林家祖坟下葬了。

第四章

1

一场冷雨在鹅桥连下了五天，下得人的心凉到了底。太太前一段时间心情就不好，经这场旷日持久的大雨一浇，整个人显出了一种病态。也不是正儿八经的生病，就是觉得浑身上下里里外外都不舒服，不仅情绪烦躁，胃口也大不如前了，见什么都不想吃，原来不喜欢的饭菜现在见了就恶心。这可把黄妈给急坏了，太太是林家的主心骨，出了事林家就完了。

下雨期间，黄妈把所有的家务都交给儿媳妇紫英，她专心留在太太身边，陪她聊天，劝她偶尔吃点东西。老太太说的不多，吃的更少，看样子她好像就打算从此一天天地瘦下去。大部分时间里她们都在说过去的事，同甘共苦了几十年，两人有很多的话题可说。说那些少女时代的烂漫心情，或者林家过去的那些好时光。也会说到少爷和少奶奶。黄妈尽量不在少爷身上展开话题，怕老太太伤心；而少奶奶，黄妈实在是忍不住不说。说到底少奶奶是个来历不明的外人，这一点黄妈从来都是这样认为，尽管她只是一个下人。老太太不置可否，她很少说起这个经常去看大夫的儿媳妇。

　　"算了，不提了，"老太太说，"没胃口。"

　　黄妈也不知道她的意思是不想吃东西，还是不愿谈到少奶奶，所以也含混地说："太太，您这样下去可不行啊。林家就靠您了，您胃口不好咱们这一大家人可怎么办？"

　　老太太抚摩着白猫，安静地闭上眼，梦呓一般地说："顺其自然吧。"

　　大雨停了，外面的天放晴了，太太还是不想出去走走。两个人就默默地坐在屋子里，偶尔说上一两句话。她们已经到了不说话也可以活下去的年龄了。紫英敲响了门，说给太太送酱鹅翅来了。

　　"太太，娘，外面太阳好着呐，"紫英说，"我搬两个椅子到外面给你们晒晒太阳？"

　　"晒晒吧。当年我太公在世时常说，年纪大了晒晒后背会长寿的。我太公就活到了八十岁。"黄妈说，站起来要搀起太太，"太太您看，难得一见的好太阳。"

太太笑了笑，说："好吧。"

她们出了房间，紫英早已把椅子摆好了。另外摆了一张凳子放酱鹅翅的盘子。

"太太您尝尝，我让云生在五香胡顺子店里买的，"黄妈说，"颜色看着都好。"

太太接过了盘子看了看又放下，说现在不想吃，过会儿再说。让紫英和黄妈也尝尝。紫英说不了，她还有事，要准备做饭了，就告辞去了厨房。黄妈说，这是专门买给太太开胃的，她想吃自己会去买的。白猫闻到了香味，在太太的怀里蹲不住了，喵喵地叫起来，伸着爪子去抓盘子里的鹅翅。

太太说："想吃就让它吃吧，不能让它也跟着我挨饿。"撒手把猫放在放盘子的凳子上。猫吃得欢快，看得黄妈也咽口水。太太遮着眼看院子里的阳光，微微有点头晕，她对黄妈说："乍见太阳不适应，我得先回屋躺一躺。"

黄妈把太太扶上床，刚说了几句话，就听到白猫哇哇狂叫，还有嘭当嘭当的跃动声。太太要起身看是怎么回事，黄妈让太太歇着，她出去。来到门外，看见白猫乱抓着在椅子和凳子中间跑来跑去，用头和身子撞椅腿。黄妈唤它也不听，一扭身跑出去了。黄妈跟在后面追，拐了几个弯白猫钻进了竹林里。黄妈跟到竹林，看到白猫在竹子中间狂暴地钻来钻去，突然倒下了，开始痛苦地打着滚，叫声凄厉。打了几个滚叫了几声之后，身体抽搐几下四腿一伸，不动了。黄妈钻进竹林，发现白猫已经死了，登时出了一身的冷汗。她呆呆地蹲在白猫的尸体旁，觉得事情不妙。她仔细地环视一下周围，一个人没有，她拎起那只白猫出了竹林，努力装作若无其事的样子，犹疑之后把死猫塞进了旁边的石桌洞里，然后搬了一块石头把洞口堵上。

回到太太的房前，黄妈发现那盘鹅翅已经被猫吃掉了一小半，剩下的还留在盘子里。她轻悄地把盘子和鹅翅撒到地上，然后进了太太的卧室。

"黄妈，出了什么事？"

"没什么大事，太太您安心躺着，"黄妈说，"大概好多天不出门，猫憋闷了，发发狂。"

"它跑到哪儿去了？"

"出了院子了，太快，我追不上。对了太太，酱鹅翅也被猫打翻了。我去收拾一下。"

"你去吧黄妈，"太太说，"小东西也该撒个欢了。"

黄妈把剩下的酱鹅翅打扫起来，连同那个盘子，端到后花园墙边的角落埋掉了。

2

整整一个下午林家的人都在找那只白猫。黄妈说猫撒着欢跑出了林家院子，老太太想就让它出去转转吧，兴致足了就会回来了。可是午饭过后还没回来，老太太又睡了一个午觉，还是不见白猫的影子。她急了，这只猫跟了她好几年了，吃住都在一起，从没离开她超过两炷香的时间。她让所有人都去找白猫，她也亲自出了房间，推着小少爷的摇篮车在院子里转圈子，到每一个角落里唤她的爱物。其他人都到院子外边找，云生甚至还招呼了周围几户人家帮着找。

哪里找得到，他们和帮工几乎把整个鹅桥都跑遍了也没找到，连白猫的影子都没打听到。黄昏时分黄妈他们都从外面回来，垂头丧气的样子让老太太十分难过。这时候有户佃农敲门说，要送样东西给老太太。老太太一听很兴奋，以为是他们帮忙将白猫找回来了，让云生赶紧去开门。那个佃户的确是抱了一只白猫进来，但那是一只小好几圈的小白猫。

"太太，我们找不到您的那只白猫，就送您一只小的白猫吧，"佃户说，"我表姐家的，刚出生半年，很听话的。"

老太太哭笑不得，接过了，谢谢他，让黄妈找了几件旧衣服给他带回去，说是给孩子们换换身。佃户千恩万谢地回去了。

"能到哪里去了呢？"老太太还惦记着白猫。

"说不定被谁家的公猫拐跑了也说不定，"云生说，"那可是一只母猫。母的什么事干不出来。"

紫英说："太太这么难过你还说笑话！"

云生不说话了，斜着眼看少奶奶，发现她也在瞪着自己，便扯个幌子先出去了。

晚饭桌上谁都不说话，闭口不提一个猫字，倒是佃户送来的小白猫不识好歹，围着桌腿喵喵地叫。别人不敢去惹它，又不知该怎么办。老太太把大白猫专用的猫碗拿过来，夹了一些鱼肉给它，它不吃，还是叫。

"想娘了，"老太太摸着小猫的脑袋，对云生说，"明天你把它送回去吧，叫得我心里慌慌的。"然后就放下碗筷，说吃好了，抱着小猫回自己的房间了。

这顿饭吃得黄妈一身冷汗。老太太离了饭桌一会儿，她也放下了筷子，让少奶奶慢吃，她吃好了。然后对紫英说：

"吃完了你收拾一下，我去看黄豆泡好了没有，一会儿该磨豆浆了。"

黄妈出门擦了一把汗，这辈子从来没在饭桌上这么害怕过。她一路在心里骂着，伤天害理啊，丧尽天良啊，哪辈子造了这个孽啊。黄妈没有直接回厨房，而是在院子里慢慢地走，像往常饭后都要散散步一样，她慢慢地走。兜了好几个圈子终于来到了那个石桌前，还好，那块石头还堵着洞口。她装作走累了，掐着腰坐到石凳上，向四周看了看，低头去整理绑腿，她透过更小的洞口看到了一条模糊不清的尾巴，一颗心稍稍落了地。

夜晚来临，林家今晚睡得似乎比平常还要早。都睡吧，黄妈咕哝着，在厨房里吱吱哟哟地转动小磨盘，一手不时地往磨眼里添黄豆。白里泛黄的豆浆从磨槽里流下来，流进脚前的木桶里。她缓慢地转着小磨，油灯忽闪忽闪的，不知道哪里来的风。没有什么门能把风一丝不剩地关在外面。黄豆越来越少，终于磨完了。她把豆浆盖好，用清水洗净了小石磨，把它搬到了该去的地方。所有的事情都干完了，黄妈疲惫地坐下来，用草纸卷了一支烟点上，抽第一口就被呛得咳嗽不止。

鹅桥午夜的第一声鸡叫响起来了，紧跟着错落有致的啼鸣从四处升起。黄妈掐灭烟卷，从木柴堆里拿出了一大张草纸，提着灶前的炭火铲，吹灭油灯出了门。

夜漆黑，鸡叫声好像离林家的院子很远，一声声像梦幻一般渐渐稀落下去。院子里还是往常的沉寂，到处是憧憧黑影，看不清十步以外的东西。黄妈把脚步放轻，抄近路来到石桌边。尽管什么也看不清，在搬开石头之前她还是四处看了看。

一团黑乎乎的东西还在，她迅速地用草纸把它严严实实地包上，抱在怀里，拎着火铲向后花园急匆匆走去。

没有一点动静，黄妈能听到自己的脚步声和心跳声。宜园西北角有一片闲置了多年的荒地，她在那里靠墙的最隐秘的地方挖了一个坑，把草纸包埋了进去。荒地里雨水还没有吸收完全，糊弄了她两脚泥。出了那片荒地，她没有忘记用火铲把鞋子上的泥巴抹掉。整个过程她都能听到自己的心脏像一面大鼓在狂敲不止。

出了后花园黄妈放松下来，全身的骨头仿佛散了架，走路都慢了下来。走到紫藤廊那儿，突然听到有人叫她"黄妈"，这一声吓得她几乎魂飞魄散。定定神才听出是太太的声音。

"黄妈，你还没睡？"太太说，从另一边的小路上过来。

"我睡不着，到处走走。"黄妈努力镇定自己，"太太小心着凉，夜深了。"

"我也睡不着，"太太说，"黄妈真是感激你了，为林家操心了一辈子了。"

"太太说的哪里话，打小跟着太太，林家就是我自己的家。我习惯了，睡前要把院子查看一遍才能放心。"

"黄妈辛苦了，早点睡吧。我也回去了，霜重。"

黄妈看到太太披着一件晃晃荡荡的外套转身走了，像一个纸剪的影子。

3

少奶奶本来没打算出门到镇上的，可是半中午的时候老虾跑来，向她说了几句话，她突然决定马上乘坐老虾的小船去海陵。当时紫英正在少奶奶房中，按照少奶奶的吩咐，她炒了一盘子葵花子端过去。少奶奶爱吃紫英清炒的葵花子，稍稍洒上一点盐水和辣椒水，她喜欢这个独特的口味。紫英把葵花子端过去时，老虾正等着少奶奶动身。见到紫英少奶奶很高兴，说来得正好，正想把小少爷送过去让黄妈看着，她要去镇上。

"去镇上干什么？"紫英问，说出口才想到自己不该问。

"找祝大夫看病呀，"少奶奶说，"你们不是都知道么？你和黄妈帮着把小少爷带好了。"

紫英答应着，把小少爷从摇篮车里抱出来，想了想又放进车子里。"少奶奶，我把车子一块儿推走了，娘一早出门了，老是抱着小少爷我怕我一个人忙不过来。"

"推去吧。对了紫英，你和太太说一声，我会尽早回来的。"少奶奶说着，找了一件挡风的外套，锁上房门和老虾一起出了院子。

紫英推着小少爷慢腾腾地走，一路逗他开心。"一伦，你看那个女人不要你了，去找那个祝大夫了，"紫英小声说，"叫我娘，以后我就是你的娘啦。"

她空闲下来就把小少爷抱在怀里，干活的时候就摇他的摇篮车，因为黄妈出门去了。她当然不知道黄妈出门干什么了，就是黄妈自己也是出了门才知道要干什么。

昨天夜里遇到太太以后，黄妈就开始忐忑不安，不清楚太太是否发现了什么可疑之处。一夜都没睡好觉，头脑里乱糟糟的。早饭过后，紫英问她今天有哪些事情要做，她稀里糊涂地说，你看着做就行了。

"娘您有事？"儿媳妇问。

"我想出个门，"黄妈随口说，"有点小事。"

然后就真出了门。出了门她愣了半天，决定去五香胡顺子卤菜店。胡顺子卤菜店是鹅桥一家老店，靠着祖传的手艺做卤菜，多年来生意一直很好。老爷在世时，老板胡顺子定期给林家送卤菜，林家衰败以后，就不了了之了，林家也没有能力长年不断地吃各种卤菜了。现在她已经来到了卤菜店里。店里摆着各式各样的卤菜，发出诱人的香味。老板胡顺子见黄妈进了店，满脸堆笑迎上来。

"黄妈您来啦，想要什么说一声我送过去就是了。老太太、少奶奶和小少爷好吧？"

"托胡老板的福，好着呐。有酱鹅翅吗？"

"当然有，"胡顺子指着装在一个瓷盆里的一堆卤好的酱鹅翅，"老太太最爱吃这个了。"

"这鹅翅有问题吗？"黄妈的问题让胡顺子陡然瞪大了眼，黄妈赶紧改口说，"噢不是，我是说，我们家云生昨天来买过酱鹅翅没有？"

"昨天？不是，是前天来买的，那会儿雨还没停呢。说老太太胃口不好，买给她老人家开胃。"胡顺子油汪汪的嘴不住地说，"黄妈这次要多少？"

"半斤，就半斤吧。"

出了卤菜店黄妈就开始小心翼翼地吃纸包里的酱鹅翅，一边吃一边注意自己的变化。她走得很慢，半斤鹅翅吃光了也没有什么异样的感觉，只是觉得味道的确好，还想再吃。什么异样的感觉都没有让她茫然若失，脑袋里突然一闪，她知道接下来该去哪里了。

向右拐进了竹竿巷，这是鹅桥集市的中心，也是鹅桥最为繁华的街道，鹅桥一大半有名的店铺都集中在这条巷子里。因为是条老街，道路狭窄，所以集市的时候不许车辆通过，只准步行。现在没赶上逢集，来往送货的马车牛车和驴车挤满了巷子。黄妈走走闪闪，进了鹅桥最大的一家药房康泰大药房。

"这里有毒药吗？"黄妈问一个年纪不大的小伙计。

"毒药？老板不让卖毒药，只有砒霜。您要么？"

"砒霜？最近你们店里有人来买砒霜吗？"

"好像没有，出了什么事？"

"不是，随便问问。"

"老双叔，"小伙计对正在抓药的老头喊，"我们这里最近卖过砒霜吗？"

"快半年没卖过了，"老头说，"谁买那东西干什么！"

黄妈笑笑说："就问问。那好，谢谢啦。"

小伙计看她也没有买药的意思，就冷下了脸，爱理不理地说："慢走啊，下次再来。"

出了康泰大药房，黄妈辨清了方向，开始往另一家药店走去。鹅桥一共两家卖药的，除了康泰就是门面和影响小一点的金象药店。因为店面小，林家抓药很少到这家去。金象在前门街，道路宽敞，但是顾客稀少。黄妈刚进去就有伙计迎上来。

"您老要点什么？"

"毒药。你们这里有多少种毒药？"

"您要毒药？我们有砒霜。您是干什么用的？"

"别的还有什么？"

"别的就没有了，"伙计说。"砒霜很管用的，灭老鼠效果最好。前几天还有人来买砒霜要灭老鼠呢。"

"什么人买这么贵的要去灭老鼠？我不信。"

"我说的是真的。哪一天记不清了，听别的抓药的人说，好像是林家的下人，蛮好看的一个女的，她就是买回去灭老鼠的。"

黄妈一听，腿都软了，扶住柜台才没倒下。

"您怎么啦？"小伙计说，急忙从柜台里出来。"要请大夫么？坐堂的大夫刚出去了。"

"没事，就是头有点晕，"黄妈说，掐着脑袋出了药店。"老毛病了。"

第五章

1

黄妈回到家已经是太阳落山的时间了。她觉得身上一点力气都没有，每走一步都很艰难，在回去的路上拐进了一片野地里，一屁股坐到地上。空无一人的大野地，野火烧过的地面倍显荒凉，那些没有经过大火的枯草紧紧地抱住地面，以免被大风吹跑。黄妈看着这片干涩阔大的野地，放开嗓门大哭，哭了很长时间才收住眼泪。哭得差不多了，难过和茫然也减轻了不少，这时候太阳已经西斜，她记起自己的午饭还没吃。从野地出来黄妈的速度就快了，拳头攥着一路都没松开。到了家里，紫英正一边揉面一边和摇篮车里的小少爷说话，满脸都是做娘一样的幸福。黄妈一句话没说，抓着紫英的胳膊就往外拽，吓得小少爷在车里大哭起来。

"娘，您要干什么？"紫英看到婆婆气势汹汹的样子也有点害怕，"我在揉面呐。娘，您把一伦吓着了！"

黄妈将小少爷抱在怀里，拖着儿媳妇就往外走。"你跟我来！"

小少爷哭了两声就止住了，两个大人拉拉扯扯他看着新奇。紫英叫唤着却挣不开，婆婆尽管一手抱着小少爷，另一只手依然很有力气。紫英跟着婆婆走，后来干脆不再挣脱，倒牵着婆婆的手了。她们从小路中间穿过，进了后花园。

"娘，您带我来这里干什么？"

黄妈不说话，一直往前走，直到把紫英带到西北角的那块空地。

"挖！"黄妈指着那块新鲜的掩埋的痕迹。"快挖！"

"娘，"紫英抖着粘着面粉的两只手，胆怯地说，"我拿什么挖？"

黄妈一把将小少爷塞给紫英，蹲下来用手刨泥。雨水浸透的泥巴还没干，黏乎乎的弄了她一手。黄妈气喘吁吁地挖，把泥块扔到一边。紫英看到一个包裹着草纸的东西显露出来。

"白猫！"纸包打开后，紫英叫了一声，手臂一松，差点把小少爷摔下来。"不是跑丢了吗？"

"都是你干的好事！"

"您在说什么，娘？这与我有什么关系？"

"猫是吃了你下了毒的鹅翅才死的！"黄妈说，"你忘恩负义啊紫英，太太对我们恩重如山，你怎么能狠心去下毒呀！"

“我没在鹅翅上下毒，娘。”

黄妈声色俱厉地说：“你还抵赖！你说，你为什么要毒死太太？”

“我没有！”紫英哭起来了，小少爷也跟着咧开嘴哭。“娘，您看，猫身上怎么变蓝了？”

黄妈仔细看，果然白色的毛中透出蓝颜色来。她再次蹲下来，谨慎地拨开毛丛，那些蓝色从贴近皮肤的根部开始变蓝，猫皮更蓝，半透明的，那种幽幽的蓝，幽蓝。多么熟悉的幽蓝，刺得眼睛发痒。黄妈记起少爷死时的样子，少爷也是全身幽蓝地死去的。黄妈也害怕了，她不知道这只猫什么时候也变蓝了。她哆嗦着手去扒开猫眼，猫眼也蓝了。黄妈坐到了地上，什么话也说不出来。

“娘，赶快把猫埋上我们回去吧。”

“回去？”黄妈愣愣地说。“砒霜呢？你把砒霜放到哪儿了？”

小少爷还在哭，鼻涕眼泪一起往下流，紫英怎么摇晃也止不住他的哭声。

“我哪来的砒霜，娘？您糊涂了。”

“我去过金象药店了，伙计说你从那里买了砒霜。砒霜在哪？”

“我拌成老鼠药了，我是用来灭老鼠的。娘，你看这猫，都成蓝猫了，跟少爷那时候一样。就是把砒霜吃下去也不会变成这个样子。”

这个黄妈倒是懂得的。但她还是不放心，“灭老鼠你用砒霜干什么？家里不是有老鼠药吗？”

"娘，我是想把它们全杀死，我恨透了这些老鼠！"

正说着，老太太穿过拱门进了宜园。黄妈看到她时她已经走过来了，还对她们说着："黄妈，你们在干吗？我听到小少爷一直在哭。"

掩埋死猫已经迟了，黄妈干脆心一横，向着老太太的方向跪倒在烂泥地上："太太，太太啊。"

老太太走过来，急忙上前要扶起黄妈，"快起来黄妈，"她说，"黄妈你这是干什么？"然后看见了通体透出幽蓝色的白猫，啊地叫了一声，忍不住吐了出来。"这猫，这蓝色，这是怎么回事？"老太太手指哆嗦，整个人抖成一团。

"太太，我该死啊，我对不起您！"黄妈一个劲儿磕头捣蒜。阳光落尽，她弓起的身子只占据了一小块稀薄的阴影。

老太太说："少爷。少爷。我的儿。"

他们听到前院里少奶奶恐惧的叫声："快来人呐，云生中毒啦！快来人呐！"

2

按照老虾指点的地方，少奶奶终于找到了祝大夫。这些天来少奶奶一直在找他，不仅自己找，还托了很多人打听他的下落。早上老虾来找少奶奶就是为了这事，他的一个亲戚得到消息，说祝大夫还在海陵，住在一个很少有人知道的小地方。待在那里干什么不知道，反正是找到了。少奶奶很高兴，坐着老虾的小船再次来到镇上，由老虾和他的亲戚引路，穿过拐弯抹角的大小巷子，在一个小院里见到祝大夫。

祝大夫现在住在他的姐姐家，还是孤身一人，看上去老了不少。那种风吹日晒之后的苍老，人更瘦了，也更瘦出风骨了。见到少奶奶，他笑了一下，说："听说你一直在找我？是不是为了林少爷暴亡的事？"

　　"你怎么知道？这么长时间祝大夫到哪里去了？"

　　"说实话，就是为了林少爷的事你才找不到我的，"祝大夫说，"当年林少爷死前的症状我很疑惑，我不相信自己的方子会导致林少爷的死亡，更不相信会出现全身发蓝的反应。但是当时，因为林少爷已经死了，不管怎么说，他也是吃了我配的药以后才死的，而且那些食物我认为对病人是不会产生什么致命影响的。所以我对我的药方产生了怀疑。后来很长时间一直为此耿耿于怀，查看典籍认真钻研，希望能够找出其中的破绽。一无所获。"

　　"那你为什么把听壶堂也关了？"

　　"这就向你解释。半年前，有一天我在街道上看见你们林家的管家黄云生，突然想起他曾和我说过一句话。那是我为少爷新配了方子以后他说的，他送我到石码头上船，我上船的时候他说，祝大夫，少爷身体越来越不行了，出了什么事都是正常的，你不要见怪啊。我当时还觉得可笑，我是大夫，什么样的病情我没见过，用得着你来告诉我。就这么转了一下念头，就忘了。那天见到他，我突然又想起这句话，觉得其中好像隐藏深意，然后就想到了毒药。"

　　"你是说云生真的在少爷的饭菜里下了毒？"

　　"当时只是想想，我没有证据，因为我从来没见过那种毒。所以我决定到各地去游历一番，搜集各地的毒药，于是就关了听壶堂。这是解决折磨我这么长时间的问题的唯一方法。"

"这么说，你找到了？"

"找到了。就在南方的一个小城里，我从一个年迈的大夫那里证实了那种毒药，它的症状就是通体变蓝，半透明的幽蓝。"

少奶奶的疑问解开了。她知道自己早该怀疑是云生干的，也的确怀疑少爷死于毒药，但是和祝大夫一样，缺少足够的证据。

谢过祝大夫，少奶奶找到老虾，坐上船回鹅桥。她的兴奋没持续多久便被另一个问题困扰了，即使知道是云生毒死了少爷又能怎样，她能把云生怎么样？多年来是非恩怨缠在一起，谁都没法奈何对方。她一路盯着水面上的残红发呆，因为无可奈何而两眼肿胀。但是当她见到云生时，立刻觉得不能就这么不了了之。

云生正在石码头和几户佃农要账，有点像讨价还价。这几天他一直待在石码头上干这个事。见到少奶奶，云生向她问好。

少奶奶没理他，而是背着身子说："你跟我回去，我有事要问你。"

"少奶奶你看我这里很忙，谈妥了水猪家的事就回去。你等我一会儿，马上就来。"

少奶奶没有回答，一个人回去了。云生走路比她快，少奶奶到了家刚把衣服换好，云生就到了。

"少奶奶，找我什么事？"云生跷着二郎腿坐下来，顺手抓起盘子里的葵花子嗑起来。"是不是祝大夫又没找到，心里不高兴？"

"你这个歹毒的禽兽，不要吃我的葵花子！"

"我老婆亲手炒的葵花子我为什么不能吃？"云生一把将她推过去，"可是你叫我来的。有什么事说吧，是不是认为一伦该有个爹了？"

"你去死吧！你不是人！"少奶奶发起火来整个人为之一变。"你竟然给少爷下了毒！"

云生愣了一下，马上又恢复了笑脸，说话时吧嗒吧嗒地吃着葵花子。"你终于找到那个姓祝的了。他想明白了？早知道他想明白了我就把他也给一块儿送走算了，"他说，"不过现在想明白了也没用，都死了好几年了，骨头都变成土了。再说，有什么意义呢？早晚你都是我的人，你真想一伦做个没爹的孩子？"

"黄云生，你这个恬不知耻的畜生！一伦根本不是你的孩子。"

"你以为这么说我会相信？我自己种下的种我心里会没个数？你是说我不配？我跟你说，真正不配做一伦母亲的是你，你忘了你是从哪里出来的？"

少奶奶抓起针线盒猛地砸过来。

"别生气嘛，秀琅，有话好好说，"云生吃得满嘴粘着葵花子的壳。"等我把老太太也收拾了，林家就是我的，紫英那个不下蛋的母鸡，我休了她。我们和和美美地过小日子，怎么样？"

"你还要对娘下手？"

"什么娘啊娘的，你还真以为自己是少奶奶呀。昨天不知怎么失了手，要不你娘早就成了死尸了。"

少奶奶抓起靠背又砸过去，刚砸到云生的头上他就抱着肚子从椅子上摔下了地，桌子上的一堆瓜子壳也跟着纷纷落地。

　　"哎呀我的肚子，我肚子疼！"他在地上翻起滚来。"秀琅，你在葵花子里下了毒？"

　　"我不像你这样歹毒，喜欢给人下毒。你想打滚就滚吧，少玩这种下三滥的把戏。"

　　"我真的肚子疼，秀琅，快找大夫！"

　　"别装了，紫英炒的葵花子，哪来的毒。"

　　"快，快叫，人来！"云生断断续续地说，脸上大汗淋漓，面部肌肉都扭曲了，整个人缩成一团，抖个不停。"我，要，不，不行，了。"

　　少奶奶这才意识到问题的严重性，放开喉咙却发不出声，喊了几次才喊出来："快来人呐，云生中毒啦！快来人呐！"

　　黄妈他们跌跌撞撞地跑过来。云生还在地上翻着滚叫唤，少奶奶则吓呆了，瞪大眼举着两手不知所措。紫英看见地上撒了一地的瓜子壳，大叫一声："云生，我害了你！"

　　黄妈知道儿媳妇的砒霜用到哪儿去了。

3

　　"太太，我只是想做一伦的娘，"紫英跪在太太面前，泪流满面。"我是个女人，我想有个自己的孩子。一伦是云生的儿子，也就是我的儿子。有少奶奶在，我怎么做一伦的娘啊。"

　　"你胡说，谁说小少爷是云生的孩子？！"少奶奶气愤地说。"他是少爷的孩子，是林家的根。"

紫英就把那天夜里在宜园里听到的他们的谈话向老太太和黄妈详细地转述了一遍。老太太坐在藤椅里，面无表情。跟前跪着紫英、黄妈和少奶奶。

　　"都起来吧，"老太太说，"林家已经这样了，跪着还有什么意思？"

　　三个人相互看看，说："太太。娘。"

　　"都起来。秀琅你也起来，你把事情给我说清楚，让我这把老骨头死也做个明白鬼吧，要不我怎么去向老爷交代啊。"

　　少奶奶说："娘，一伦的确是少爷的骨肉，我对天发誓。您一直都怀疑我来路不正，是的，我来路不正，我和少爷、云生骗了您老人家几年了，该到头了。我是清江浦的一个妓女，我叫蓝秀琅。"

　　在远离海陵的南方有个叫清江浦的地方，大运河从那里穿过。运河边上有很多石码头，从一个名叫"石码头"的码头上岸，沿着青石板路向前走，拐两个弯，就是清江浦著名的花街。花街之名名副其实，街道两边住着很多来自各地的妓女。花街是一条狭窄的小巷子，青石板被无数双脚磨得发亮，一到傍晚青石上就渗出水来。花街的居民面对面临街而居，家家户户都是青砖小瓦建造的门楼或门面房，有门面房的是用来做各种各样的小生意的，有门楼的人家门口多半挂着一个小灯笼，向远道而来的客人提醒，这个院子里有他们想要的女人。院子都是正经的人家，他们自己家的女人不做这种生意，而是把院子里的某一两间房子出租出去，给那些从各地来到花街的妓女用来赚钱。熟悉清江浦的人都知道，最好最漂亮的妓女不在那些有名有姓的青楼馆子里，而是在清幽古朴的花街。蓝秀琅就是在花街的一个小院里认识了少爷和云生。

正如少爷说的那样，蓝秀琅十岁死了父母，一直跟在叔叔家过活，十七岁时叔叔嫌她烦了，打算把她卖到一家叫玉如意的窑子里。她无意中听到了叔叔和婶娘的密谋，决定提前逃走，从叔叔家里偷了一点散碎银子半夜里离开叔叔家。她在自己脸上抹了灰土，东游西逛转了几天，钱快花光了，还不知道自己该到哪里去，该怎么活下去。后来听说到花街做妓女可以赚钱养活自己，咬咬牙跺跺脚，收拾干净就去了。她用剩下的那点钱租了一户人家的一间小屋子，开始做起了皮肉生意。

真正做了她才发现，并非想象的那么容易。不仅人辛苦，钱也挣不了多少，尽管她长得很漂亮，但是因为是个外地人，在清江浦和花街无亲无故，还是受到周围的妓女的欺负。但她人长得好，好歹有了点名气。少爷和云生就是冲她的名气去的。

最先是云生。那时候他和少爷在清江浦做生意。少爷在客栈时他溜出来，打听到花街和秀琅的地址就来了。他喜欢秀琅，秀琅觉得他也不错，两个人经常在一起。秀琅想让云生带她走，她不想再做这种事情。可是云生说，现在不行，他是一个穷光蛋，什么都没有，想带她走也没办法。而且，他还要和少爷待在这里做生意，走不开。

有一天云生又去花街，秀琅告诉他，她怀上了他的孩子，一定要让云生带她离开这里。云生没办法只好答应，等到他打算来带她离开时，那户人家不让秀琅走了，原因是前两天来的一个嫖客临走时偷了他们家的祖传的一串珠子。这事因秀琅而起，嫖客跑了，只好找秀琅算账，赔了钱才能走人。户主说了那串珠子的价钱，差点没把云生吓死，三百两银子。

云生想大了脑袋也没想出个办法来,到哪里去弄三百两银子啊。还是秀琅想出了主意,说可以让少爷出这笔钱,让他把少爷带到花街,只要少爷喜欢秀琅就好办了。云生听了不乐意,秀琅开导他说,没什么,反正孩子是黄家的种,不过是借林家的鸡生蛋,先离开花街再说。云生没办法,只好试一试了。

少爷果然很喜欢秀琅,很快就和秀琅打得火热,有点乐不思蜀了。某一天秀琅告诉少爷,她怀上了林家的骨肉了。少爷听了且喜且忧,喜的当然是林家有后了,而且他又喜欢秀琅;忧的是秀琅风尘出身,他担心太太不答应,而且还要偿还户主三百两银子,这段时间运气背,做什么生意都赚不了钱,三百两对他来说也不是个小数目。但是秀琅一遍遍地在他面前提起肚子里的孩子,少爷终于挺不住了,花了三百两银子把她给带出了花街。

"云生一直以为一伦是他的孩子,其实不是,"少奶奶说。"我是骗他的,我想只有这个办法他才能带我出去,那时候我还没有怀孕。谁知道后来出了珠串的事。然后少爷出现了,我没想到我会真心喜欢少爷,还怀上了他的孩子。这些年来,我之所以没把真相告诉云生,是担心他揭穿我的来历。我不想让人知道我做过那种事情,我想做一个干干净净的女人。我和少爷的感情很好,云生嫉妒了,大概因此才起了杀心。从少爷奇怪地暴死时开始,我就怀疑是云生下的毒手了。这几年来,我一直忐忑地活着,没想到,该来的都来了,一样也没少。"

太太、黄妈和紫英听得入神,少奶奶的每一句话听起来都让她们想起过去,每一句话都像是真实发生过的。但是听完了之后，她们又恍惚了，到底哪些是真实的？过去的都过去了，像一场大梦，在这场梦里，她们依稀看到几年前的一个冬天的黄昏，林家的门前站着三个人，每个人的脸上都带着微笑，那些微笑飘渺不定，分不清是真是假。

二〇〇三年四月二十八日，北大万柳

古代的黄昏

六耳猕猴

我观"假悟空"乃六耳猕猴也。此猴若立一处，能知千里外之事；凡人说话，亦能知之；故此善聆音，能察理，知前后，万物皆明。与真悟空同象同音者，六耳猕猴也。

——如来

二十三条街巷里，一大早穿西装打领带跑步的只有一个人，我老乡冯年。这段时间他睡眠不好，半夜总做噩梦，醒了眼得睁两三个小时才能闭上，早上起来头脑就不好使，昏昏沉沉地过来敲我门，问该怎么办。作为一个资深的神经衰弱患者，这点儿症状对我来说是小儿科：一个字，跑；两个字，跑步。治噩梦和失眠我不在行，治头昏脑涨我绝对拿手。跑步健脑。他就隔三差五跟我一起在北京西郊的巷子里跑。因为赶时间上班，他必须出门前就得武装整齐，跑完了挤上公交车就往公司跑。请想象一下歪歪扭扭的窄巷子，一个西装革履的晨跑者，反正我觉得挺诡异。但是没办法，冯年不停地松领带，摸着喉结跟我说："老弟，哪睡得着。醒了我还觉得链子在脖子上，喘不过气。"

他的梦也诡异，老是梦见自己变成一只六耳猕猴，穿西装打领带被耍猴人牵着去表演。要做的项目很多：翻跟斗、骑自行车、钻火圈、踩高跷，同时接抛三只绿色网球，还有骑马等等；尽管每一样都很累，但这些他都无所谓，要命的是表演结束了，他被耍猴的往脊梁上一甩，背着就走了。在梦里他是一只清楚地知道自己名叫冯年的六耳猕猴，他的脖子上一年到头缠着一根雪亮的银白色链子，可能是不锈钢的；他的整个体重都悬在那根链子上，整个人像只褡裢被吊在耍猴人身上，链子往毛里勒、往皮里勒、往肉里勒，他觉得自己的喉管被越勒越细，几乎要窒息。实际上已经在窒息，他觉得喘不过来气，脸憋得和屁股一样红。

冯年做同样的梦，区别之一在于，如果这次骑自行车，下次就接抛三只绿色网球，或者一次把两三样活儿一块儿干了；另一个区别是，梦醒之前他越来越感到呼吸困难。也就是说，窒息的程度与夜俱增。他觉得耍猴人抓着链子像包袱或者口袋一样将他甩到身后时，火气越来越大，力道越来越足，根据重力原理，链子勒得就越来越紧。冯年觉得，如果不是他及时从梦里醒来，肯定就断气了。

有两个疑问我弄不懂，冯年也不明白。一个是，为什么会重复地做一个梦呢？如果仔细推敲，会发现，他的梦其实有个递进关系，或者说，他在把同一个梦延续地做下去。得过神经衰弱的人一定知道，我们这号人多梦，偶尔做同一个梦，换个时间把某个梦再续下去，都不是什么新鲜事，但如此高频率、近乎刻板地重复和发展，我猜就是神经衰到不能再弱的人也没有能力做到。冯年做到了。第二个疑惑是六耳猕猴。我到海淀图书城查阅了有关书籍，六耳猕猴这个物种不存在。即使基因突变，人类也尚未发现有长了六只耳朵的猕猴。所谓的六耳猕猴只是《西游记》里的说法。这个我知道，《西游记》里说，孙悟空遇到了另一个孙悟空，里外和他都像，身手也无二致，搞得他也收拾不了对方。齐天大圣对另一个齐天大圣一筹莫展。最后还是如来老人家帮忙，才把假大圣收拾了。我佛说，那家伙是个六耳猕猴。六耳猕猴只有两只耳朵，冯年梦里的六耳猕猴也只有两只耳朵。但叫冯年的猴子的确就是六耳猕猴，他很清楚。

梦见自己既是冯年又是猴子，已经够扯淡的了，还是一只根本不存在的六耳猕猴，就是梦也不能做得这么不靠谱吧。所以开始几次他说起这怪梦，我们根本不当回事。他到我们屋里来找人解梦，我们懂个屁啊，顺嘴跟他瞎说。

行健说："再明显没有了，想女人。"

米箩的解释是："嫌赚钱少，要自己当老板。"

"屁，老子忙得哪有时间想女人！"冯年说，"从领第一份工资起，就没够花过。当老板？我拿光屁股给人踹？"

宝来的答案相对别致一点："冯哥，我看你是想家了。"

这话招来行健和米箩的嘲讽，也就宝来这样的傻蛋才整天把"想家"挂嘴上。想家就别出来混，待在花街上混吃等死干脆。

轮到我。我说："冯哥脑子出了问题。"

冯年急了："小东西，有你这么说话的么？"

可我说的是事实啊，老做这种古怪的梦，和神经衰弱相当接近了，不是脑子出问题是什么？冯年一挥手，来正经的。我撇撇嘴。说到神经衰弱，我从来都无比正经。不信拉倒。

住在西郊的老乡里，冯年是最人模狗样的一个，谁都不会像他那样整天西装革履。我家和他家隔十二个院子，我是说在我们故乡；所以我对他熟得不能再熟了，据我所知，他在花街从来不穿西装。有一年花街莫名其妙起了一阵风，男男女女大人小孩都开始穿西装，从石码头拐上青石板路，迎面碰上那些穿西装的花街人，你会有时空错乱的无助感。当时我住校，放了假走进巷子，以为外星人占领了我家乡。冯年是外星人中屈指可数的土著之一。但现在，在他租房的衣柜里，廉价的西装起码有四套，领带若干。他在中关村的一家电子产品店上班，老板要求员工要从内到外尊重顾客，男的穿西装，女的穿套装，大冬天也得把漂亮的小腿肚子露出来。

中秋节我和宝来到北大玩，顺道去海龙电子城看冯年。海龙里乌泱泱的人群挤出我一身汗。冯年身着西装，双手交叉站在公司的店面门口，鼻尖上全是汗，逢人就说里面请，看看哪一款相机最适合您。嗓子都哑了。对我和宝来也这么说，说完了才发现是我们俩。我在店里遛了一圈，果然都是西装、套装，一群新郎新娘。那时候接近下班时间，宝来打算等冯哥一块儿回。

"别，"冯年说，"今天假期促销，下班推迟了。"

"那总得有个点儿吧？"

"你们快走，别让主管看见。"他急了，"上班时间不许闲聊。"

"那你就继续站着吧。"我说。

"除了午饭和撒尿，我他妈都站一天了。"

就我这不懂行的看，他的西装也差不多是全店里最差的，白衬衫被汗泡软了。所以，他得更端庄地站着，更热情周到地把上帝们伺候好。老板说了，硬件不够软件补。他站在门口，不停地紧"一拉得"廉价领带。这个动作跟他一大早不断地松领带正好相反。

我问过他，像电视里的那些心理专家似的，是不是因为领带过紧留下了心理疾病，导致做梦时总要被吊死？他想了想，领带这东西的确挺烦人，领导没事也喜欢盯着员工的脖子看，抽查领带结是否饱满，可要说这就整出了心理创伤和阴影，也夸张了。

"那你为什么老松领带？"

"那是因为我还在想着夜里的噩梦。一恍惚就觉得这玩意儿是条铁链子。"

意思是，这是两个不同的因果。是因为噩梦才松领带，而不是因为打领带才做噩梦。那好吧，我的心理分析技止此耳。

他的公司我还去过一次，那天纯属闲得蛋疼。我从我姑父洪三万那里拿了点生活费，觉得自己是个有钱人了，经过中关村买了两个烤山芋，拐个弯进了海龙。把他给吓坏了，坚决不要。别说上班时间不能吃东西，就是来个亲戚朋友也不行。我有点生气，老子满肚子好心过来看你，成罪过了。他还是哄我赶快走。

"你就不能把我当普通顾客？"

"就你？"冯年说，"老弟，先照照镜子再说。"

我站到店里的镜子前，模样是不太像大款，可是你也不能肯定有钱人就一定都得穿金戴银吧。我摆弄了两下我的夹克衫给他的女同事看，说："姐，还算体面吧？"

他的女同事就笑了。"相当体面。"她用铁岭味的普通话回答我。我就把烤山芋送给她了。这也把冯年吓着了，他的老乡留下罪证了。"哥请你吃十个烤山芋行不？"他的眉毛痛苦地拧到一起，苦瓜脸耷拉下来了。后来他几次提出请我吃烤山芋，我坚决不给他面子。

要是我，这辈子不再去了。这是行健跟我说的，咱得有点志气。那就不去。但后来还是去了，我站在店门口对冯年喊："冯姨让你现在、立马、赶紧、立即、务必打电话回家。"

那天下午，我跑步经过花川广场那条街，在报刊亭前顺便给家里打个电话。我爸对电不电话无所谓，只要我还活着就行。但我妈规定，半个月必须至少报一次平安。就那点破事，每次电话也就那么几句，我都说烦了。要挂电话了，我妈突然说，你冯姨来了，要跟你说几句。

冯姨显然刚进我家的门，扯着嗓子喊："大侄子，你年哥啥时候回来？"

"他啥时候回来我怎么知道？"

"你不知道？"冯姨这回抓着电话了，声音还像在门口那么大。"回来看对象啊！让他现在、立马、赶紧、立即、务必给我和他爸打电话。人老郑家等回话呢！"

等我妈接过电话，我问："哪个老郑家？"

"还有哪个？你小时候跟人家屁股后头跑了几十里的郑马贺，耍猴的。"

"年哥上班呢。"

"上班不耽误打个电话。"

好吧，现在下午三点十二分，得破戒了。等到他下班，没准郑马猴的闺女喜欢上别人了。反正也是跑步，直接往中关村跑得了。我气喘吁吁跑到海龙，在他公司店门口喊：

"冯姨让你现在、立马、赶紧、立即、务必打电话回家。"

然后转身就走。喊我也不理，叫你贱。跑回去的路上我回过神来，其实没必要风尘仆仆地来通知冯年，他肯定对郑马猴的女儿不满意，要不早跟我们显摆了。在一群光棍里，最值得显摆的就是女人，有人恨不得见了头母猪都要通报一下大家。还有，这家伙还跟我绕，说搞不懂为什么一到梦里就变成被人吊在身后的六耳猕猴；他太明白了，显然是被郑马猴吓的。可是，有一点我想不通，郑马猴是糙了点，一张脸不管从哪个角度看都让人倒胃口，所以花街上习惯叫他郑马猴而不是郑马贺，你可以怕他；他女儿郑晓禾随她妈，低眉顺眼，胖嘟嘟白净净的，算不上大美人，但配冯年我觉得只用半个身子也绰绰有余。要我说，冯年是高兴过头才会持续做噩梦的，这叫乐极生悲。

"屁！"冯年坐在我们的屋顶上，看我们四个打捉黑A。"在知道这事之前，我他妈已经在夜里当了很长时间的猴子了！"

那我们只能认为他有特异功能，像花街上的算命瞎子胡半仙，可以预知两年内的大事。天上将要掉馅饼，冯年这算提前兴奋。

"怎么跟你们这帮人成了老乡，真是祖宗瞎了眼。没一个正经说话的。"

"年哥，你可不能这么说。"行健放下牌，"我们都正经人。说真话，那郑晓禾如果不是你要搞的对象，我做两次梦就能把她肚子搞大。就两次。你想想，白白净净，胖胖嘟嘟，圆圆溜溜，那手感——"

冯年一挥手，截断行健的白日梦。"先停下。"他说，"我不是看不上郑晓禾，是他妈的郑马猴要求我必须回花街。"

"你得叫郑马贺。"我提醒他。

"好，就郑马贺。我回去能干什么? 跟他一块儿耍猴戏?"

"那就让郑晓禾来北京。"宝来提议，"夫妻识字，兄妹开荒。"

"人家不来。"冯年站起来，在我们的平房顶上走来走去，掸着自己的西装说，"她说，过去给你穿西装打领带? 我没吭声，我哪养得起。她又说，过去了我也穿西装打领带?"

"你咋回的?"米笋问。

"我一个屁没放。这话没法回。混六年了，我他妈不就这副龟孙样!"

知道就好。我们四个跟着心情也坏掉了，一想到"混"这件事，还是挺伤自尊的。都想混出个人样，最后混出来的却是个龟孙样。

郑晓禾在花街有个不错的工作。她爹耍了一辈子的猴，走南闯北几十年，跑不动了，正打算抱着猴子养老，政府突然要贴着运河开发一个沿河风光带，郑马猴就由一个江湖把式变成了民间艺人，牵着屁股磨黑了的老猴子进驻了风光带，每天定时定点给游人表演一番。作为升格成"民间艺人"的条件，景区给郑晓禾安排了一个游船卖票的工作。以花街的消费水平，工资的含金量不比冯年在北京的小。所以，人家不愿来。也不是一点心没动，而是到谈婚论嫁生孩子的年龄，女人耗不起，来了早晚得回去；花街上的工作不好找，过了这个村就没这个店，别弄得两头不着地。

对郑晓禾的决定，我们都表示深刻的理解。问题是郑马猴，他比女儿态度强硬，冯年必须回来。漂了一辈子江湖了，到头来认为男人窝在家里最好，冯年觉得莫名其妙。

"我知道了，"米箩说，"是怕咱们年哥在外面学坏了。"

"屁！"冯年说，"老子想坏都没时间学。要赌没钱，想嫖，就算有钱，我他娘的也没时间啊。一天站下来，口干舌燥，躺到床上我都忘了自己是个男人。半夜三更我还得对付那根银光闪闪的链子，我朝哪儿坏呀我？"

我说："郑马猴又不知道你苦大仇深。"

"我想起来了，郑马猴年轻时整出了不少花花事。"行健把最后一张牌亮出来，是张黑A，又让他给逃了。"别看他长得寒碜，就是有本事走到哪睡到哪。听说还得过花柳病，天天晚上得坐澡盆子里用药洗上半小时。他是怕年哥跟他争澡盆子哈。"

"放你娘的屁！"冯年骂他，"老子三十年了，一套原装的男科！"

我们都笑起来。是啊，我们的冯年哥哥已经三十了。要在花街，早已经是打酱油的孩子的爹了。

冯年三十，所以冯伯伯和冯姨着急。谈婚论嫁，年龄从来都是大问题，都一把年纪了你还怎么拖？越拖越没市场了。关于市场，冯年肯定比我们懂。这也是他焦虑的原因之一。生活说是摸着石头过河，其实对大多数人来说，一辈子是清清楚楚地看得见的：我们在重复上一辈乃至上上、上上上一辈人的生活。前前后后的人基本上都这样过，都得这样过，不是什么人都可以撞上奇迹的。冯年不可能永久地留在北京，他明白以他的才华、能力和运气，自己必定和百分之九十五以上的人一样，只是赶紧埋头吃两口青春饭，然后推饭碗走人。他还赖在北京，都是给年轻闹的，年轻似乎意味着一切皆有可能。骗骗自己也好。但是现在，婚姻大事临头，不厌其烦地提醒他，三十岁也不算年轻了。但他不甘心。一看见他每天把自己弄得西装革履、人模狗样我就知道，他不想就这么放弃，虽然眼下也看不见转机和希望。

"除了老总和副总，"冯年在我们的屋顶上悲哀地说，"全公司我年龄最大。"他很纠结。

郑马猴的猴耍得好，花街上的孩子都喜欢看。我们经常跟着他走乡串户地跑，他耍到哪我们跟到哪。他能让猴子数数、分辨红豆和绿豆，甚至能让猴子围着一个女人转上三圈判断出她结没结过婚。他让猴子在不同季节穿不同的花衣服，那衣服妖娆冶艳，穿上后猴子显得十分淫荡。普通的骑车、倒立、敬礼、作揖更不在话下，据说他还曾训练猴子当众手淫，当时男人给他鼓掌，女人向他吐唾沫。耍猴的情况就是这样。我记起来了，郑马猴的猴戏结束后，也是把猴子随手往身后一甩，猴子就挂在了他的后背上。不同的是，他系在猴脖子上的是一根五颜六色的花布条搓成的套；此外，这还是他猴戏的一个重要环节。小猴子会在他后背上一个鲤鱼打挺翻上主人的肩膀，然后手搭凉棚，像齐天大圣那样向观众们敬礼。到此，猴戏才在掌声中圆满结束。

冯年看的猴戏比我多，他比我们都大。但他一点都想不起在噩梦之前，起码在来北京的六年里，他曾在什么时候回忆过郑马猴的猴戏。从来没有。

"那你最近看过猴子没有？"行健问。

"两年前去动物园，见过几只猴子。"

"这就对了！"行健说，从床底下的纸箱子里摸出一本书，《梦的解析》，一个叫弗洛伊德的洋人写的，已经被他翻烂了。他抖着那本书用教授的宏大口气说，"年哥，你压抑了。要不是那事儿上压抑了，就是那几只猴子勾引起你的某些说不清楚的回忆。"

"别张嘴闭嘴那点事儿，成不？那都是两年前的猴子！"

"这个弗什么德的说，吃奶时候的事都有影响，何况你才两年。年哥你绝对压抑了。那点事儿多重要啊。"

行健攥着那本书当然离不了那点事儿，他不知道从哪弄来的，当黄书看的。如果不是隔三差五能看到几句刺激的，谁有兴致看一个外国人唠唠叨叨地解梦。

这事最终也没弄明白，冯年照样做噩梦。为了避免噩梦，他想了很多招，比如熬夜，熬到走路都能睡着的时候再睡。没用，只要睡着了，连个过渡都没有，跺跺脚就变成西装革履的猴子。六耳猕猴也穿皮鞋？鞋面用金鸡牌鞋油擦得溜光水滑，苍蝇站上去都得跌跤。他还试过喝酒，醉得一个劲儿地说自己是宝来，但是一躺下来，梦里的六耳猕猴还叫冯年。第二天一早找我跑步时说，他被链子勒得酒都吐不出来了，只好咕嘟咕嘟再往回咽，胃装不下，他被活活胀醒了。他还想过用别的梦把六耳猕猴挤走，夜就那么长，做了这个梦肯定就没时间做那个了。白天他就反复地想一桩稀奇古怪的事，希望夜里能换个内容；周公说，日有所思，夜有所梦嘛。但要盯着一件事往死里想，时间和强度都得跟上，比上班还累，而且也只是偶尔才奏效，他觉得太划不来，苦成这样不如死了算。只能放弃了。

冯姨又在电话里催我了，她找不到冯年，干脆守在我家等我电话。上次冯年打了个电话回去，留的活话，"先处处看"。挂了电话就没跟人家联系过。冯姨在电话里说："屁话，还处处看！一条街上长大的，谁头上有几根毛都一清二楚，处个屁处！你让那狗东西现在就给我回话！现在，立马，赶紧，立即，务必！"我拿了鸡毛当令箭，又屁颠屁颠地跑到海龙，在他公司门口喊："冯年，现在，立马，赶紧，立即，务必！"

这一嗓子坏了事。当时冯年正在向一个客户推销佳能相机，说得有鼻有眼的，那家伙马上就要动心，我来了。等我传达完冯姨的指示，那人已经向另一个店员咨询了，然后冯年眼睁睁看他从同事的手里买走两部单反相机。下了班他直接奔我住处，劈头盖脸一顿骂："让你别去公司你非要去！到手的两部单反没了！"

我没理他。至于么，不就两部破相机，我还一肚子牢骚没地儿发呢。虽说我跑哪都是跑，可那中关村车那么多，空气质量多差啊，肺被污染了我找谁去？再说，冯姨跟黄鼠狼似的，见天就坐我家等电话，我妈都急了；她一来你就得陪着，除了纳鞋垫别的活儿都干不了，我们家就三口人用得了那么多鞋垫么？冯年的火气让宝来都看不下去了。以我对宝来的了解，凡是宝来说不好的，肯定有问题；凡是说宝来有问题的，那人一定有问题。宝来说："年哥，我们都是为你好。"

冯年翻两个白眼，长叹一声，像气球被扎了个洞："算了，跟你们也说不明白。"

把相亲弄得像受难，我们没能力明白。后来他在屋顶上跟我们玩捉黑A，输了喝酒，酒至半酣才结结巴巴道出实情。其一是，他真有点喜欢郑晓禾。他高她三届，念高三时没事就往初三教室门口跑，装作偶然路过，慌里慌张地朝郑晓禾脸上看几眼。现在想起来还脸红耳热，要不早打电话回绝了。其二是，他们公司要在朝阳区开分店，准备挑一名经验丰富、性格稳重、业绩突出的员工去做分店长，这两个月的销售业绩作为重点参照。冯年前两条都没问题，只要眼前能够立竿见影，就成了。偏偏这是多事之秋。据说那两部相机加配件，销售额近五万，一个月也难得抓一两条这样的大鱼。

"哦，"我说，"真是不好意思。"

"这是我最后的机会了，"冯年抱着酒瓶子像唱卡拉OK，"下个月就三十一了。来的时候我跟自己说，三十岁还没头绪就回家，妈的结婚、生孩子！来，兄弟们，干了！"

第二天早上他没跑步，睡过头了，洗漱完就往公司跑。夜里依然梦见被甩到耍猴人的后背上，银白的链子扣进了肉里，要把他血管和气管割断。

接下来他跑步时断时续，状态也不是很好。我能理解他的难过，夜里没睡好还得花体力去跑步，搁谁也受不了。我甚至还做过一个和他相同的梦，梦见自己也成了一只六耳猕猴，身上穿的是夹克、牛仔裤和运动鞋，被人吊在身后。我想我要憋死了，我想我的脸一定肿胀得像只大红南瓜。醒来后我为冯年哥流了两行眼泪。但我只梦见过一次，而冯年每周至少三次，一次比一次暴烈。

我们决定为冯年出点力，四个人家底子全端出来才凑到三千块钱。宝来说，有总比没有好。托行健的一个朋友去海龙，单找冯年，买什么都行，只要能把三千块钱花掉。那哥们儿去了，问哪位是冯年。一个同事说，冯年生病，已经两天没来上班了。那哥们儿回到我们住处，很生气，逗我玩哪你们？让我屁颠屁颠地去放空枪！

行健说："生病了你怎么不吭一声？"

"我哪知道他生病？"我说，"最近他又不是每天都跑。"

米笋瞪大眼，说："会不会那啥了？"

"哪啥？"

米笋摆摆手："没啥。瞎说着玩。"

我和宝来相互看看，站起来一起往外走。

隔两条巷子，推开院门，冯年的房门敞开着。这是傍晚，天从上面往下暗，房间里昏沉沉的，没开灯。我被烟味呛得咳嗽起来，冯年坐在破藤椅里抽烟，烟头像细小的鬼火在闪。我打开灯，看见他头发支棱着，眼窝深陷、胡子疯长，一看就是个资深失眠者。他只穿着贴身的秋衣秋裤，西装和领带扔在床上。床上一片狼藉，刚搬完家似的。

"我正打算找你们，"冯年说，用夹着香烟的手在房间里漫无边际地划拉一圈，"我今晚的火车回家，你们看看这屋里有什么用得着的，随便拿。"

"年哥，你这是哪一出？"我尽量让声音放松下来。

"没什么，就回去看看。"他说，"我坚持了两夜，一个梦都没做。夜里我就想事。我想清楚了，该找个好女人、生个孩子了。"他开始咳嗽，一连串的动静，眼泪都带出来了。他用床上的白衬衫擦眼。他把一个信封递给我，让我有空的时候去一趟海龙，把信交给他公司的经理，让同事转交也行。

我和宝来在他对面的凳子上坐下来，从他的烟盒里抽出中南海烟点上。抽烟有害健康，它让我们继续咳嗽。宝来觉得灯光刺冯年的眼，把灯摁灭了。我们都不说话。

临走的时候冯年指了指衣橱，犹疑地说："西装，你们谁想要？"

我们俩一起摇头。

第二天我去了海龙。副总在，他拆开信，刚看完，又一个西装革履的中年男人走进来。副总说："黎总，没必要找冯年谈了。他辞职了。"

"刚刚？"黎总拍拍后脑勺笑了，"他妈的这个小冯，真会挑时间，那换人。命苦不能怨政府啊。"

出门的时候遇上铁岭来的那个女店员，她说："呀，这不是冯哥的小老乡嘛。你咋来了呢？冯哥呢？呀，那烤地瓜老好吃了。谢谢啊。"

我对她笑笑，问："你做过穿西装的噩梦吗？"

"你说什么？"

我知道我问得很古怪，语法上也有毛病。她是一个每夜睡得香甜的人。

我说："没什么。"

二〇一二年一月十五日，中关村大街46号院

鹅　桥

1

"那个人在桥上站了一会儿，我只看到他在水中的倒影，瘦瘦的，长长的，在水波里不打弯。中午的阳光太好了，映得我看不清他在水中的脸。再说我也忙，正收网。嘿，那一网可真不错，足足抓了十斤鱼。等我收完网再去桥上看他，那个人已经不见了。"自称水虾的小伙子对我说，散漫地摇动两支橹。"你是今天来鹅桥的第二个外乡人。"

我看看水中我的影子，被船桨激起的水浪摇晃得支离破碎，和水虾的影子没有什么不同。于是我说："我的影子和你的一样，都是弯的。"

"不，你的影子是直的，"水虾说，"外乡人的影子在水里都是直的。你看不到，因为你是外乡人。"

我没告诉他那个外乡人就是我。中午的时候我刚到这个地方，在桥上站了一会儿。我只是想站在高处看一看河两岸的房屋和人家。我也看到了水虾，他坐在船头收网，专注的样子说明那一网收获不小。

"到这里的外乡人好像不多吧？"我说，"我在北岸转了半个下午也没找到一家旅店。"

"不多，来了也是一转身就走了。"

那是他们，我不行。我从几百公里外的地方来，转了身就找不到地方了，何况我是专程来这个地方看看的。天不早了，我得在这个地方住下。水虾和北岸的人说的一样，外乡人都要住在南岸的老金家。现在水虾要把我送过去。老金是这个水边小镇的管事的，他们不叫他镇长，也不叫他村长，叫他管事的老金。

夕阳沉到水底，河水暗淡下来，傍晚开始从水面上升起来。小船晃晃悠悠地前进，在陌生的水里行走有点像在飞。迎面不时碰到几个同样摇着小船的渔民。他们同水虾打招呼，船过去了还扭回头看我。水虾告诉他们，去老金家。

"就那儿，"水虾把船靠近一个简易的石码头，指着大柳树旁边的一栋两层小楼说，"那就是老金家。"他稳住船让我跳上岸，然后从木桶里捞出几条个头比较大的鱼。刚用网兜装好，从老金家门洞里走出来一个扎辫子的女孩。水虾说，那是老金的女儿。他冲女孩喊，"小水，来客人了。"

那女孩走过来，手指缠着辫梢，看着我不说话。

"给老叔下酒，小水，"水虾把鱼递过去，"刚抓的。"

"以后你别再送了。要送你自己拎给我爸。"小水说。

"我就不进去了，"水虾把网兜塞给小水，窘怯地用手搓着裤子。"有客人来了嘛。"停了停又说，"客人来了也好招待一下。那我走了，小水。"

2

进了老金家，灯已经点亮了。昏黄的电灯底下放着一张黑亮的小八仙桌，桌上摆放着碗筷。中间是三碟菜。小水的母亲正在厨房里忙活，听到了人声，就在厨房里问："屋子修好啦？"

"爸还没回呢，"小水说，"来客人了，妈。还有鱼，我来杀。"

一个女人从厨房里出来，衣着朴素，一看就知道是小水的母亲。脸上还存留很多小水现在的模样，眉眼清秀，下巴上有一颗痣，但是灯光的阴影还是遮蔽不了她的衰老。

"外地来的吧？你请坐，"小水的母亲在围裙上擦着手，"小水她爸去给神经七修房子了，就回来了。小水，给客人倒碗水。"

娘儿俩在院子里的水井边杀鱼。我的水没喝上几口，就听到有人咳嗽着进了院子。是老金，魁梧的大个子，脸上的线条有点硬，咳嗽和吐痰的声音都很响。客套了几句，他让我坐下，递给我一支烟。他咕咚咕咚喝光一碗水，也开始抽烟，一边抽烟一边咳嗽。

"这两天感冒，"他说，声音有点矜持，说话时直直地看着我，"你是城里来的吧。路过还是有事？"

"没事，就是看看，"我弹了弹烟灰。对面的墙上是一幅陈旧的年画，穿红肚兜的胖小子抱着一条大鲤鱼。因为墙壁是本色的水泥和着沙子涂成的，整个房间显得灰暗阴凉，那幅年画即使褪了色也热烈得有些过头，显得荒凉了。"早就听说这地方了，想看一看。"

"早就听说了？"老金又咳嗽起来，"到我们这里来的人不多。"

"听我父亲说的。他去世前一直向我念叨鹅桥，所以就想过来看看。给您添麻烦了。"

这时候小水母亲拎着一个小酒坛子过来，右手里是两只刚洗好的酒杯："金，你陪客人先喝酒，小水在烧鱼，一会儿就好。你们先喝。"

"好，喝酒，"老金说，"边喝边聊。穷地方，没什么好招待的，凑合着填饱肚子吧。"

3

老金安排我住在楼上靠左边的一个房间里，说客人来了都住那里。床铺上落了一层尘土，整个房间有一股潮湿的霉味。很久没有人住了。小水和她母亲帮着收拾了房间，一个清扫和整理床铺，一个去楼下抓了一把艾蒿上来点上，说是除除霉味和潮气。都忙活完了，我洗漱完毕，在艾蒿缥缈的苦香味里躺下。灯灭了，眼睛逐渐适应了房间里的黑暗，便从黑暗中发现了光明来。这个时候整个鹅桥已经声息全无，人们和我一样，早早就睡下了。偶尔几声狗咬和鹅叫，听起来像是从河对岸传过来的。很多年没有感受到这种安静了，静得让我感到一点恐惧。我看到置身其中的这个房间，四壁都是光秃秃的水泥，墙上曾被谁用粉笔一类的东西画过，残存着一间茅屋和一只大白鹅的形象。另一面墙上是一座拱桥，旁边是一只小船行在水里。房屋的简陋从屋脊顶上可以看出，是用茳草扎成捆苫成的，然后才盖上灰瓦。

我瞪大眼睛看着寄身之所，觉得有点像梦游，这就是鹅桥？我足足花了一个月的时间才鼓动自己来到这个地方，现在它终于从一个名词变成了具体的存在，我倒觉得不真实了。父亲为什么要一再向我念叨这个地方呢？

第一次听到鹅桥这个名字是在父亲住院之后。一天下午我在单位接到医院打来的电话，说父亲因心脏病复发又住进了医院，让我赶快过去。这次的确很严重，我进了病房发现父亲已经在吸氧了。大概正如医生所说，父亲体质太差，所以才导致出现目前的危险症状。然后医生又说，请我放心，他们会尽力的。这话说得我浑身一颤，父亲的睡态也让我恐惧，他平静得像死了一样。还好，父亲挺了过来，能说话的时候就把我叫到跟前。然后我就听到了鹅桥这个名字。

"鹅桥，鹅桥，"父亲蠕动着嘴，干燥的手抓着我的手，有些烫，"我要回去。在河边，两排茅屋。鹅桥，有鹅也有桥。"

"爸，什么鹅桥？"

"向南走，一直向南走。有一条河，河边有人家，他们都是鹅桥人，"父亲说话断断续续，手越来越烫，"你说我来了，穆馨如。回来看看了。船从鹅群里穿过，到处都是水和鱼，那些简陋的石码头。站在桥上可以看见所有的屋顶。"

"为什么要回去？"

下午的阳光从玻璃窗外照进来，落在父亲的枕头旁。父亲半睐着眼，头转向背光的一边，嘴唇抖得更厉害了，呼吸也开始急促。我松开他的手要去喊医生，他不让，竟有那么大的力气死死攥牢我的手。我只好在病房里高声喊医生，让他们赶快过来。喊过了俯下身，听到父亲支离破碎的微弱声音："回来。回去。"

然后就没有声息了。

医生赶到时，父亲的眼睛已经不会动了。他们手忙脚乱地折腾一阵，满头大汗地对我说："心力衰竭，救不回来了。"

那天是我第一次知道鹅桥，也是父亲最后一次说鹅桥。父亲去世之后我一直在琢磨这个名字，显然是个地名。但是我翻遍了所有可能搜集到的地图，都没能找到这个地方。那些地图已经具体到村镇了，在现代社会里，我不知道还有什么群落单位能小于村镇，可就是找不到。我一度以为鹅桥是父亲或者母亲的出生地，但是发现他们户口簿上的原籍写的是与它完全不相干的地名。母亲走得早，我五岁时就见不到她了。母亲是否说过与鹅桥有关的事情，我实在不记得。也许它与母亲有关？弄不清楚。

鹅桥成了我的一个结，绕不过去。事实上，从父亲说出之后我就放不下了，它是父亲的遗言，回到这个地方就成了他的遗嘱。父亲说得语无伦次，不知道他是想回去还是想让我去这个地方。我整天在脑袋里盘旋着鹅桥这两个字，甚至按照父亲的说法虚拟了一个沿河筑立的村庄，一个近乎桃花源般的水边之地。但它的抽象是明显的，一切都是望文生义的产物。我总看见我想象的村庄上空飘着鹅桥两个字。它对我成了一种折磨，我知道我不得不从这个世界上把它发掘出来，然后仔细地看清楚。

父亲说："向南走，一直向南走。"

我背着背包开始从城市出发，一路向南。记不清打听过多少对我摇头的过路人了，对这个地方他们和我一样迷糊。我只是向南，直到我看到了一条东西走向的河流，河上有桥，桥下有船，一群群白鹅从水面浮过。那些和水虾、老金、小水一样陌生的人告诉我，没错，这就是鹅桥。

终于来到了鹅桥。躺在床上感觉四肢酸痛，十分疲倦，可就是睡不着。我打开灯和背包，掏出黑皮面子的笔记本开始记录我所见到的鹅桥。第一句话是："我来到了鹅桥，这里已经不再是父亲的鹅桥，到处可见的简易的两层小楼取代了茅草屋。"拉拉杂杂地写了三页纸，都是关于对鹅桥的初步印象。它与我虚构的村庄有很大出入，从中我看到了时间的力量。

正写着，听到几声轻微的敲门声。我下床打开门，是小水，端着一杯水站在门前。

"你没睡吧？"她说，"我妈让我给你送一杯热水，我忘了。"

"谢谢。"我接过水杯，"一会儿就睡。"

小水咬着下嘴唇，羞涩地低下头，转身走了。走了几步又回过头，轻声说："我住在这边的屋子里，有什么事就喊我一声。"

她的脚步很轻，夜寂静，远处黑暗平坦。我关上门，觉得整个鹅桥如同浮在半空。

4

"你听过穆馨如这个名字吗？"我问老金，"他是我父亲。"

老金摇摇头说："没有。从来没听过。"

"可是父亲弥留之际一再向我提起鹅桥。"我看着他剔着发黑的牙齿，顿了顿才说，"我再向上了年纪的老人打听一下。"

"他们也不会知道的，一辈子都住在这里，没见过几个外乡人。"老金心不在焉地说，咳嗽着，"你想到处看看，就让小水陪你去，有什么还可以照应一下。我有点事要出去一下。"

小水在旁边说："神经七的房子还没修好？"

"神经七是你叫的？"老金说，吐了一口痰就出门了。小水吐了一下舌头。

我问小水："神经七是谁？"

"七爷头脑有点问题，大家都叫他神经七。"小水缠着辫梢说，"过会儿我带你去看看他。他的破茅屋三天两头漏雨。"

小水二十岁，正值年华大好的时光。初见陌生人怕羞，熟悉了就现出活泼的一面。刚开始时我们很少说话，逐渐就多起来，转了几条巷子已经算熟了。一边走她一边向我讲乡邻们好玩的事，谁家的猫到河边用尾巴钓鱼，谁家的鹅踩着楼梯进了房间，跳到床上生蛋，谁家的酒鬼把门前的阴沟当大河，不敢跳过去急得大喊大叫，等等。

我们身后出现了好奇的小孩，开始是一两个，接着越聚越多，最后成了一大群。他们从各自的院子里走出来，汇集在我们身后远远地跟着。小水说，陌生人很少，新鲜。如果是我一个人在街巷里走，不会有这么多小孩跟在后面，他们怕陌生人；现在有她小水在，他们胆子大了点，才远远地跟着。她小时候也和这帮孩子们一样，是他们中间的一个。有一回，一个外乡人冲她做了个鬼脸，都把她给吓哭了。我听了，回过头咧开嘴捏起眼，也冲他们做一个鬼脸。还好，没有小孩哭，倒是走在前头的几个小女孩吓得转身就跑，两条小辫子飘起来。巷子里是青亮的石板路，逃跑时不合脚的大鞋子击打地面，回声浮泛又空洞。

小水转过身说："回去，没什么好看的。再跟着我就告诉你们爸妈，回家打屁股。"

他们听了，闪动大眼相互看看，一个个尽力贴着两边的墙壁站着，蹭来蹭去，一会儿就相继散了。他们刚进家门，窗户里就伸出了大人的脑袋，他们伸长了脖子看我一眼，赶快缩回头去，又伸出头看一眼，再缩回去。然后是砰砰的关窗户声音。我听到经过的那家院子里，一个男声说："是他，就是昨天我告诉你的那个，在桥下的槐树荫里坐了两袋烟的工夫。"

我循声转身去看，两个人头迅速隐没到窗户后面。

我问小水："他们为什么好像都在躲着我？"

"他们在躲着你吗？不知道。"小水说，步子开始加快了，"我们这里就这样，外乡人一年也难得见几个。"

我不再问了，只想尽可能详细地看看这个叫鹅桥的地方。也许这就是他们的生活习惯，不太愿意和外面的人打交道。他们聚在某一个巷口三五成群地聊天，见到我来了，便沉默着各自散去，好像有相同的默契。待我走过时，只看到零落一地的烟头。我对小水笑笑，我已经习以为常。但这么一来就有了麻烦，找不到人打听有关我父亲的事，我希望有人知道多年前穆馨如与鹅桥的关系。

现在的鹅桥，已经不再是父亲所说的那个样子。尽管河边依然是傍水而居的人家，但更多的人家散布在河岸之后，从河边开始向两边摊开去，几乎家家都是造型相同的两层简易小楼。从外面的装饰和空荡荡的院子来看，空旷的房间不会比老金家好多少。众多的人家摊开去，不得不穿过一条条纵横交织的青石巷。这里大约算得上水乡，石板上泛着潮湿的南方气息。一个上午我们看的地方并不多。小水说，大约是鹅桥的四分之一，河对岸还有半个鹅桥，我们只走了这一半的一半。说没看到什么实际也看到了，很多人家，他们的房屋，躲避我的大人和小孩，相对安静又有几分神秘的乡间生活。说看到了，又于我的初衷无益，我想我就是把每一条巷子走上三五十遍，恐怕也找不出父亲与鹅桥的一点头绪。父亲为什么要在临终之前提起鹅桥呢？

我把父亲弥留的情形详细告诉了小水，她很有兴趣。确切地说，她对城市里的医院和城市有兴趣。这一点显而易见。我们经过桑树底下的那条废船时，她就开始不断地向我询问有关城市的问题。医院和护士，汽车和电话，超市和购物中心，还有电脑和吊带衫。我回答说，吊带衫就是一件能够露出肩膀和半个前胸后背的小衣服，小水羞红了脖子，她捂上眼，透过指缝看我，说："那个什么衫好看吗？"

我开玩笑说："我没穿过，不知道。"

"人家问你正事，那衣服好看吗？"

"真的不知道，应该好看吧，要不然为什么满大街都是光着膀子的姑娘呢？"

小水不说话了，坐到河边一块石头上。我们已经来到了一个石码头边。过一会儿，她说："我没去过城市。远吗？"

"还行。有空你可以去看看，跟鹅桥一样好玩。"

"我不敢，"她站起来，走到另一块石头边，"我也不认识路。"

一群鹅游过来，嘎嘎地叫成一团，在石码头边盘桓一阵，又叫着游走了。我在水里又看到自己的影子，弯的，有波浪的形状。

"小水，你看我影子是弯的还是直的？"

小水伸头向水里看了看："我爸他们都说了，外乡人的影子都是直的。我也不知道。"然后声音低下来，"我们走，水虾来了。"

水虾的小船沿鹅群刚才的路线划过来。他单手摇橹，右手向这边招呼："小水，小水，婶子让你带客人回家吃午饭。"等我站起向他招手时，船已经靠上了码头。"小水，还有，我妈下午套被子，想让你过去帮忙。婶子已经同意了。"

"我下午还要陪客人到处看看，我爸嘱咐过的。"

"老叔说客人可以自己四处走走，用不着再陪。老叔在家里等着你们回去吃饭呐。"水虾说，冲我笑笑，"用不着再陪吧。鹅桥是小地方，走到哪也不会走丢的，你说是不是？"

"不好意思，打扰你们了。下午我一人就行，没什么问题。"

5

　　下午我的确是一个人出门的，此后的几天一直都是一个人，两个人的时候那也是因为要过河到对岸，坐水虾的小船。

　　很难想象，这么大一个村镇白天也如此沉寂，至少我所到之处突然都变成了哑巴。弄出点动静的只是那些家禽和其他动物，鸡鸭鹅，牛马，山羊什么的。偶尔遇到一两条狗，和我一样在街巷里晃荡，摇着东张西望的尾巴。越这样我越好奇，专找动静大、人声多的地方凑。和上午一样，蹲在巷子头聊天下棋的人见到我的影子立马不吭声了，或者干脆拍拍屁股走人。一个个面无表情，好像恰好到了他们该回家的时间。我故意擦着他们的肩膀走，能闻到他们身上散发出的河水的清凉的气息和淡淡的鱼腥味。老金说过，河两岸的人多少都能下水，屁大的小孩一个猛子扎下去，出来时手里就多了一条鱼。长期下水的生活使他们养成一个习惯，裤腿总是卷得高高的。没有人脸上露出要和你打招呼的欲望，所以半个下午过去了，除了看到了和上午所见的相同的房屋和人群，我一无所获。因为当我想开口的时候，他们已经走远了。那时候我深刻地感到了自己外乡人的身份，我的装束，我的眼镜和嘴上叼着的香烟，他们把我从鹅桥人中显著地分了出来。

　　日薄西山时分，我来到一个巷子的尽头，看到了一个破败的院落和三四间茅屋，围墙是玉米秆做成的篱笆。这样一个院落引起我的注意，在河两岸触目所见的都是两层简易小楼的背后，竟然藏着这么个原始的土坯茅屋，不能不说是个意外。更让我意外的是，这个院落的上上下下里里外外聚集了我到鹅桥以来见到的最多的人，大人小孩加起来有五六十个。青壮年的男人蹲在屋顶上，怀抱成捆的苫草，在给最靠边的那间茅屋重新苫顶。

我看到老金站在院子里，对着屋顶的人指点不止，吆喝中间以咳嗽。这大概就是他们说的神经七的家。

院门口的树底下蹲着一堆人，大多是老头，一个个抱着大烟袋，有的怀里偎着拖着鼻涕的孙子孙女，任凭孩子们揪自己的胡子。老太太们坐成另一圈，就着干瘦的大腿搓麻绳，一边说话一边往手心里吐唾沫。这正是我想看到的。我灭掉烟小心地凑过去，在那群老头的圈子外面蹲下来。我蹲了有五分钟，没有一个人转过脸理会我，倒是他们怀里的小孩眼神好，瞪大眼盯着我看。我只好主动碰了碰身边一个老头的胳膊，赔着笑脸说："哎，大爷好。"

老头转过脸，说："噢，外地来的吧？还戴眼镜。"

他说话有点结巴，艰难的发音终于引起了其他人的注意，他们不得不向我这边看。

"听说鹅桥是个好地方，我特地过来看看。"我的脸上挂着笑，希望每个人都能看见我对他们的友好。

"什么个好地方。就是个水里找饭土里埋人的地儿。"

那老头说完，他们又不管我了，接着刚刚的话题有一搭没一搭地说。听内容是说神经七这茅草房早该拆了，躲在高高的房屋之间有些不三不四的。正说着，一个斜挎老式军用水壶的老头一瘸一拐地走过来，水壶的油漆早就不见了，摞满了经年摔打过的痕迹。他七十岁左右，一头蓬乱的花白头发。

"我不拆，我就住这茅草屋，"他说，满身的酒气，"冬天暖和，夏天凉快，给个金銮殿也不换。"

一个说："神经七，几间破屋有什么好守的？是没钱盖新的吧？"

又一个说："谁说七叔没钱？七叔都拿酒当水喝，钱到处塞，养活了河南岸的一半老鼠。是不是，七叔？"

神经七扑扇着醉醺醺的长眼皮，倚着树干坐下来，拍着军用水壶说："我金老七的钱都存在信用社，老少爷们没钱花找我，我盖个章你们去拿钱。"

大家笑起来，嘴里说着这个神经七，头脑彻底不好使了，穷得裤衩都十几年没换了，还瞎吹。笑过以后又聊起来，还是有一搭没一搭。

我又碰了碰那个结巴老头，问他："大爷，您听过穆馨如这个名字吗？"

"穆、穆馨如？"结巴结结巴巴地说，半天又说，"没、没听说过。"

"他是我父亲。父亲生前提过鹅桥这个地方，"我掏出烟递给他一支，"是父亲让我到这个地方来的。我想知道他和鹅桥有什么关系。"

结巴推开我的烟说："不、不认识。我们这是小地方。"

他们中的几个人吃惊地看着我，随即转过头去。突然神经七抽冷子似的睁开眼坐起来，问我："谁？你说谁？"

"穆馨如。我父亲。"

"穆馨如？这个名字有点熟，"神经七抹着脸，伸长脖子盯着我看，"我知道个大头，头大，粗眉毛。"

"我父亲就是头大眉毛粗，大爷，您认识我父亲？"

我站起来，想走到神经七那边去。一个年龄和神经七差不多大的老头一把将神经七推倒在树干上，"都老皇历了，"他说，"没有的事，别瞎说。"

"有，有，怎么没有？"神经七费了好大的劲儿才爬起来，指手画脚地喊起来，"大头我认识，这房子，昨天夜里我还梦见他的。"

神经七破锣似的喊声引起了所有人的注意，屋顶上的泥瓦匠和院子里的老金都向这边看。神经七自顾嗫嚅着嘴，说着大头大头，两手到腰间去找军用水壶，拧开了就对着嘴倒，空了半天也没空出一滴酒来。他跺着脚哭丧着脸叫着："大头，没有酒了，大头。"

有人喊老金："管事的，神经七又犯病了。"

老金急匆匆跑过来，一把将神经七拖过去，推到院子里。"七叔你有完没完？你再瞎叨叨我让他们都下来，你自己爬上去修。"

神经七不吭声了，低着头一瘸一拐向东边的屋子走。

老金走过来对我说，该吃晚饭了，让我先回去，他马上就来。那时候夕阳早已落尽，西半天的夜色开始缓缓垂落。

6

晚饭开始有点沉闷，开始只有三个人吃饭，小水在水虾家还没回来。我们没有喝酒，老金根本就没提这一茬，三个人干巴巴地在那里嚼着饭。沉闷的原因还有一个，就是刚坐下来时老金对我的不耐烦的告诫。

老金说："七叔头脑不好使，喜欢瞎说八道，你别听他的。"

我说："可是他好像认识我父亲。"

老金说："怎么可能？鹅桥的人那么多，为什么单单他神经七认识？他有病。"

我说："可是他说大头、浓眉毛的，就是我父亲的样子。"

老金说："在鹅桥，头大眉毛浓的一抓也一大把。我说了，别信他的。"停了一下又说，"我说过了，他神经有问题。有病。"

他显然已经失去了耐心。我不再说什么。女主人夹了一块肉放到我碗里，说："吃菜。鹅桥是个小地方，没什么好玩的，客人多担待。"

我说："很好，挺有意思的。"

吃了一半，小水急匆匆地回来了，进了门就说："妈，我回来了，有我的饭吗？"

"没在水虾家吃？"

"没有，"小水说，洗手的声音很响，"不想在他家吃，就回来了。"

老金说："你这孩子，怎么这么不懂事。"

小水吐了一下舌头，自己去盛饭，在我旁边坐下来，端着饭碗对我说："鹅桥没你们城市好玩吧？我跟水虾说过了，明天带你坐船去逮鱼。"

我刚想说声谢谢，小水的母亲用筷子点了一下桌子，说："小水，吃饭。"

于是都不说话，屋子里只剩下吃饭的声音。灯光摇摆不定，四个人头的影子在饭桌上无规则地移来移去。我很少夹菜，担心一不小心筷子戳到谁的头上。

晚饭之后，我稍微洗漱一下就上楼回了自己的房间。他们也相继没有了动静。鹅桥人似乎还坚守着日出而作、日落而息的生活习惯，晚饭后时间不长，整个村镇就如同滑入了沉寂的梦中。这大约也是不得已为之，我实在没有看到他们有什么可以消磨掉漫长夜晚的东西。我毫无困意，拿出黑皮本子开始记日记，颠三倒四地写，我说不清楚这地方到底是怎么回事，总感觉着怪怪的，搞不明白的别扭。只有那个神经七还有点意思，神经病和酒鬼往往比正常人还要可爱一些。我想重点记下神经七，他的衣着相貌等等我都详细地写下来了。快写完的时候，小水敲响了我的门。

她瞟了一眼桌上的黑皮本，说："你在写七爷？"

"你觉得这人怎么样？"

"神经七呀？就是一个神经病，说话做事稀里糊涂的，连他自己都不知道在干什么。反正不正常。去年冬天还脱光衣服在河边跑呢，一边跑一边叫，说要去打鬼子，打到鬼子老家去。"

"他一直都住在鹅桥吗？"

"应该是吧。我记事起就听说他神经有毛病。"小水在我旁边的凳子上坐下，又开始用手指缠绕辫梢。"七爷就是个疯子，没什么好说的。你给我讲讲你们城市里的事。"

"你想听哪方面的事？"

"什么都想听。你随便说。"

我想了想，不免起了卖弄之心，开始给她讲网络和股票。这两个东西听起来有点虚幻，空对空，讲起来更过瘾。其实我也是半瓶醋，对于股票连半瓶醋也算不上，顶多有点酸味。好在她对这些和我对鹅桥一样陌生，我不论怎么发挥总能自圆其说，听得她两眼发直，一愣一愣的。

我夸夸其谈四五十分钟，几乎完全沉浸到我所叙述的那个网络和股票的世界里，无意中向门口看了一眼，吓我一跳，小水的母亲板着脸站在门前。她什么时候过来的我丝毫不知道。

"小水，回去！"她说，声音有点凉，"让客人早点歇着，跑了一天了。"

她说完转身就走了。小水看看我，吐了吐舌头，说："都是我不好，忘了把门关上了，明天接着讲，我还想听。我走了。"走到门口，小水又转过身说，"别忘了，明天我带你去打鱼。"

7

第二天我们没能打成鱼，因为老金夫妇突然把那天定为小水和水虾定亲的日子。

一大早，我从楼上下来，看见小水坐在走廊的竹椅上哭，声音不大，肩膀有节奏地耸动。我问她是怎么回事，她只顾低头哭，不说话。老金喂过牛从牛棚过来，我又问老金，不知出了什么事，小水哭得这么伤心。

"没什么，自家的一点小事。"

我就不好再追问下去了，拿着牙刷毛巾到井台边洗漱。收拾完了早饭也准备好了。我看到女主人在饭桌旁数落着小水，见我进屋，她一脸无辜地向我摊开双手，"客人，你来说说，我和她爸给她定了亲事，她还不高兴，一大早起来就哭。"

"我不去。"小水终于说话了。

"不去也得去，反了天了！"老金咳嗽着说，对着门外吐了一口浓痰。

"我不想去。"小水还是哭。

"谁家呀？"问过了我才后悔，我有什么资格问别人的事。

"水虾，"女主人说，"客人你看看，不是很好么？人老实，又能干，家境也不错。客人，你来说说。"

我迟疑了一下，脑袋里迅速掠过水虾的形象。"不错，"我说，"人挺不错的。"小水的哭声更响了。

出了老金家，我直奔神经七的茅草屋，走到半路觉得就这么冒冒失失地闯过去不合适，应该带点礼物才对。为了打听到商店在哪里，我在周围的巷子里转了好几圈，好在鹅桥的巷子幽深长远的就那么直愣愣的几条，记住个大方向就不会迷路，但是没遇到一个可问的人。他们总是在我走到身边之前就已经离开。没办法，只好敲开一家院子，向在井台边洗衣服的一个老太太问清了商店的位置。老太太简练地告诉我，就在靠河边的村镇的最东头，金二家的杂货铺。说完就匆匆关了院门。

金二杂货铺的门面不小，三间屋大的地方，乱七八糟地摆满杂货。货架上是些小巧贵重的物品，地上摊放的则是粗笨的耐摔打的东西，菜刀、塑料脸盆、坛坛罐罐之类的。油腻腻的柜台上一溜摆着几个大坛子，散发出酱油、醋和白酒的味道；再过去，是摆放在几个盒子里的冷菜和调好味的肉类熟食。店里人不多，一个五十来岁的秃顶男人守在柜台里面，柜台外面的凳子上坐着两个老酒鬼，每人一碗白酒，一只手捏着一条小咸鱼。

"老板，给两瓶白酒。"我说。

"没有瓶装白酒，只有这个。"老板拍拍酒坛盖子，面无表情地说，"散装的老烧。"

"那就老烧，给五斤。还有，这几样熟食每样一斤，冷菜都给来上一份。"

我以为这样慷慨利落能把他们给镇住，没想到他们根本不吃这一套。老板仍旧面无表情，熟练地打开坛子向一个大塑料桶里装酒。另外两个酒鬼斜着眼睛看我，各自举起碗咕咚咕咚喝光剩下的半碗酒，抹抹嘴出了杂货铺，一脸的空白，连个招呼也没和老板打。

离开杂货铺天已经不是很早了，在巷子里可以看到起床的小孩到处乱跑。他们同样对我感兴趣，歪着头抓着衣角躲在墙角处看我，跟在身后的比昨天少多了，看他们的眼神就知道，只有胆子大的才敢远远地随着我走。他们几个身后是几条狗，跟着我是因为闻到了我纸包里的肉香。我停下来，打开一个猪头肉的纸包向那几个孩子招手，他们也停下来，远远地看着我。我向他们展示提在手里的一块硕大的肉片，希望他们能够走过来。过了半天，终于有一个个头大的孩子跑过来，到我面前又怯生生地慢下来，然后突然抓到那块肉，转身就跑。我看到他兴奋地舞动另一只胳膊，对面的小孩也兴奋地向他奔凑过去。我把那包猪头肉放到地上，对着那个抓到肉又盯着我看的小孩说："都给你们了，拿回去分给大家吃吧。"

然后提着酒肉去神经七的茅屋。

神经七正在收拾屋檐下用剩下的茳草，房屋昨天傍晚已经修好了。他一定是先闻到酒香才看到我的，因为我进了院子后，他下意识地去摸腰间的军用水壶，晃荡了半天也听不到一点酒响，然后抬头看到了我。

"什么酒？"神经七响亮地抽动鼻子，翻着白眼看我，嘴角流出一串口水，"你是谁？"

"七爷，我是专门送酒给您喝的，来看看您。"

神经七嘿嘿地笑起来，口水流得更多了，一跳一跳地跑过来，一把抱住酒桶，拧开盖子就喝，像喝水一样，那么大的桶口竟一滴也没洒出来。放下酒桶时直喘粗气，又嘿嘿地笑，满脸都是眼泪。神经七拍拍酒桶说："嗯，好酒，好酒。你是谁家的孙子？坐下来陪七爷一块儿喝。"

他让我坐到那堆散乱的茏草上。我和他坐下来，把几样菜摆在地上。

"七爷，您老边吃边喝。"

神经七说："好，边吃边喝。"又喝了一大口，抓起一块肉塞进嘴里。"你也吃，呵呵，你也喝。"

我想让他尽了兴再提我父亲的事，谁知道他吃喝起来竟没完没了，不仅如此，还逼着我也跟着吃喝。我们俩就这样坐在院子里，像一对真正的酒鬼那样吃吃喝喝。神经七喝酒的时候嘴里念念有词，不知道在咕哝什么。当我觉得他差不多该尽兴了时，问题又来了，他竟然喝着喝着歪倒在泥墙上，一块肉送到半路上又掉下来，手也跟着垂到地上。我吓了一跳，怎么突然没动静了，眼睛都闭上了。

"七爷，七爷。"

神经七吧嗒着油腻腻的嘴，打起了沉重的呼噜。他睡着了。我看一看酒桶，已经下去了五分之二，他也该睡了。那会已经上午十点多了，阳光有点烤人，我又拖又抱把他弄到了屋子里的床上。那张床脏乱不堪，他满身尘土地躺到了被子底下。

　　只好等他醒来再说了。我找了张四条腿长短不齐的竹椅子躺下，感觉酒开始上头了。我记得我喝得不多的，的确不多，可是我还是睡着了。醒来时已经十二点多了，神经七还在被窝里吧唧着嘴，说喝，一块儿喝。我晃动几下吱哟作响的竹椅，神经七睁开了眼，打过呵欠他坐起来，惊讶地看着我："你是谁？怎么坐在我家里？"

　　"七爷，上午我还陪您喝酒的呢，"我指着转移到桌子上的酒，"您不记得了？"

　　"噢，"他拍拍脑袋，和正常人没什么两样，"喝酒，对，喝酒，呵呵。你是个外乡人，找我这个孤老头子有事？"

　　"七爷，我想向您打听一个人，叫穆馨如，天生大头，浓黑眉毛。"

　　神经七从床上下来，赤着脚在地上走来走去。"大头，浓黑眉毛。穆馨如？他是你什么人？"

　　"我父亲。"

　　"年龄有多大？"

　　"六十四了，不过两个月前已经过世了。"

　　"六十四？穆？大头！你爸是大头！"神经七突然两眼放光，"你是大头的儿子？"

　　"您认识我父亲？"

　　"大头啊大头，我的小兄弟！你十九岁来鹅桥，二十二岁离开，还拐跑了一个鹅桥的姑娘，那可是河两岸第一号的天仙呐。嘿嘿，你小子跑哪去了这些年？老哥我替你守着这三间茅草屋，天天修，年年补，就是等你回来的。你小子说死就死了！四十二年了，大头你说死就死了。我金老七还守着这破草房子干什么呀？"

我上前扶住鼻子嘴角乱动准备大哭的神经七，"七爷，七爷，你真的认识我父亲？"

神经七突然又糊涂了，抓着我的胳膊大叫大头大头。"大头，大头，你怎么说走就走，说变就变了？带跑秀水不算，你还戴上了眼镜。"神经七老泪纵横。"你跟我说，大头，我金老七都不戴眼镜你凭什么戴？你说好房子让我只住三年的，你竟然让我住了四十年！你知不知道我都给住老啦，都住成瘸子啦，我金老七都住成神经七啦！"

不知道神经七哪来那么大的力气，把我又推又搡地推到了院子里，他的大喊大叫引来了很多邻居站在篱笆外观看。他又犯病了，喋喋不休地喊叫，说得越多越让我糊涂，他到底认不认识我父亲？我父亲是否就是他说的那个大头？我不知道，我从没听过谁叫过父亲大头。他们在冷眼旁观，人越聚越多，这让我受不了。我很想从这个破落的小院子里逃掉，可是神经七两只手把我抓得紧紧的，酒气和唾沫源源不断地喷到我脸上，避之不及。那么多的人，我都不知道怎么摆脱神经七。

幸亏老金及时赶到了。看到人群里挤出一个人时，我立刻高兴起来，救星到了。老金进了院子，抓着神经七的胳膊猛地一拽，神经七松开了我的胳膊后退两步，右手里抓着半截我衬衫的衣袖。

"七叔，你干什么！喝两口猫尿就撒酒疯，回屋睡觉去！"

"大侄子，"神经七说，"他是大头，我不能让他走啊。"

"什么大头大头？我让你回屋去，有话跟你的酒壶说！"

神经七像个委屈的孩子，哭哭啼啼地看着我，念叨着大头大头，低着头一瘸一拐地回屋去了。

老金脸色很不好看，"你怎么又过来了？回去吃午饭。小水妈到处找你。我就知道你会来。我就没听过什么穆馨如，鹅桥人哪个听过了？他一个疯子，你能问出什么道道来？神经病的话你也能信？回去！回去！"老金走在前头，对着篱笆外围观的人挥着手。"你们也回去，回家去，有什么好看的？没见过人是怎么的？"

8

老金家的牛棚失火大约是在晚上十点半钟，那时候整个鹅桥都睡了。我的生物钟一时半会调整不过来，十点来钟正是精神大好的时候。我在黑皮本上记下白天发生的事，突然听到老金的变了调的喊声："救火呀，快救火呀，失火啦！"

我赶紧推开门，院子外面的牛棚处火苗已经蹿过了围墙。火势不是很大，因为老金家的牛棚就不大，但是此起彼伏一丛丛的火焰在黑暗的鹅桥上空依然有惊心动魄的效果，半个天空都跟着躁动起来。老金已经打开院门，正站在院外向左邻右舍求救。小水和她母亲正在井台边打水，急得小水一直咿咿呀呀地叫个不停。我穿着拖鞋跑下楼，要帮她们拎水，小水母亲说："客人你还没睡？"

"没有，我不习惯早睡。"我说，拎着小桶就往外边跑。

牛已经被老金换了地方，拴在邻居家门前的槐树上。此刻他还在喊着救火，邻居们的院门相继打开，一只只小桶晃晃荡荡地从门里出来。大约二十桶水就把火浇灭了，我前后拎了五桶。灭火的时间也不长，大约半个小时。仅仅烧了一个牛棚，没有殃及旁边的树木和柴草。那个晚上没有风，树梢一动不动。

火灭了以后，老金家的门前黑水流成一片。闻讯赶来的水虾和其他几个小伙子正帮着把牛棚拆掉，苫盖棚顶的茬草和芦苇被草叉挑到地上，冒出一股股焦味浓重的熏烟。老金卷着裤腿站在水洼里一遍又一遍地说："这三更半夜的，怎么会失火呢？"

小水的母亲好像火灭掉了以后才被吓着，在女儿的搀扶下眼泪都流出来了，"这可怎么办？你说这可怎么办？"她对小水说，"好好的怎么就起火了呢？"

失火的原因成了讨论的中心。牛棚自己着火肯定是不可能的，可是谁会来点上一把火呢？都快半夜了，鹅桥人都做完了一两个梦了，谁还在深更半夜不睡觉呢？我拎着空桶站在老金旁边，就着院子里的昏暗的灯光，我发现他们都在看着我。这让我很尴尬，好像火是我放的。

一堆草落到我面前，溅了我一身的水，水虾站在墙头上握着草叉，不用说这叉草是他扔下来的。

"这场火灾真不巧，把客人的好觉都给搅了，"水虾说，"真过意不去。"

他的声音有点怪。不过我还是如实回答了他："没什么，我还没睡。"

"都快半夜了，客人怎么还不睡？客人真是好精神呐。"

小水冲着水虾喊："水虾，你瞎说什么？赶快把草挑下来。"

"烧都烧过了，挑下来急个什么？"水虾说，抢起草叉又挑起了一叉草。

还是对着我的方向。我及时地后退几步，烧得半焦的草落到我刚刚站的地方。我没说话，拎着空桶转身进了院子，小水跟在我后面也进了院子。我知道，他们都在看着我。

9

在第二天的早饭桌上，我告诉老金一家，吃过饭我就离开鹅桥。小水对我的决定有点吃惊，说你不是要在这里多玩几天的吗？我的确说过，但是现在我想离开了。我只告诉她，回去还有些事情要处理，该看的也看了，不能耽搁太多时间。小水还想说什么，被老金制止了。老金说那也好，早点回去能做更多的事，他就不留我了，免得误了大事，吃过饭他会让水虾送我过河。我谢过他，拿出两百块钱递给小水母亲，算作这几天的住宿和伙食费用。她坚决不收，老金和小水也拒绝接受。我说这是应该的，几天来多有打扰，只是表示一点心意，如果不收下，我会过意不去的。她就收下了，一边对老金说着，那怎么好，那怎么好。

小水陪着我来到石码头，水虾的船还没到。我们面对面坐在两块石头上瞎聊着，她让我继续给她讲我生活里的事，那些对她来说无限遥远的景象。我意识到再给她讲虚无缥缈的东西未必是件好事，便说些漫无边际的玩笑话。然后看见一个人不规则地跑过来，是神经七，跑得气喘吁吁的，其实速度慢得要命。难为这么一个老人了。

"大头，大头，你走了又不跟我说一声，"神经七说，咳嗽声把一句话分割得支离破碎，"老哥我到管事的家找你，才知道你小子又要走了。这次又把小水带走？"

"不是，七爷，小水是来送我的。"

小水嗔怒地捶着神经七的胳膊，"七爷又胡说，小水以后再也不理你了。"

神经七嘿嘿地笑起来，说："谁知道大头脑袋瓜子里想些什么。大头，"他从怀里摸出一张折了好多道的发黄的白纸，递给我。"我住了你的茅草屋几十年了，我给你钱。这是我的条子，你到信用社去取，老哥我钱多着呐，你想拿多少拿多少。"

我接过白纸一看，上面七零八落地写着几行字，弯弯绕绕的，我一个也不认识。我递给小水看，小水就笑了，说："这是什么？一个都没见过，七爷又犯病了。"

"小丫头瞎说，七爷犯什么病？噢，对了，"神经七又去口袋里乱摸，摸出来半截萝卜和一个盛红水的小铁盒子。"大头，这条子要你老哥盖了章才能拿到钱。你看，这是我金老七的印章。"

他把纸条从小水手里夺过去，把半截萝卜蘸上红水，郑重地摁到纸上，半天才松开。纸条下方多了一个圆形的红印子，上面刻的是什么字我同样不认识，一团歪歪扭扭的线条。小水又笑了，说七爷这次病可犯得不轻。

神经七把纸条认真折叠好，小心地塞进我的上衣口袋里。"大头，盖过章了，这些年的房钱我金老七可还清了。"他动情地拍拍我的肩膀，说，"船来了，大头，你要走就走。快走，天黑了找不到路。"

水虾的小船快速地划过来，靠到码头边上。我跳上船，对岸上说："七爷，谢谢您，您多保重。小水，你也回去吧。"

　　神经七和小水向我挥手。神经七说："大头，你什么时候回来？是不是又要过四十年以后？"

　　我说："再说吧。您看我的影子在水里是直的还是弯的？"

　　神经七愣愣地看着我，没听明白我在说什么。这时船已经离开了码头。

二〇〇三年七月二十六日　淮安

西　夏

一

我缩着脖子打瞌睡，怀里抱着一本书。手机响了，是我的女房东，敞开嗓门问我现在哪儿。当然是书店了，我说，还能在哪儿。房东说，快点，赶紧的，到派出所去。警察到处找你哪，她说，打我们家好几次电话，我都急死了。她应该是急了，不急她是不会舍得花三毛钱给我打电话的。

"你是不是犯什么事了？"女房东俨然是在跟一个罪犯说话。

我没理她，关了手机。我整天待在这屁股大的屋子里，能犯什么事。可是不犯事警察找我干吗？我还是有点毛，这里面三五十本盗版书还是有的。我看了看书架后面，没有一个顾客。大冷的天，谁还买书。我锁上门，外面已是黄昏，灰黑的夜就要降临，北京开始变得沉重起来。

风也是黑的，直往脖子里灌，这大冷的天。我骑着自行车向派出所跑，一紧张手套也忘了拿。什么时候车都多。我从车缝里钻过去，闯了两个红灯，到了派出所浑身冰冷，锁上车子后才发现，身上其实出了不少汗。

派出所里就一个房间亮灯，一个警察在屋子里走来走去。我敲敲门。

"你就是王一丁？"那警察拉开门劈头盖脸就问，唾沫星子都崩到了我脸上。

"我就是，"我对着屋里充足的暖气打了一个巨大的喷嚏。因为房间里还有一个姑娘，我把第二个喷嚏活生生地憋回去了。"我没犯事啊？"

"那这姑娘是怎么回事？"胖警察指着那姑娘问我，"我都等了你三个小时了。你看，"他伸出手表让我看，"已经下班一个小时零十二分钟了。赶快领走。"

他让我把那姑娘领走。那姑娘长得挺清秀的，两个膝盖并拢坐在暖气片旁的椅子上，眼睛扑闪扑闪地看着我。我就听不懂了，她是谁啊我领她走？

"人家来找你的，不知从哪儿来的。叫西夏，"胖警察已经伸进了军大衣的一只袖子，空闲的那只手把桌子上的一张纸拉过来给我看。"你是打哪儿来的？噢，我又忘了，你是个哑巴。"

我看了看那张纸，上面谁用自来水笔写了一行看起来不算太难看的字，有点乱：

王一丁，她就是西夏，你好好待她。

下面是我的电话号码，也就是房东家的号码。

西　　夏

我又看了看那姑娘，高鼻梁，长睫毛，眼睛长得也好看。可我不认识她。

我说："你是谁？谁让你来找我的？"

胖警察说："我不是跟你说过了么，她是个哑巴。"

哑巴。我又去看那张纸条，上面的确写的是我的名字。她应该就是西夏。"我不认识她。"

"我也不认识，"胖警察说，他已经穿好了另一只袖子，开始扣大衣最后一个纽扣，"赶快领走，我还要去丈母娘家接儿子，今晚又要挨老婆骂了。"

"警察同志，我真的不认识她。"

"神仙也不是生来就相互认识的，快走，"他把我往外面赶，然后去拉那姑娘起来，"再看看不就认识了？"

"可是我真的不认识！"

"怎么？"胖警察头都歪了，指着墙上的警徽说，"这是派出所！"啪地带上了门。然后发动摩托车，冒一串烟就跑了。

胖警察走了，那姑娘就跟在了我身后。她是冲着我来的，看来我是逃不掉了。我推着车子走在前面，速度很慢，以便她能跟得上。她把手插在口袋里，我转身的时候她在看我。如果她不是个莫名其妙的陌生人，在大街上遇到了我会多看她几眼的。真的不错，走路的样子都好看。我把速度继续放慢，跟她走了平行。

"你叫西夏？"

她点点头。

西夏。我想起了遥远的历史里那个偏僻的名字。一个骑在马上的国家和一大群人，会梳很多毫无必要的小辫子。太远了，想不起他们到底长什么样子了。这姑娘竟然叫了这么一个怪名字。

"西夏。"我说。

她又点点头。

我还想再问问她点什么，肚子叫了。往常的这时候我早该吃晚饭了。于是我又问她："饿了吧？"

她点点头。

回去做饭有点迟了，我带着西夏到马兰拉面馆吃了两碗牛肉拉面。热气腾腾的两碗面下去了，汤汤水水的，让我觉得在这个冬天的夜晚重新活了过来。海淀桥上的红灯亮了，桥上车来车往。我们继续往前走。我住在北大西门外的承泽园里，从硅谷往北走，到了北大西门时进蔚秀园，穿过整个蔚秀园，再过从颐和园里流出来的万泉河，就是承泽园。

我租的是平房，有点破，不过一个人住还是不错的。我之所以找了这间平房，是因为它门前有棵老柳树，很粗，老得有年头了，肚子里都空了，常常有小孩捉迷藏时躲进去，一个大人都站得进去。我就是喜欢这棵柳树才决定租这房子的。小时候，我家门口也有这么一棵老柳树。我喜欢柳树，春天来了，枝条就大大咧咧地垂到了地上。蔚秀园里行人很少，一路清冷，她是个哑巴，我也懒得说话了。一大早爬起来去图书大厦进书，然后运回来，整理，上架，忙忙操操的一天。幸亏天气冷，一直清醒着，现在牛肉面下了肚，身子暖起来，瞌睡也跟着来了。

我把自行车放好，就去敲女房东的门。我想让西夏先和她住上一个晚上，什么事都等到天亮了再说。女房东从门后面伸出个头来，看了看西夏，又看了看我，说："这姑娘是？你真的犯事了？这可怎么得了！"

"犯什么事！"我说，"帮个忙，让她跟你挤一夜。我屋小，她又是个女的。"

"她是谁？"女房东脖子伸得更长了。

"她叫西夏，不喜欢说话。别的我就不知道了。"

女房东以为我在开玩笑，对我暧昧地笑了。四十来岁的老女人，多少有点神经过敏。为了让她同意收留西夏，我好说歹说，最后终于承认她是我女朋友。这么说我都不好意思，我从来没有带过女孩来过这间小屋。没有女孩可带。女房东说，照直说不是结了，你看把这姑娘晾在外面，都冻坏了，快进来快进来。真是的，对阿姨也不说实话。

二

第二天早上，西夏的敲门声把我叫醒了。昨夜也没想什么心事就睡了，结结实实的一觉。我看看手表，才早上七点。天还没有亮开。我躺在被窝里磨蹭了几分钟，实在觉得莫名其妙，天上掉下了个大活人。起码我应该知道她的前因后果，为什么要来投奔我。可我什么都不知道，她不说。昨天晚上我在路上和拉面馆里都问了，问她哪里人，谁让她来找我的，找我干什么，她要么摇头，要么愣愣地看着我，或者是做着我看不懂的手势。总之我是什么也没问出来，也许她多少表达了一点，但是我还是一点都没弄明白。我从没和哑巴打过交道。我觉得我还应该继续问下去。

西夏梳洗过后人更清秀了，整个人似乎都变得新鲜了。她冲我笑笑，进了我的房间，很自然，好像她和这陌生的屋子也有不小的关系。我还站在门前发愣，用披在身上的羽绒服把自己裹紧，早上空气清冷，整个园子都很安静，哪个地方有几声鸟叫，一听就是关在笼子里的那种鸟。

　　女房东从门后伸出头来，招呼我到他们家去。他们家的暖气比我的屋里好多了。"她不是个哑巴吗？"女房东说，表情严肃，声音很重，显然在向我强调一个事实。说过以后可能又觉得话有点重了，立刻换了一脸来路不明的微笑。"不过人倒是不错。不管怎么样，有总比没有好。"

　　她的意思我明白。我笑笑，说："阿姨，你误会了，我不认识她。"

　　"不认识就带回来了！你真行，我儿子要有你这手段就好了。"

　　"我是说，我们没有任何关系，完全就是陌生人。真的。"

　　"我不信，陌生人人家就这么跟你回来了？"

　　"不知道谁在哪里找到我的名字和你家的电话号码，就让她找来了。她是谁，要干什么，我都不清楚，昨天晚上还没来得及问出个头绪呢。我也在纳闷。"

　　"那，这样的人你怎么敢带回来？"女房东的脸立马长了一大截，"她会不会是装哑巴？这年头什么人没有！"

　　这我倒没想到，经她一说我觉得问题是有那么一点严重。我知道她是什么人就带了回来？我从女房东家里出来，都有点心事重重了。我简单地洗漱了一下，从水池边回来，发现西夏已经开始做早饭了。看到我在发愣，就笑笑，指指旁边的半把挂面，又指指正冒热气的铁锅，她告诉我我们的早饭是面条。她像个这个小屋的主人一样，对我的厨房驾轻就熟。这让我倒不好开口了。我到沙发上坐下，点上一根烟，只吸了几口，就让它慢慢燃着，我就不明白她怎么就这样不可思议呢。

那根烟烧了一半，面条做好了。这个名叫西夏的姑娘把面条端到了小饭桌上，我的那碗里还有两个荷包蛋。然后，她摆上了我在超市买的小咸菜和辣酱。她把筷子递给我，低下头开始吃自己的那一碗，没有荷包蛋。我捏着筷子看她吃，梳成马尾巴的头发在我面前一点一点的。我夹了一个荷包蛋给她，她对我摇摇头，又还给了我。继续低头吃面条，吃得很细，一根一根地吸进嘴里。

我说："你到底是不是哑巴？"

她抬起头看我，对我的问题好像很惊讶，但是她却对我摇了摇头。

"不是哑巴那你为什么不说话？"

她摇摇头，又点点头，脸上出现了悲凄，手里的筷子也跟着瞎摇晃起来。

"你是说，你过去不是哑巴，但是现在是了？"

她用力地点头，示意我快吃，面条快凉了。

我挑了一筷子面条，又问她，为什么现在不能说话了？她还是摇头，头低下来，似乎我再问下去她就要哭了。她也不知道。我还想再问下去，看到她吃得更慢了，就打住了。我想算了，不管她是什么人，总得让她吃完这顿饭。我们都不再出声，她给我夹菜我也不出声。夹菜的时候她不看我，动作很家常，像妻子夹给丈夫，像妹妹夹给哥哥，一副理所当然的样子。

吃完饭,她开始收拾去洗刷。我又点了一根烟,看着烟头上烟雾回旋缭绕。说实话,我真不知道该怎么处理这种怪事。我看看表,离书店开门还有一个小时,我想提前去上班。

穿好衣服,我对着厨房说:"我去上班了,你离开的时候把我房门带上就行了。"然后我就走了,我想她懂我的意思。为了把时间磨蹭过去,我决定步行去书店。那个小书店是我和一个朋友合伙搞的,不好也不坏,北京这地方的生活基本上还能对付过去。这几天轮到我来打理。一般都是早出晚归,中午一顿随便在哪个小饭店里买份盒饭就打发了。刚出了承泽园,在万泉河边上遇到了买早点的女房东。

"那姑娘呢?走了?"她问我。

"没有,还在洗碗。"

"那你问明白了?"

"没有,她不会说话。我也不想问了,也不好意思赶她走,拐了一个弯,让她离开的时候把房门带上。"

"你犯糊涂了是不是?你知道她是什么人?哪有把门留给一个陌生人的!"

"就一间小屋,又搬不走。我没什么值钱东西。"

"这可是你说的,"女房东大概觉得很气愤,甩了一下手里的油条就走了。"出了事别说阿姨没提醒你!"

能出什么事,我和穷光蛋差不了多少,小偷来了我也不担心。但那是她家的房子。我磨磨蹭蹭地走,万泉河结了厚厚的一层冰,我想北大未名湖里的冰应该会更厚,每年这个时候都有很多学生在上面溜冰,我也冒充年轻人去玩过几次。穿过蔚秀园,在北大西门那儿停了一下,看了看硬邦邦站着的门卫,又放弃了去北大校园里转一圈的念头。

这一天同样乏善可陈。和过去的无数天一样：开门，简单地收拾一下，卖书，记账，端到手里就冷掉了的盒饭，还是卖书，偶尔的一阵小瞌睡，坐着的时候若不瞌睡就找一本有意思的书翻翻。我喜欢看书，什么书都看，都瞎看。因为看这个书店，日积月累竟也翻了不少的书，又加上要掌握出版界和图书销售行情，肚子里稀里糊涂也算有了点墨水。这是别人说的，我朋友，还有那些买书的人，比如北大、清华的一些学生，我隔三差五还能和他们侃上几句。这么一来，搞得我多少有点自我感觉良好，就更加热爱看书了。我也不知道我看书到底是为了什么，大概就是为了能够得到点可以和别人对话的虚荣感吧。不知道，反正是爱看了，有事没事就摸出一本书来，看得还像模像样。

先亮一盏灯，再亮第二盏，三盏灯全亮起来，天就快傍晚了，我该关门回家了。

那天傍晚回家也回得我心事重重。总觉得心里有点事，大概是看书看的，那本让人不高兴的书看了半截子，心里总还惦记着。也可能是平常都骑自行车，跑得快，今天突然改步行了，一路东张西望，满眼都是冷冰冰的傍晚、行人和车，看得让我都有点忧世伤生了。花了大半个小时我才走到家，看到了温暖的老柳树的同时，也看到了温暖的灯光从我的小屋里散出来。我终于明白那个心事，那个叫西夏的女孩。门关着，我站在门前，听到了里面细微的小呼噜声。她竟然还没走。我推门进去，她就醒了。她蜷缩在沙发上像只猫，揉揉眼站起来，打了一个寒战。她对我笑笑，让我坐下，她去热一下饭菜。她把晚饭做好了，两菜一汤在饭桌上。既然没走，也只好这样了，我坐下来，点上烟，等一桌热气腾腾的晚饭。

饭桌上我几次想问，为什么没有离开，犹豫了几次还是算了。她的晚饭似乎吃得很开心，饭菜的味道也不错。她的日常化的夹菜终于让我有点尴尬了，我意识到这是晚上，我们是一对陌生的男女，这种顾忌让我不习惯。我觉得我得让她走了。

更尴尬的还在后面。

吃过饭西夏洗碗，我去敲房东的门，想让她再收留西夏一个晚上。敲了半天，门才开，女房东打着哈欠让我进去。

"那姑娘怎么还不走？"她问我，两只手还在忙着手里的毛线活，眼睛盯着电视。

"我就是为这事来的，阿姨，"我说话也变得不畅快了，"我想请你再让她在你这儿住一晚，明天我就让她走。"

"哎呀，真是不好意思，我们家老陈今晚有可能回来，这就不好办了。"

"陈叔不是出差了吗？"

"是啊，出差也不能不回家呀。他在电话里说了，就这两天，可能今夜就能赶到家。你看，怎不能三个人睡一张床吧。"

"你们家不是还有一张空床么？小军的。"

"那床好长时间没人睡了，再说，小军特烦陌生人进他的房间。"

"那能不能让陈叔委屈一下？"

"小王，这个，你看我们家老陈出门这么多天了，刚回来，总得，不怕你笑话，人都说小别胜新婚。你陈叔是个急性子，你也知道。"

话都说成这样了，四十多岁，正是饱满的欲望之年。我还能说什么？扯了个幌子，我敷衍几句就离开了。我知道她在推辞，我临走的时候她又告诫我："小王，来路不明，早晚是个祸害。"

　　那晚陈叔当然没有回来。当然这已经不是我的事了。我的事很麻烦，我必须和一个陌生女人同居一室，这怎么说都是件别扭的事。她在烧热水，电视的声音调得很小。我帮她调大了一些。在电视上别人的声音里，我抓着头皮说："房东那边今晚不方便，只好委屈你住这里了。"

　　她点头答应着，好像早就知道会是这个结果。煤气灶上的水开了，她像家庭主妇那样去灌热水瓶。我知道女人的事很麻烦，就告诉她哪个是脸盆，哪个是脚盆，然后就关上门出来了。我在外面找不到事干，就抽烟，打火机照见了屋檐下一溜衣服，被冻得硬邦邦的，裤管直直地站在夜里。她把我的脏衣服全洗了。我被感动了一下，除了我妈和我姐，还没有女人给我洗过衣服。大冷的天，她洗了一大堆衣服。

　　一根烟抽完了，她把门打开让我进去。她做出怕冷的样子，她怕我冷。她堂而皇之地在我面前脱掉鞋袜开始洗脚，我努力将目光固定在电视上，还是看见了她的脚，白得触目惊心。她的脚让我深刻地意识到，这是一个女人。真要命。我决定去收拾一下床铺。让她睡在床上，我把长沙发打开，临时做成了一张床。缺的是被褥，我只有一套。只好从衣橱里把所有能摸出点厚度和温暖的衣服全找出来，铺在沙发上做垫被，我得和衣而卧，身上盖一件棉大衣了事。

　　那晚我就这么睡的。说句没出息的话，真有点惊心动魄。

我让她先睡，我要看一会儿书，背对着她，带上耳塞边听音乐。大约十一点的时候，我拿下耳塞，听到了她的微小的呼噜声。女人的这种小鼾声让我觉得莫名其妙的可爱。她睡得像只猫，被子弯曲成身体的形状。我灭了灯，在沙发上缩成一团，穿着衣服睡还是冷。冷也睡着了。

后半夜我翻身，听到了一点声音，下意识地睁开眼，西夏竟然睡在了我身边，她也到了沙发上。她把被子一大半盖在我身上，我翻身时压到她的胳膊了。她侧身面对我睡，另一只胳膊放在我身上，像在微笑似的撇了撇嘴。当然她还在熟睡。我出了一身的汗，谨慎地转过身背对她，平息了很久才重新入睡。

我醒来时她已经起床了，正准备做早饭，什么也没有表示。

三

"你不能再留在这里了，"我看着筷子说，"不管你是干什么的，为了什么，你都得走了。我们这样很不方便。"

西夏半天没动静。我瞟了她一眼，她竟然流眼泪了，她对着我摇头。我就搞不懂了，一个闯入者，她倒觉得很委屈。委屈也不行。我匆匆吃完早饭，给了她五百块钱做车费，就去书店了。路上我也转过一个念头，就是她真不愿意走，那就只能留下来给我做老婆了，可是我要个哑巴干吗？连句话都不能说。再说，谁知道她到底想干什么？就像女房东说的，这年头什么人都有，赔了夫人又折兵也说不准。还是得让她走。当然得让她走。

但是西夏没走。晚上我回来，远远就看到小屋里灯光明亮。我在门前停下来，看到了灯光里的一溜晒洗的衣裳，花花绿绿一堆女人的衣服。我推开门，西夏正在衣橱前比划一件长棉袄，看到我先是把衣服藏到身后，然后又拿出来，像小姑娘那样穿上让我看，在镜子和我面前转来转去。挺不错的一件衣服，我说，好。

她又从棉袄的口袋里掏出一条咖啡色的围巾，踮着脚给我围上，给我买的。她把我拉到穿衣镜前，点着头盯着我眼睛看，我说好看。她很高兴，掏出一把钱给我，大约两百五十块钱。这是剩下的，她把我给的车票钱买了一堆衣服。

"你，"我说，"怎么没走？"

她低下头，脱下新棉袄，换上旧衣服和围裙，一声不吭去了厨房。我有点火，她竟然把钱都买了衣服，看来是打算长住了。这怎么行。我打开电视，新闻联播刚刚开始，播音员说，国家领导人又出访了。大人物总是很忙。我习惯性地点上烟，也不打算认真抽，我就在想，这个叫西夏的女人她到底想干什么。想不清楚，我得承认自己在这方面缺乏想象力。又在读过的书里找，好像没有读过类似的故事，倒是一些诡异的案件里会出现这样的情节。先是一个不速之客，通常是美人计，接下来就是人财两空，家破人亡。想得我后背都有点发冷了。这时候热腾腾的晚饭上来了，她把做好的晚饭热了一下。

除了和朋友在饭店里，我一个人在家里从没吃过这么丰盛美好的晚饭。她指着刚才我随手放在电视机上的钱，告诉我她用了其中一些钱买了这些菜，还有一些，在厨房里。

饭菜很可口，可是一个难堪的夜晚又要来临了。早知道这样，我白天就去买一套被褥了。

我们吃到一半的时候，女房东在门外叫我，声音很大，像要找我吵架。我让西夏先吃，我开门出去。女房东拉着我就往他们家里走，把门摔得响声动荡。

"你看，你看！"她指着电视机旁边一块空白的桌面说，"钱没了！两百块钱没了！"

"什么两百块钱没了？"

"我的，早上我洗衣服放在上面的，刚刚才发现，钱就没了！"

"钱没了跟我有什么关系？我刚刚从书店回来。"

"不是你，但是你脱不了责任！"女房东火气很大，"一定是你招来的那个野女人偷的！她来过，她来借搓衣板。"

"阿姨，这事查清楚了再说，她可是一个女孩子。"

"就因为是个女孩子才更让人恶心！这屋里只来过三个人，我，你陈叔，他上午刚回来，回来就去单位报账了，还有就是你的那个哑巴。除了她还有谁？"

"是不是陈叔拿了，忘了告诉你？"

"我们家老陈出差刚回来，身上的钱还没花一半，他要两百块钱干什么？你看看你屋檐下，晾了那么多新衣裳，还有，哑巴又买了一件棉袄，哪来的钱？"

"我给的，五百块。她花了两百多。"

"她就是骗白痴的，那么多衣服就两百多？她还把棉袄拿给我看，那棉袄就不会便宜！一个大姑娘家，把裤衩、胸罩挂在门外招摇，用膝盖想也知道那不是个好货！你看这事怎么办？等你陈叔回来商量一下，要么你别再租我们家的房子了，我们租不起！"

她说得我火冒三丈。我不是都给西夏五百块钱了么，她还拿别人的钱干吗？

我气势汹汹地回到自己的房间，她在等着我一起吃饭。她要给我换一碗热稀饭，我说你别换了，我已经饱了。我从箱子里找出一个空闲的大包，闷声不响地出了门，把她晾在屋檐下半干的衣服全塞进了包里。塞完了进屋，把她的新棉袄也塞进去。拉好拉链往她旁边的沙发上一扔，声音立刻大起来：

"走，现在就走！想到哪去到哪去，别让我再看见你！好，你怕饿是吧？再给你两个馒头！不，都给你，我让你都拿走！"

我把剩下的馒头全塞进了包里，一把将她从凳子上拎起来，吓得她筷子和馒头都掉在了地上。她开始哭了。她开始发抖，横竖不愿意离开小屋。可是我正在气头上，力气大得让我自己都吃惊，我一手拎包，另一只手拖起她就往外走，她怎么挣扎也无济于事。我把她一直拖到承泽园门外，把包摔到地上："你走吧，我们本来就什么关系都没有。走吧，我不想再看到你！"

然后我转身回家。她啊啊的哭声和叫喊声我充耳不闻，越来越小，终于听不见了。回到屋里，我把剩下的饭菜全都倒掉了。我觉得气愤，难过，我觉得我被别人耍了一把。不速之客本身就够荒唐了的，她竟然还手脚不干净。这成了什么事。我一个劲儿地抽烟，什么事也不想干，就想我怎么就遇到了这种事。我在北京混了七八年了，没人疼没人爱的，吃过苦受过罪，没有奇迹，没有艳遇，好不容易开始经营一个屁股大的小书店，能挣上碗饭吃，就有人算计我了。心里憋得慌，把眼泪都给憋出来了。

我抽了大约半盒烟，流了一大把眼泪，才想起来要赔女房东被偷的钱。这事因我而起，理当我来负责。我敲开他们家的门，陈叔开的门，他从单位回来了。

　　"不好意思，陈叔，阿姨，给你们添麻烦了，"我说，"我把那姑娘赶走了，被她拿走的两百块钱我给送过来了。"

　　陈叔说："小王你坐，正说这事呢。刚才你阿姨错怪那姑娘了，钱是我拿的，我是怕被老鼠叼走了，随后装进了口袋，忘了跟她打招呼了。"

　　"是啊小王，"女房东笑容满面地说，"你是知道的，平房老鼠就是多，什么事都敢干，什么东西都要往自己窝里叼。"

　　我是知道的。我的小屋里老鼠就很多，常常半夜三更拖着一片纸在地板上走，拖拖拉拉的声音像一个人在走路，第一次听到这声音把我吓坏了。这里的老鼠都是长相肥大的，胆子也大，有一回竟然爬到我的枕头上坐着，我从没见过这么威风的老鼠，心里都怯了，拿着笤帚远远地哄它，它就是不跑，还是人模狗样地坐着，用前爪子舒舒服服地擦嘴，直到我冲上来才跑掉。可是我已经把西夏赶走了。

　　"可是，我把她赶走了。"

　　女房东说："那种女人，赶走最好。你想想，哪有女人主动送上门，而且来了就不走了的？这成什么事了。还有，花花绿绿的东西往外面一挂，哪是正经女人干的事。走了好，小王，你还要感谢阿姨哪，我早就看透了，那女人留下来就是祸害。"

　　她说得一头子劲，越说越觉得她是救了我。但是西夏却是被我蛮横地赶走了，她越说我越觉得不安，心里空荡荡的，就告辞回房间了。我想看电视冲淡一下心神不宁，就看到了西夏剩下的那些钱。我突然想起来，她是身无分文地被我赶走了。这么冷的夜，一个女孩子，一分钱没有，她怎么熬过去？我越想越觉得不对，在考虑是不是要把她找回来。可是，如果把她找回来了，她更有理由赖在我这里不走了，我该怎么办？赶走一次还有借口，哪怕是个错误的借口，毕竟已经成为事实，下一次怕就没有这么好的借口好找了。我盯着电视上的画面发愣，找还是不找，已然成了一个大问题。

我把剩下的几根烟全抽完，已经午夜十二点了，因为房门没关严实，冷风丝丝缕缕地进来，我感到了冷。冰凉的那种冷，身上穿的似乎不是衣服，而是披了一身的凉水。外面毫无疑问更冷，西夏现在干吗？她在哪里？她一定会更冷。我扔掉烟头，随手抓上大衣和手套就出了门。我要把她找回来，天大的事也应该天亮了再说。

承泽园里一片沉沉的静，有几间屋子里还亮着灯，大多是在这里租房子准备考北大的研究生的人在夜读。我走得很快，一路都在向四周环视，除了黑暗还是黑暗。到了万泉河的桥上停住了，我该到哪里去找她呢？有很多路，每条路都是一个不可知的方向，西夏可以沿着任何一条路走下去，走到只有她自己知道的地方。我决定先沿着西夏曾经走过的路找一遍，穿过蔚秀园，沿北大西门往南走，过硅谷到马兰拉面馆。路灯都是冷冷清清的，偶尔几个行人穿着臃肿的棉衣，但却显得寒瘦。海淀体育馆门前还有几个人出出进进，他们都是去练歌房唱歌的。几辆出租车停在门前等待客人。我问那些快要睡着的司机师傅，是否看见一个女孩拎着一个大包经过这里。他们以为我要打车，听明白了就摇头，然后继续瞌睡。后来我见着人就问。没有人看见，一点头绪都没有。

我漫无目的地找，到了两点左右就开始犯困了。冷倒不冷，因为一直在走，就是想睡觉，我想找个商店买包烟提提神。这时候我已经走到了苏州桥附近，到处都是霓虹灯在闪烁，就是找不到一家卖烟的商店。转了几圈，想到了通宵营业的超市，就去找超市，终于在城乡仓储附近找到了一家，为了防止很快抽光，我买了两包烟，两个打火机。

点上烟继续找，见到人继续问，走走停停竟然走到了四环边上。空旷的四环和四环之外的野地，灯光不大不小，空气清冽，周围的景物一览无余。跑长途的货车和大客车多一些，小车就少多了，行人更少，几乎看不见人影。远远地看见一个人影在动，心动过速地跑过去，是一个清洁工人在打扫道路。他要在天亮之前把这一段路打扫干净。我问他是否见到一个拎包的女孩，他说没有，这种时候他只会遇到酒鬼和无家可归的流浪汉。

继续往前走，我已经很累了，走得一身的汗。前面是四环和三环之间的一个过街天桥，我爬上去，以便看得更高更远。四顾莽莽，夜在逐渐变轻变淡，凌晨最初的蓝色从野地里升起来，身后的北京开始蠢蠢欲动。我看到不远处另一座天桥下卧着一个东西，黑乎乎的一团，有点像人。心跳又开始加速，我暗暗祈求，希望那个黑影就是西夏。又是一路小跑，穿过马路时差点被一辆卡车撞到。跑到跟前就失望了，是一个喝醉了的流浪汉，像条狗似的蜷缩在桥下的台阶上，台阶上放着一个北京二锅头的空酒瓶。我想叫醒他，这样睡觉会冰出毛病来的，但是听着他畅快的鼾声又算了。睡得这么好，就让他睡吧。

我终于绝望了，也受不了了，为了防止像流浪汉一样睡倒在路边，我决定回去。本来就是大海捞针的事。天快亮了，脚也发沉，我走到承泽园时，门口有的早点摊子已经开始摆起来了。一步都不想走，走到老柳树前我实在走不动了，想先抽几口烟歇歇再进家门。我扶着柳树，点上烟，长长地出了一口气。吸了两口觉得不对劲儿，柳树洞里有什么东西在一闪一闪，我伸头去看，吓我一跳，我看到了一双眼睛在亮。她也看到了我，里面走出了一个缩成一团的人，我本能地后退两步，是西夏。我的烟往嘴里送，在半路上停下了，真的是西夏。

"你在这里！"我叫了起来。"我找了你整整一夜。"

她走到我面前站住了，定定地看着我。我想伸手去拉住她，她却蹲下了，她蹲在我的脚前，把我散开了的鞋带系上了。然后站起来，转身回到树洞里，拎出了那个大包，默默地走到我前面，向我的小屋走去，在门前等着我开门。

进了门打开灯，她的泪水亮亮的，一脸的泪。

四

正如房东阿姨说的，请神容易送神难。西夏回来了，我不知该怎么办了，我的妥协导致我再也聚不起力量去进攻了。房东阿姨对我的行为表示了失望，竟然还去找她？现在好了吧，狗皮膏药又粘身上了。陈叔大大咧咧地说，既然她不想走，那就留下，怕啥，你是男人，怎么都不吃亏，大不了身体累点。他的观点招来女房东的一顿痛骂，女房东说，都五十的人了，脑子里成天就装着那事，就不能想点别的？她要是以后就不走了呢？小王还娶不娶媳妇了？她又不憨不傻，你想甩就甩呀？再说了，还是那句话，谁知道她是什么来路，一条狗你都不知道它明天会干什么，何况一大活人。万一有点事，她要是个杀人犯什么的，这麻烦就大了。陈叔脸色也跟着庄重起来，说是啊，万一要是个杀人犯，那你的问题就大了。在逃的杀人犯，什么事不能做？你阿姨说得对，你得认真考虑一下，连累就是一大片哪。

问题被他们一说又严重了，毕竟人心隔肚皮。我要做的还是想办法把她打发走，可是我下不了手啊。我再次在饭桌上开始了审问。

我说："你真的叫西夏吗？"

她点点头，对我的问题感到奇怪，但立刻又低下头去。

"你家在哪里？"

她摇摇头，两只筷子在手里磨磨蹭蹭。

"谁让你来找我的？"

她还是摇头。

"你是不是从家里偷跑出来的？"

她又摇头。

什么都没问出来。我又问："你真愿意和我待在一起？"

她点点头，终于抬起头来，缓慢地笑起来，那样子大概就是脉脉含情吧。

"可是我不愿意，"我说，"我对你一无所知，我们这样下去是没有道理的。你应该离开这里，回到自己的家里去。"

她又低下头，眼泪落到手上。看来让她自愿离开还是有很大困难的。那顿饭我又吃得心事重重。快吃完的时候，手机响了，一个朋友找我，让我过去他那儿喝酒，他老家的亲戚从连云港给他带了些海鲜过来，一块儿尝尝。

我对着手机说："不好意思，今天真是抽不开身，要上班，还有个朋友在家里。"

对方说："那什么时候有空？"

我说："等朋友走了再说吧。"这么说的时候，我灵机一动，又加了一句，"朋友走了我一定去，她这两天就走。"

通过电话我去看西夏，她默默地放下筷子，开始收拾碗筷，她不吃了。她的神情搞得我也有点难过。莫名其妙，这事俨然成我的问题了，只有把她平安地送走我才能心安。我想起那张纸条，把它从棉衣里找出来，又从抽屉里把这两年亲戚朋友写给我的信件，一起装进包里就去书店了。

一个上午我都在核查笔迹，可是没有发现任何人的笔迹和纸条上的相同，相似的都没有。然后开始打电话，给我知道的亲戚朋友一个个打，问他们是否让一个叫西夏的女孩来找我，或者是他们是否知道一个名叫西夏的女孩。还是一点头绪都没有。电话那头的亲戚朋友，说什么的都有。年龄大一点的，或者是女的，就建议我立马将西夏打发走，观点和女房东类似。熟悉的朋友，尤其是男性的朋友，不遗余力地开我的玩笑，怂恿我。他们说，怕什么，既来之则安之，这年头你不占女人的便宜，女人就占你的便宜，能搞的就搞，何况还是个送上门来的。如果想赶她走，那好办，还买什么被褥，就睡一张床，害怕了她自然会离开了，不怕最好，一个字，上。却之不恭嘛。严肃一点的朋友则建议我，找一个合适的方式让她走，找出她的来源，或者把她推给别的什么人。

我决定几种方法同时用。半下午我关了店门，去派出所找那个胖警察，我从他那里领来的西夏，最好的方法就是再还给他。我骑着自行车去了派出所，他不在，同事说他出去办事了，要一个小时后才回来。我不能干等，就到大街上把所有喜欢刊登广告的报纸都买了一份，坐在派出所里一张张翻，找寻人启事。一大堆报纸都翻完了，看了几十条启事，就是没一个和西夏沾边。那些要找的人要么是精神不正常的老人，要么是迷路的痴呆，或者是离家出走打算跑江湖的小孩。寻人启事之外，我把其他好看的内容也大致翻了一遍，胖警察还没回来。他的同事说，可能直接去接孩子了，让我明天再来，他们要下班了。

　　无功而返让我郁闷，买了一只全聚德烤鸭就回家了，反正要打发她走了，吃完北京的烤鸭再走吧，也不枉来北京一趟。那只烤鸭让我们都找到了事干，慢慢腾腾地吃到了八点半。收拾好了，我翻翻书，她看电视，十点的时候我说我困了，要先睡了。我的意思是，先把床抢下来，下面就是她的事了，像朋友说的，忍受不了和一个男人同床，那就走人。

　　出乎我意料的是，她主动去整理好床铺，然后让我去睡觉。上床的时候我发现，两个枕头并排放在一起，一个是我的，另一个当然就是她的了，而她的那个过去一直是用来做靠背的。床上的格局让我激动，我是个男人，我是个健康的男人；也让我失望，又一个办法失效了。我吞了两颗安眠药就睡下了。后来我感觉到她也上了床，在我身边躺下，可是我的眼皮沉重，连激动的念头都没有了。一夜安安静静。

　　第二天上午我去了一趟派出所，胖警察还是不在，同事又说他办事去了。我不知道他哪来这么多事要办，好像全世界就他一个人在忙。下午我赶在上班之前就到了，我把他堵在了门口。

"你是谁？"他陌生地看着我，"找我干吗？"

"你把一个姑娘推给了我，"我说，"西夏，你还记得吗？她待在我那儿不走了。我要把她还给你。"

"哦，是那个哑巴。她是来投奔你的，关我什么事？再说，送上门的女人有什么不好？"

"女人不要紧，问题是，"我说，"我不认识她，根本不知道她是谁。"

"我也不知道，"他进了办公室，坐下来，让我站着，"那是你们的事了。"

我和他说了半天才让他明白，西夏留在我那里是多么的不合适，我告诉他，不管怎样，我得让她走，让她从哪里来，回到哪里去。现在就要她回到派出所来，这是没有办法的办法。

"你这不是无赖么？"胖警察很不高兴，"你还嫌我不够烦呀？好，你想送回来就送好了，我把她转交给收容所，让他们烦去，遣返到哪儿随他们干去。现在警察就成一老妈子了，谁拉过屎了，都要我们去给他擦屁股。"

"收容所能安全把她遣返到家吗？"

"我怎么知道？问他们去。没听报纸上说吗，前些日子，一个安徽老太太来收容所找儿子，他们说早遣返回家了，可是遣了两年了，那老太太儿子还没有返回家。两头不着地，人没了。"

"就那活不见人死不见尸的事？"

"对，就那个。你看着办，要舍不得就别来烦我了。"

事情已经明晰，这条路又断了，我下不了狠心把西夏送到那样一个地方。不管她是谁，总还是冲着我来的，哪怕这是一个骗局。收容所我知道，虽然没去过，几年前，每一个像我这样漂在北京的人，都可能被送进那里。我不知道里面是什么样子，但却一直一厢情愿地把它想象成类似监狱的地方。我觉得我不应该把她送到那里。

临走的时候，胖警察说，实在不行，就在报纸上登一个"招领启事"，招领一个大活人。这方法不错。

出了派出所我就去了报社。值班的小姐很年轻，我对她说明了来意，她，连同旁边的同事都笑了，以为我把玩笑开到了报社。我把情况简要地说了一下，就问她登一个启事要办哪些手续。

"真的假的？"值班的小姐问。

"当然是真的了。"

但是他们觉得这事有点荒诞，怎么可能出这种事？男同事一例的窃笑，劝我还招什么领，留下来过日子算了，现在好女孩打探照灯都难找。他们说，有这么个衷情的不要，真是傻得可以。他们暗地里的艳羡遭到了女同胞们的一致攻击，她们劝我还是把她打发走，这年头人心隔肚皮，何况还是个哑巴，跟哑巴过一辈子不憋死才怪。

他们从来没有遇到过这种业务，不敢私自决定，值班的小姐给报社老总打了电话，嗯嗯啊啊地说了一通，挂了电话告诉我，可以试试。但是老总说了，为了保证信息的可靠性，必须把当事人亲自带到报社来，验明正身，然后拍照，将照片一并登在报纸上。

"人不来可以吗？"我担心她知道了就不愿意跟我来了。

值班小姐说："老总的指示，没办法。"

既然是规定，只好遵守。我想赶在报社下班之前试着把这事给解决了。自行车骑得很快，到了承泽园才四点钟，可是一路上都没有想好合适的理由。西夏正在打扫房间，戴着我的一顶破旧的帽子，穿围裙，手里拿一把绑在竹竿上的笤帚，专心致志地清除墙壁和天花板上的灰尘。门前堆着旧床单、被套、沙发套、桌布等待洗的东西。我已经很久没有打扫过房间了，西夏身上落了厚厚的一层尘灰。她的样子让我想到了一幅画，一个健壮的俄罗斯女人站在金黄的麦田里，裹着头巾，怀里抱着一捆麦子，在某一个瞬间向世界转过脸来。这个形象我一直都很喜欢，觉得我的女人应该就是这样，我有种家的感觉，她的身后是无边无际的收获季节，一片金色的大地。

她对我的归来感到惊奇，因为这是我的上班时间。她打着手势问我，是不是饿了？

"不饿，"我结巴了半天才说，"下午生意不好，想出来透透气，陪我出去走走吧。"

她对我的要求有些费解，指了指笤帚和地上待洗的衣物。

"不急，明天再打扫吧，难得太阳这么好，而且没有风。"

她脸上露出了笑，惊喜的样子，对我指了指手表，伸出了四个指头。

"才四点，"我说，"离天黑还早呢。"

西夏很高兴地摘掉帽子，脱下围裙，开始洗脸换衣服。我们走出承泽园时，她已经是一个清洁漂亮的姑娘了。在万泉河的桥上，我刚向一辆出租车招手，她就把我的手臂扳下来，她对我跺着脚，要步行。她以为我们真的是去到处走走。

"我们去报社玩，我的一个朋友在那里，他邀请我们去他那里玩。"我要把谎言坚持到底，再次向一辆出租车挥手。她不再拒绝了。

路上堵车，到了报社他们都快下班了。我把西夏带到了值班小姐那里，跟她说，人我带来了。

"就是她，西夏？"值班小姐说，转身向后喊道，"大林，大林，可以过来拍照了。"

西夏看看我，悄悄地抓住了我的胳膊。她不懂我要干什么。

其他人围上来，七嘴八舌地掺和。他们没想到西夏看起来这么善良和漂亮，还带着点羞怯。他们说，这么好的女孩你也舍得丢？老兄，我只能说你是昏了头了！报纸登出来以后，如果没有三两千人抢着来招领，那才是怪事。

西夏又看看我，眼神都不对了，她松开我的胳膊，转身跑出了办公室。

"喂，喂，"我喊着，跑出去追她，"你别跑呀，还没拍照哪！"

我听到后面值班小姐也在喊："喂，喂，招领启事你还登不登了？"

我哪有时间理会她，西夏已经跑出了报社。我气喘吁吁追了好一会儿才追上她。

"你跑什么呀？"我说，舌头也不利索了，"不想登我们就不登，你别跑呀。"

她低着头，一根根数着手指，我知道她哭了，就把面巾纸递给她。她接过纸巾揩到脸上，肩膀开始抖起来。

五

西夏不高兴了。如果抛除那个不知来路的身份，如果我是她，我也不高兴，而且是很不高兴，感觉像被别人卖了一次。她的不高兴摆在脸上，走路，吃饭，干什么她脸上都是空白的。晚上她睡得比我早，早早爬上了床，侧着身子，脸朝里，也就是说，我无论如何都看不到她表情，也可以说，她怎么都不想看见我。但是她为什么要看见我呢？我猜她是伤心了。

这个伤心一夜都没缓过劲来，第二天中午她就和女房东吵了一架。她起得比我早，我去上班的时候她脸上还是空荡荡的，连个招呼都没和我打。我走之后，她继续打扫房间，太阳好些了，就开始洗那一大堆衣物，然后和房东阿姨吵了一架。

当然不是用声音吵，而是行动。这是我傍晚回家以后，女房东诉苦时告诉我的。也没什么大事，就是泼水的问题，两个女人都较上劲儿了，事情就出来了。因为衣物比较多，西夏把洗衣大盆端到了老柳树旁边洗，拎了好几桶冷水和几瓶热水，边洗边汰。柳树前有一条自然形成的小水洼，西夏洗衣服的水顺手就倒进了水洼里，然后水就从水洼开始向低处流。其实这也没什么，平常我洗衣服也都随手向那儿一泼。但是房东阿姨就看不过去了，她对西夏的抵触情绪因为我的继续收留变得更强烈了，私下里她和我表示过，她和陈叔一辈子都是老实人，本想靠两间空闲的房子挣点零花钱，现在来了这么个不速之客，他们担心，万一出了什么差错受到连累，那就比害眼和牙疼要厉害，小屋赔进去还不算，一家人的平淡生活还能不能过下去都难说。她几乎要声泪俱下了，弄得我很不好意思，也跟着紧张。可我没有办法，我做不来。

女房东说："你怎么把水往那儿倒？结了冰跌倒人怎么办？"

西夏洗得认真，半天才反应过来，她不能说，就转过身去看她，还没来得及做出一个得体的表情，女房东火气就上来了，她觉得西夏是故意让她难堪。

"看什么看？说你哪！就你，好好的水池不倒，偏要泼到这里，成心害人呀你？"

西夏啊啊地打着手势，满手都是泡沫。

"别啊了，不能说就别说。"这已经够难听的了，女房东接着发牢骚似的又接上了一句，声音不大，但是西夏听见了。女房东说，"死乞白赖！"

西夏立刻转过身，顺手泼出了洗了一半的肥皂水，这还不完，她又拎着桶往盆里倒水，一桶水倒有半桶溅到了地上，它们同样流到那个水洼里，然后继续向前流去。

女房东气坏了，说话都结巴了："好，你，你，跟我对着干。我一点都没说错，我早看出来了，你迟早是个害人精，没想到现在就开始害人了！"

西夏没理她，继续把水往盆外倒。女房东一点脾气都使不上，只好骂骂咧咧回家了。她在家憋着，直到我回家以后核爆炸似的向我倾诉。她跟我说，说什么也不能再把这样的祸害留在家里了，实在不行，他们的房子就不租了，反正现在租房的很多。西夏成了她的借口，两个月前，她就提出要增加房租，因为烧暖气比过去贵了。我没答应，因为当初签订协议时，说好了连租两年，房租不变的。看她咬牙切齿的狠劲儿，不给点钱是摆不平这件事的。

"这样吧，"我说，"给我一点时间。房租我多出一点，就当是打扰你们的赔偿费。"

女房东说："不是钱的问题，而是为你好。"

"谢谢你和陈叔的关心，我会尽快解决的。"

她做着样子谦虚一下，收下了钱，因为没有零钱找，毫不客气地多收了我十五块钱。

回到房间，西夏正对着一桌饭菜发呆，她看到我被房东阿姨拦到了她家。西夏还在生气，我进屋她眼皮都没抬一下。

我在她对面坐下，说："和房东阿姨吵架啦？"

她还是不看我，支着下巴看桌上的饭菜。

"嗯，好，吵得好！"我说，"该吵不吵也不对。"

西夏扑哧笑了，对我噘噘嘴，斜我一眼，高高兴兴地去厨房热饭菜了，走路都精神了，像个孩子。那一刹那，她让我产生了一种类似亲情和爱情的疼痛感，突然感觉到，这几年在北京，一个人的孤独是多么的漫长。这个发现同时引发了另一个发现，它让我感到了自己的脆弱，这个发现让我恐惧，它击穿了我，让我觉得自己老了。跑来跑去这些年，我就跑成了这样？孑然一身，形影相吊，我甚至都很久没有和别人深入地说点什么了。忘了生活中还有一些只属于内心的事，自己触不到，只等着别人不经意地一碰，找到了自己的痛。

为了避免和房东阿姨再起冲突，我让西夏跟我到书店去，每天早出晚归。这样也给我带来不少方便，我不在时书店里也有个照应。

西夏在书店里也很安静，没事就到处翻翻看看，她不是爱看书的人，只喜欢看那些图片比较多的书籍，翻着翻着就把自己翻笑了。然后拿给我看，让我也跟着笑。不翻书的时候就坐在我对面，看我看书。我问她这样枯燥的日子烦不烦，她摇摇头，很开心地笑，接着去为顾客找书或者收钱。她最乐意干的一件事就是向别人推荐书，我很奇怪，她一句话不说往往就能把书推销出去。这种情况多半是年轻人，一男一女，一看就知道是情侣。她就会把她喜欢的书递给女孩，她对着人家微笑，点着头，意思是那本书很好看。通常这些都是有关爱情的书。女孩子看中了，男孩子就不能不掏钱。

西夏的出现也给很多顾客老朋友带来了新鲜感。他们总会问我她是谁，我说是我的朋友。他们就暧昧地笑，说，是女朋友吧。我想辩解只是一般的朋友，西夏过来了，很自然地挽住我的胳膊，对人家神气地笑。她适合笑，稍稍露出一些牙，像温润的白玉一样好看。朋友就拍拍我肩膀，嘿嘿地笑两声。他们转过身，西夏就放下我的胳膊，做个鬼脸就去玩自己的了。

六

她跟我在书店待了几天，整个人变得活泼开朗多了，大概她原来就是这个样子。也有沉静的时候，一个人坐在一边发呆，我看得见她的忧愁，但是我不知道她在想什么。她高兴的时候我也高兴，她忧愁的时候我也跟着莫名其妙地不开心。有一天中午我突然决定不再吃盒饭了，去下馆子。这个想法让我自己都吃了一惊，我知道这不仅是因为上午的生意不错，卖出了几十本书，而且整个上午西夏都很开心。她在一对对情侣之间跑来跑去，他们满意地买下了她推荐的书。西夏觉得很有成就感，一个上午都对我得意地笑。在饭店里，我看着她手忙脚乱地吃着麻辣的水煮鱼，心里升起一种难以言说的满足。从哪一天开始，她高兴了我也就高兴？问题有点大了。

下午我让她一个人照看书店，我去商场里买了一床被子回来。西夏看到被子，脸立刻红了，躲闪着赶紧去翻一本书。我在她脸上看到了男女之间才有的羞涩，这床被子让她，也让我，都意识到了一点这些天我们的生活里还没有出现的东西，至少是表面上没有出现的。我们睡在一张床上，一直相安无事。其实睡在一张床上并不能说明什么问题，都躺下的时候，我总觉得她是个陌生人，偶尔一些曲曲折折的念头刚一萌发，就被更庞大的东西击垮了，比如疑惑，比如对费解，比如隐隐的忧虑和恐惧。这些足以让我的头脑保持清醒，直到平安地入睡。现在不行了，我担心我做不到过去的那样，丝丝缕缕郁积的东西终于让我不自信了，我得防患于未然。

晚上我把新被子铺上，一人一个被筒，默无声息地睡下了。西夏躺下就不动了，我知道她没睡着。她的习惯是先背对着我侧身睡，睡着了就翻过身平躺着，梦里就开始乱翻身，有时候面向我，把胳膊都搭到我身上来。但是这个晚上她睡得很安静，可爱的小呼噜也迟迟没有响起。我也是，正常的翻身都有点提心吊胆了。心照不宣还可以掩耳盗铃一下，一旦摆到了桌面上，那点虚假的心安理得也得不到了。

我被折磨到半夜才睡着，夜里不知怎么突然惊醒了，醒来以后我发现，我的一只手伸到西夏的被子里去了，不知道碰到的是她的腰还是屁股，惊得我出了一身的汗。我小心翼翼地把手抽回来，平静了好一会儿才重新入睡，在这段时间里，没听到西夏的鼾声。

第二天早上，我们都在对方的脸上看到了自己的疲倦和黑眼圈，但装作视而不见。

这样的夜晚持续了一周，白天是爱情，夜晚是欲望，搞得我心力交瘁。我要扛不住了，我对刚从外地出差回来的合伙人说。他是一个老实本分的机关人员，我的好朋友，我们俩合伙做这个书店。说是合伙，其实他出主要股份，我更多地负责经营。这个质朴的朋友喜欢在眼镜后面看人，一圈一圈的镜片纹路把他的眼睛拉远了，所以说话时总显得一本正经。

"这样下去不行，"他严肃地对我说。"要么豁出去，刀山火海也不管了，该做的都做了，反正都是发乎情；要么赶紧打发她走，快刀斩乱麻，一了百了。"

"可是。"我说。

"没什么可是的，"他说，"打发她走可能更好一些。老弟，你也不小了，该找个老婆了，老婆是一辈子的事。那女孩我见了，说不好，不知道她的底细，你就没法预料将来会发生什么变故。而且，"他强调了一下，"她还是个哑巴，这很要命。咱们都是平常人，玩不了花的。"

我蠢蠢欲动这些天，被他的几句话又给浇凉了。我们都是平常人，一个凡胎，和房东夫妇的意见相似，房东他们说："咱们过日子的老实人，得替自己负责，出轨的事不能做。"

从朋友那里回来，我又买了一套床垫和垫被，我要在沙发上睡，不论如何不舒服也要睡，我不能再姑息自己了。否则既折磨自己，也折磨西夏。如果这样垮下去，真是太荒唐太无谓了。

西夏对买回来的床垫和垫被没有任何表示。晚饭后我在看电视，她收拾好了，一个人去搬弄沙发。我把身子侧过去，点上烟，装作认真看电视的样子。她的动静不大。过了一会儿，她向我们的床走去，把她的那一床被子抱起来，我转身看见，她已经把沙发床铺好了。

"不，"我站起来阻止她，"我来睡沙发。"

她冷着脸，不听，执意要睡沙发，把被子都放上去了。我又给她收起来送到床上，把自己的被子拿过来。此后西夏再没有搭理我，坐在床头灯下看一本漫画书，半天才翻动一页。我也不说话，不是想和她耗着，而是实在不知道该说什么。真够尴尬的。后来她一声不吭地睡下了，在那张宽大的床上，仍然占着一小半，面对着墙壁。那一夜我睡得更糟，西夏也是，我一直没听到她的小呼噜声。早上起来，她都快成了熊猫眼。

我只好再次向合伙的朋友求救，当时他老婆也在场，他老婆一向比他有主张。

"现在什么感觉？"他老婆问我。

"说不清楚，好像是恐惧。"

"恐惧爱情？"

我想是的。

"别的呢？比如说，对她你也恐惧？觉得她突如其来，又不明底细，整个人像悬浮在半空的无根人？"

我得承认，他老婆又说到了我的痛处。我点点头，应该是这个意思。

"如果我是你，"他老婆说，她是个中学教师，"只有两条路，一是果断地让她离开；如果实在舍不得，就让她开口说话，说实话，弄明白了事情就好办了。"

我朋友听得连连点头，他习惯于在老婆面前连连点头。他点头是对的，我也想点头了。

"要么这样，"我朋友说，"你出去走走，想明白了再决定。这段时间书店的事你操了不少心，轮到我了。"

也好，我是该出去走走了，整天对着西夏我受不了。对她的爱情和欲望是如此强大和新鲜，足以把我一点不剩地毁掉。现在的问题是，我出去了，西夏怎么办？把她留在家里，还是跟我一起走？朋友的意思是她留下，一块出门和两人都待在北京没有区别。

我收拾行李的时候对西夏说："我要出去了。"

她不知道我要干什么，很紧张，抓住了我的包，疑惑地看我。

"我就是出去走走，"我说，"很快就会回来的。你一个人留在家里。"

她直摇头，两只手乱摆一气，脚也跟着跺起来。

"没事的，我就是这段时间有点累，想出去歇几天。"

她沮丧地坐下来，神情黯淡，开始数手指头。我快收拾好了，她突然站起来，拉开衣橱的门，抱出了一堆东西，她把她的衣服也塞进了我的包里，拉上拉链。盯着我，把我的胳膊抓住了，她要和我一起走。

我没办法了，总不能跟她说，现在又不去了。午饭之后我们出发。去什么地方我一点数都没有，我想先去火车站，碰上什么车方便就坐什么车，反正是去玩，到哪儿都一样。

先坐公交车，再坐地铁，一个多小时后到了北京站。西夏对汹涌的人流本能地恐惧，一直抓着我的胳膊。我们来到售票大厅，看屏幕上去各个地方的车次、时间和余票。西夏看看我，意思是随我，到哪儿都行。我脑袋却转了一下，让她定，或许她决定的地方和她会有点关系。关于她的出身和籍贯，我一无所知，她也不说。

我说："你来决定，你想去哪我们就去哪。"

她又看看我，我一副无所谓和信任她的样子让她放了心。她毫不犹豫地伸出了手指，指的是下午四点半去南京的一趟车，上面标识出，还有三十张余票。不到一个小时就开车了。

"最好找一个熟悉的地方，这样我们玩起来才会从容、尽兴。"

西夏很自信地继续指着南京。

"好，南京就南京，"我说。"我还是很多年前去过一次。"

我们花了半个小时到附近的超市买了晚饭和零食，回到候车室刚好开始检票。找到位子坐安稳了，离开车还有二十分钟。夜车上常常不安全，我对西夏说，把兜里的现金分了一半放在她身上。她靠窗坐在我里面，应该比较安全。车厢里的暖气有点热，又不能抽烟，让我感觉很不舒服。快开车时，我跟西夏说，我去车厢尾部抽根烟，让她先喝点饮料什么的。

车轮即将转动的时候我跳下了车。不是蓄谋已久，而是在点烟的一瞬间决定的。当时，乘务员说："列车马上就要出发了，护送旅客上车的同志请您赶紧下车。"我赶快关掉打火机，逃难一样下了车。

火车开动了，我躲在站台的柱子后面，突然觉得无比悲伤，眼泪都出来了。西夏终于走了，我一点都高兴不起来，真的，一点都高兴不起来。多少天来的恐惧、忧虑、爱慕和折磨，就这么突然地被一列火车带走了，巨大的负担猛地卸下，整个人好像失重了，身心一下子空空荡荡，一冬天的冷风都吹进了我心里。

我不知道该对自己说什么好。回家时，一路上我都在想，现在西夏她在干什么呢？她在到处找我吗？幸亏当时给了她一千块钱，可以让她顺利地回到自己的家，即使不是南京，问题也不会太大，包里还有一些能换几个钱的东西，比如相机和CD机；否则，这么把她扔下了，我都没法原谅自己。

回到家天已经黑透了。我到超市买了几个菜和三瓶啤酒，一个人喝，自己跟自己喝，一边喝一边难过，打发不了的难过。最后自己把自己灌醉了。倒在床上，有那么一会儿我还清醒了一下，我对自己说，呵呵，呵呵，说完就完了。

七

敲门声大约是凌晨两点响起。我睁开眼首先感觉到的是头痛，后脑勺上的某一点，像谁把一根生了锈的钉子敲了进去，每次喝多了都是这样。打开灯，我摇摇晃晃地去开门，开了门酒就全醒了，是西夏。头发被风吹散了，见到我就大哭起来扑到我怀里，她的额头和手冰冷，在我怀里不住地哆嗦。

我说："西夏。你是西夏。"

她开始打我，乱打一气，然后抓我，把我的睡衣都撕破了。我揽着她的腰，随她闹。打累了她停下来，继续伏在我怀里哭，哭得十分委屈。

我说："好了好了，你冻坏了，赶快到被窝里焐一焐。"

她像个木偶随我摆布，我给她脱了鞋袜和外套，把她塞进了被子里。然后找了两块姜，拍碎了给她煮水喝。她缩在被窝里像只猫，只露着头看我忙来忙去，一声不吭。我把姜汤煮好了端到床边，扶她坐起来，她不喝，又哄又劝才让她喝下去。喝完以后她就抱着我，我问她饿不饿，她摇头，一个劲儿地流眼泪。她的身上还是冷，我让她躺下，我也躺下，让她蜷在我怀里给她取暖。大约半个小时她恢复过来了，抱着我慢慢睡着了。

搞不清过了多少时间，我突然本能地惊醒了。四周一片漆黑，我看见眼前两个黑亮的点，我感觉到了西夏温热的呼吸，是她的眼睛。她在盯着我看。她在我怀里，手插在我的衣服里，我的手也插进了她的衣服里，她的身体细腻滚烫。我们的眼越来越近，呼吸声音越来越大，像两列夜行的火车喘息着驶向对方。黑夜浩大简洁，满天地都是火车的呼啸声，急迫，焦躁，执着，永远也不会错过的两列火车重合了，你找到了我，我找到了你，黑夜没有了，火车也没有了，只剩下同一节奏的呼啸声。天亮时，火车停下了，西夏光溜溜地躺在我怀里。

关于西夏重返承泽园的经历，我只知道了一个大概。她不能说话，都是我一点一点地想象推理，然后经过她的认证才逐渐明晰的。她不知道我下了车，就在座位上等，火车快出北京她才觉得不对头，就到车厢尾部去找，哪里找得到。她以为我在厕所，但是进进出出了很多人，就是没有我，她就慌了。打着手势问乘务员，乘务员根本不懂她要表达什么，就拿出笔让她写。她写道，她找人，一个叫王一丁的人，他们一起上的车，现在不见了，她叫西夏。她还给乘务员画了一张我的像，乘务员看了半天，告诉她，画上的那个人好像在开车之前下去了，还以为他是送亲的。西夏已经猜到了，但还是不死心，让乘务员帮她广播一下。广播反复播了十几遍，王一丁先生，西夏女士正在找您，请您马上回到您的车厢和座位上去。西夏最终没有等到消息，她在火车上哭了，一直站在车门口，等着车到第一个站就下去。

幸亏那是一趟慢车。西夏在第一个站就下了车，因为慌张和急，她把我的旅行包都丢了。若不是身上还有一千块钱，麻烦就大了。她在离北京的第一个站等车，坐上车已经晚上九点了。下了火车是晚上十一点半，再坐公交车，竟然坐错了车，她在一个莫名其妙的地方下了车，四周是陌生的灯火和楼房。这时她才想起来打的，承泽园司机不知道，只知道北大，大概见她是个慌里慌张的哑巴，就把她带到北大东门了事。西夏本以为穿过北大就找到西门了，然后就能找到蔚秀园和承泽园了。谁知道她在北大校园里转了向，她没进过北大，折腾了一个多小时才找到西门。那天夜里正冷，到了承泽园她都快被冻僵了。

因为这事，西夏恨了我好几天，但是我的幸福生活应该说已经开始了。她也就是恨恨，恨完了也就完了。我想再带她出去玩，她说什么也不干，她喜欢待在家里，或者让我陪着去逛街。在家里她喜欢吊在我脖子上，逛街时就挽着我的胳膊，在别人看来，她是我的女朋友。西夏也乐于别人这么认为，见了我朋友也挎着我胳膊，在房东夫妇面前更是如此。我无所谓了，如果说折腾了这么久该认命了，那我也是十分乐于认这个

西　　夏

命的。两个人的生活终于让我有了一点家的感觉，这种感觉对我，一个年近三十的单身男人，一个在人群里永远不会被一眼看出来的普通的京漂，真是很美好，它让我心安。

我们自由散漫地过了一周，适当地购置了一些家具和生活必需品，一个家正式诞生了。这一周我什么都不想，尽情地享受一个可爱的女人和一个温暖的小家。西夏像一个小媳妇，干什么都跳着走。

没有事做也不舒服，小屋里布置得差不多了，西夏建议我们去书店。朋友看见我和西夏完全是情人式的举止，无奈地笑了，问我："这么快就回来了？"

我告诉他，根本就没出去。西夏看看我，嘟嘟嘴，对我朋友笑笑。

"你忙你的，明天还是我来上班吧。"我说。

朋友也没和我客气，事实上他也不适合具体的书店管理。中午他请客，在"蜀味浓"吃火锅，他老婆下班也过来了。关于我和西夏的事，吃火锅的时候他们都没有细说，只是把我们当作一对情侣，客气地请西夏多吃点，有时间和我一起到他们家玩。

吃过饭聊天时，趁西夏去洗手间时，他们见缝插针对我们的未来表示了忧虑。

朋友说："哑巴，不介意？"

"还行，这样也能交流。"

朋友说："如果她不是个哑巴岂不更好？"

"当然，但她是个哑巴。"

朋友的老婆说："现在了解了她的来龙去脉没有？"

“没有，”我实话实说，“她不愿意告诉我。”

朋友的老婆又说：“这是最让人担忧的，老生常谈了。你总不能一辈子都蒙在鼓里。”

朋友说：“一辈子都蒙着倒好了，就怕哪一天鼓破了，她的问题暴露出来，收场就困难了，现在才刚开始。”

朋友的老婆说：“要想个办法让她交底。”

我笑笑说：“除非让她开口说话。能对话交流了，她就藏不住了。”

朋友丧气地说：“别的还好办，就是让哑巴说话没法搞。”

朋友的老婆突然说：“你不是说她不是天生的哑巴吗？”

我说：“那又怎么样？问题是她现在是哑巴。”

那天的谈话就到这里，因为西夏从洗手间回来了。接着吃，还是嘘寒问暖的桌面话，再就是书店的生意。西夏只是听，吃饱了就给我们三个人涮肉、夹菜。朋友的老婆应该是比较喜欢她的，临走的时候还送她一个景泰蓝手镯，那是她一直戴在手上的，算作见面的小礼物。

他们回家了，我和西夏步行往书店走。路上我兜着圈子说，那纸条上的字好像不怎么样嘛，还没有我的字好看，谁啊，写得这么潦草？西夏好像没听见我的问题，指着一家名叫“白家大宅门”的饭店让我看，饭店的门楣上挂着一溜大红灯笼，门前站着两排穿清朝宫廷服饰的迎宾小姐，给到来的顾客甩着手帕道万福。我又说了一句，我说，不过那字也不算太难看。西夏又让我看饭店里面长长的廊道。她装作没听见，她不愿意告诉我真相。我想如果她不是哑巴，这样的问题她是没法逃避的。哑巴在一定程度上成了她得以隐瞒的借口。既然她充耳不闻，我也不想太逼她。如果生活能够就这么平静美好，真相对我又有多大意义呢？

生活平静美好。我和西夏每天照样早出晚归，我去外面跑点业务或者干点其他的事，西夏就一个人照看书店。一切都很好。

有一天我在去西单图书大厦的路上，朋友的老婆打我手机，说要告诉我一个天大的好消息。我问她什么消息让她兴奋成这样？她说西夏的病大概能治。

"什么病能治？她没病呀。"

"哑巴呀！"她在为我高兴，"我的同事的一个亲戚也是后天的哑巴，在协和医院治好了。我同事说，现在她的亲戚比谁都能说。"

"真有这事？"

"我能骗你？非先天的哑巴很多都能治好，你可以带西夏去试试。"

接完电话，我让小货车的师傅掉头回书店。他说不去西单了？我说不去了，我要回去。我不是兴奋，而是震惊，如果哪一天别人告诉我，你有一个儿子了，我也会震惊，因为我还没有准备好。震惊了一会儿，我开始高兴，这回是真的兴奋了，如果西夏能够说话了，我们的生活会增加多少乐趣？我可以和她天南海北地说话，可以听见她为我唱歌，可以听她无数次地喊我的名字。我要把这个消息告诉西夏，她一定也会和我一样震惊和高兴。

西夏对我这么早就回来感到意外，还伸着脑袋去看门外有没有书。我把她拉到柜台前，若无其事地说："你想说话吗？"我想给她一个惊喜。

西夏半天才回过神来，一把抓住了我的手，两眼睁得大大的，然后开始摇晃我的手。她让我赶快说。

"我刚听说的，协和医院可以做这种手术，很多人都治好了。"

西夏的眼睛睁得更大了，对我疑惑地点头，她对这个消息还有些怀疑。她的怀疑也让我冷静下来，我想起朋友的老婆说，并非所有人都能治好，治好的只是一部分人。如果希望太大，失望会让她受不了的，所以我说："很多人都治好了，我们也可以试一试。"

八

第二天我就带西夏去了协和医院，按照朋友老婆的指点，挂了五官科的门诊。她说，耳眼鼻嘴喉是一块的，哑巴一般是嗓子里面有问题。接待我们的是一个三十多岁的男医生，戴眼镜，看不到口罩底下的鼻子和嘴，但是眉眼显得还年轻。说明了来意，那医生说，哦，这是个大问题，这要胡教授回来后才能最终处理。他是胡教授的博士生，现在还在实习，最后的诊断和手术都要他的导师来做。不巧的是，现在他的导师不在家，去美国讲学了，大概还要一个月才能回来。但是他可以先给我们诊断一下，让我们心里有个底。

胡教授的博士生问了西夏一些情况，主要是什么时候开始不能说话的，原因大概是什么，等等。我企图趁机探听到一点消息，结果有用的信息并不多，因为他们只是在谈病，而不是身世之类的问题。尽管如此，我还是很紧张，我不知道西夏的病能否治愈。西夏用笔回答了医生的问题。她十六岁时开始不能说话，好像没有什么特别的契机，开始只是觉得嗓子不舒服，后来说话声音开始沙哑，吃力，一直没当回事，后来突然有一天中午，她张嘴却发不出声音，不管舌头如何折腾都无济于事，从此就成了哑巴。

医生说，这种病例很少，也不是没有，病因有很多种。根据过去胡教授经手的病例，大部分都治愈了，当然也有不见效果的。他把情况简要地介绍了一下，就带西夏到诊疗室拍片子。西夏有点紧张，医生让我陪着她一起去。我看到一个巨大的镜头在西夏喉咙处晃来晃去，另一边在操纵仪器的医生不时让她转动脖颈，医生说，好，对，就这样。仪器发出咔咔声。过一会儿，医生说，可以了，他已经给西夏喉咙做了全方位的X光拍摄。他要等照片出来研究一下再做初步诊断，让我们明天这个时候再去一次。

第二天我们早早就去了，医生刚开始上班。他把拍的照片取出来，指着一幅幅照片上西夏的喉咙向我们解释。他说的我基本听不懂，只看到他手里的小棒在西夏喉部的骨骼图上指指点点，然后听他说，问题不是很严重，应该是可以治愈的，当然，这只是他的判断，最后结果要等胡教授回来以后再定，手术也要胡教授亲自主刀。他还说了一句像模像样的话：未来只能由未来去证明。

临走的时候，我给了他我的手机号码，请他务必在胡教授回来的时候通知我们，我们会在最快的时间里接受胡教授的诊断和手术的。他答应了，让我到挂号处预约胡教授的专家门诊，这样更有保证。我按照他的提醒预约了专家门诊。

刚得到博士生的诊断那几天，我很兴奋。怎能不高兴？西夏快要说话了。我看到了更好的日子在向我招手，我想，大概是我锲而不舍的真诚的生活态度最终把生活本人都感动了，它要让我渐入佳境。倒是西夏比较低调一些，她怀疑最后的那个结果很难实现，让一个哑巴说话，毕竟不像让一个能说会道的人变成哑巴那么容易。这时候我就鼓励她，会成功的，面包会有的，牛奶会有的，有声的世界也会来临的。

这样的好日子并没有持续多少天。有一天晚上，房东阿姨在老柳树底下遇到了我，口气怪怪地对我说："听说你们家西夏很快就能开口说话了？"

我呵呵地笑笑，她说的是我们家西夏，我说："呵呵，阿姨你也知道啦。"

"听你陈叔说的。他说这下好了，西夏能说话了，你们就是一对美满的小夫妻了。"

我记起来了，有一回陈叔叫我陪他下棋，聊天时我说的。太高兴了，我忍不住想告诉任何人。

"八字还没一撇呢，要等专家诊断后才能知道。"

"能说话好啊，"房东阿姨说，"这样她的来历想不说也不行了。西夏也是，都快成夫妻了，还遮遮掩掩的，有什么见不得人的事？"

女房东轻描淡写地说，我听了却止不住哆嗦了一下。她的来历。她的遮遮掩掩。我早就想到这一层，如果她能开口说话了，所有隐藏的都会暴露出来；即使西夏坚持隐瞒下去，我也不会像现在这样接受的。但也就是想了一下，没有真正过脑子。现在女房东把它强行塞进了我的头脑里。

那个晚上我又开始忧心忡忡，该做的事也没做好，力不从心。西夏打着手势问我怎么了，我说没什么，有点累。怎么个累法说不清，就觉得心里缺了一块，身体上使不上劲。然后就颓丧地睡了。西夏打起了小呼噜，我还醒着，一直在想着西夏说出真相时会是什么样子，那个真相会是什么，它让我恐惧。后来睡着了，下半夜又被噩梦惊醒了，我梦见西夏开口之后，一直隐瞒的那个真相出现了，是一个巨大的黑东西，像一口黑洞洞的矿井，把我和西夏决绝地隔开了。我伸手去拉她，她也向我伸手，但我们怎么也无法再抵达对方。那个真相出现后，分离就由不得我们了。我就喊，然后就醒了。

西夏在我身边，被我的喊叫吓坏了。我抹了一把脸上的汗，说没事了，做了个噩梦。她下床给我倒开水，喝过水，我抱着西夏接着睡，凌晨才重新睡着。

我的生活变了，我没法克服自己的恐惧，因为我克服不掉执拗地想象西夏隐瞒的那些东西的欲望，在想象里，它们一例是可怕的，毫无疑问要将我和西夏分开。我比以往任何时候都爱这个打小呼噜的女人，也比任何时候更恐惧她的真相。当西夏出现在我面前时，它开始折磨我；西夏不在身边时，我就觉得西夏随时会消失掉。生活整个进入了连绵的阴雨期。

回家的路上我终于忍不住了，问西夏，我说你很想开口说话吗？

她点点头。她点头点得很迟疑，这些天她已经感觉到我不对劲儿了。

我又问，如果你一辈子都不能再开口说话，你会难过吗？

她看着我，不知道该怎么回答。她把我的胳膊抱紧了，摇晃我的手，她想让我说得更清楚些。

　　我说："我害怕你说话，怕失去你。"

　　不知道西夏明白我的意思没有。当一个真相出现，我们的爱情、我们的相守就不是我们说的算了。可是我没法跟她说出这些古怪的想法。

　　西夏抱住我，在众目睽睽的马路上，脸贴到我胸前，不知道她为什么就哭了。

　　生活一天一天地过，我在心里算计着胡教授到来的日子。我开始失眠，常常西夏一觉醒来，我还在床头灯下看书。我让她继续睡，我看完了那几页就睡。她很听话地闭上眼，缩在被窝里，抱着我的一条腿。我坐在床上时，她喜欢抱着我的腿睡觉。

　　一天晚上，西夏刚睡下不久，我在床头灯下看书，手机响了。为了不影响西夏睡觉，我赶紧接电话，一个男声说："喂，王一丁先生吗？胡教授回来了。"

　　我脱口而出："对不起，你打错了。"就挂掉了。

　　电话再次响起，我犹豫到底该和他说什么。铃声越响越大，我拿起手机。

　　还是那个男声："对不起，打扰了，我想证实一下，不是你预约胡教授的吗？"

　　我在回答之前看了看西夏，她侧着身子面对着我，还抱着我的右腿，闭着眼，嘴角微笑，像在吃东西似的动了动嘴。我一手握着手机，一手抚摸她的脸，开始说话。

　　　　　　　　　　二〇〇四年二月二十八日，凌晨一时，在北大万柳

西　　夏

夜　歌

1

　　月亮升起来，我们坐在石码头上开始聊天。月亮地里好说话，我们都睡不着。人越聚越多。往常就是这样，直到三三两两占满石码头。但是周围还是很安静，好像花街整个都空了，拎着凳子过来的人在走猫步，月光照不到人的脚底下，所以看不见他们的鞋子是否接触了青石板。多少年来，这条通往石码头的路被磨得放出青光，月亮底下像杀人者在睁大眼。风经过运河，很多个月亮在水面上抖，声音很小，往来的船只都歇在码头里，更多的停在半路上。摇船的天一黑就累得打起呼噜，声音巨大，吓得大大小小的鱼都往深水里游。我们听不见。有人两眼望天，说："多好的天，笛子该吹了。"

　　"要是二胡呢？"

　　"没准儿是口琴。"

"笛子。"那人说，"轮它了。"

周围一摊人就笑，一起似是而非地往西大街的方向看。只能看见西大街有很多槐树，看不见西大街，西大街隐没在茂盛的槐树后面。月亮很好，但槐树在晚上还是黑的。黑灯瞎火的西大街突然就亮起一道光，在那道光里笛子声响了，上来就是高音，直往天上跑。

"看看，"两眼望天的人低下头去抠脚丫子，脚气跟了他二十年。"笛子吧。歌马上也唱了。"

"还用你说！"

这个预测毫无意义。在花街和东西大街，随便抓个人都知道，书宝的乐器一响，布阳的歌声就起，比打完雷就下雨还要准。书宝在西大街吹奏，布阳在花街唱歌。书宝常用的乐器有笛子、二胡、口琴、单簧管、三音号、萧和萨克斯。每一样他都能弄得很好听，一样东西一个调。为了搞明白这个"萨克斯"，我特地查了有关词典，对不认识的人解释，就是这东西，错不了；而且我还知道一般都是长头发的外国男人喜欢吹，吹的时候摇摇晃晃，又挺肚子又撅屁股；萨克斯声音怪怪的，相当好听。书宝是五里外的小学校的音乐老师，我们都怀疑他什么乐器都会玩。

在方圆几十里，什么乐器都会玩的只有两个人，神仙和齐开云；神仙我们谁都没见过，齐开云现在是大半个废人，两条腿没了，听说头脑也开始不好使了。拿笛子来说，据说齐开云已经无法把《扬鞭催马运粮忙》一口气吹到头了，到半截准跑调，跑到《纤夫的爱》或者《血染的风采》上，不让跑不行，他自己管不住笛子也管不住嘴，然后《纤夫的爱》和《血染的风采》没吹完，又跑到《十送红军》上，然后是《映山红》《江河水》《小寡妇上坟》和《苏三起解》。只要能吹的他就能跑，只要能跑的他就能继续跑，直吹到肺能力衰竭口吐白沫两眼发直不能再吹为止。当然，这都是小道消息，石码头上类似的消息很多，上到国家领导人下到经常来花街收破烂的老马，每个人在我们这里都可能配有一身引人入胜的传奇。齐开云是开云鼓乐班子的班主，乐器玩得那个好，现在他残废了，真让我心里难受。我听过他演奏过多少美妙的曲子啊。

布阳就是开云鼓乐班的成员，主要管唱歌。唱得好，声音一出来你就知道。即使你对音乐一窍不通，你也能听出它好听，除非你是聋子和傻子。布阳长得也好看，不是我一个人说，公认的，花街上最漂亮的姑娘，你要不承认那你不是瞎子就是傻子。所以开云鼓乐班子离不了她，演出的重大时刻准有她。布阳一出场，所有人都要闭上嘴、睁大眼、竖起耳朵。就这样。

现在，书宝吹的就是《扬鞭催马运粮忙》，欢快的高音上去了。布阳的歌声跟着从花街上升起来，没有歌词，只有调子，所以我们只能听见她一个劲儿地"啊啊啊"。节奏严丝合缝，跟排练了几百回似的。笛子声和歌声都鲜亮，又鲜又亮，听起来生活无限美好。如果声音能发光，我们在石码头上一定能看见两道闪闪发出金色和银色的圆润的光线，如同耀眼的焰火分别从两条街上优雅欢快地钻出来，各画半个弧形，像屋顶交汇在屋脊上一样相遇成一点，然后彼此缠绕，钢丝绳一般越缠越紧，一起继续往星星上飞。月明星稀，夜空淡蓝，适合一切闪光的东西朝那里飞。

石码头上安静下来，都在听。有人完全是被声音和旋律迷倒了；有人三心二意，比如男人会想着唱歌的布阳，女人会想一想吹笛子的小伙子书宝，这从他们脸上的表情可以看出来，男人眼珠子躲躲闪闪地乱转，女人两个腮帮子在夜里也擅自发红；还有人对音乐本身一点都不关心，这样的人只有两个，她们脑子里有点乱，想着接下来到底该怎么办呢。一个是布阳她妈，她用眼角斜看右后方，犹豫着是否要赶紧回家让不知羞耻的女儿闭嘴。一个姑娘家，高门大嗓地跟着男人的调调跑，你说让我这个做娘的脸朝哪里搁。这还不算最要命的，最要命的，人家不乐意，等于捧着猪头往庙里送，啪，庙门关上了。你说说。她盯紧右后方，一只手已经把竹凳的腿攥住了，当她发现右后方有个影子剧烈地动了一下时，拎起凳子就走。她想，我走在你前头了。

那个在右后方站起来的女人是书宝妈。她对着布阳妈妈的背影哼了一声，嘀咕一句：不要脸！后悔自己反应还是慢了半拍。早知道听见腻歪歪的歌声一起，就该拎起板凳，最好嘴里还骂骂咧咧，书宝书宝，大晚上你发什么疯，作死啊！她要把样子做足，让石码头上的人都知道，她根本就不赞同儿子半夜三更弄出来任何一点动静，烧香引鬼么！

我们看见两个女人一瘦一胖，都五十来岁，甩着胳膊、凳子和屁股，地上幽蓝的影子像两个蠕动的大爬虫，一个急匆匆进了花街，一个气呼呼走向西大街。

六分钟后，歌声突然断掉。十一分钟后，笛声拐了一个陡峭的弯，间断两秒钟，拖了一个大失水准的尾音，没了。我们面面相觑，有人在看不见的地方嘿嘿地笑。

2

书宝和布阳在谈恋爱，看不见也听得见。起码一年了，你吹我唱，你奏我和。可能都不止，他们是小学同学、初中同学，八年，还不算上光屁股就认识和初中毕业之后的时间，抗日战争都打赢了，足够他们培养出那种叫爱情的东西，如果他们的确早恋的话。这一年来我们听了很多歌，乐器唱的，布阳唱的，他们差不多把天下的歌都唱完了吧。唱得好。

私下里我们争论过他俩的事。我认为当然没问题，郎才女貌，绝配，古书上都这么写。书宝是咱们三条街上最有出息的小伙子，中师毕业，虽然论才华做小学老师有点委屈，但好歹是铁饭碗。什么叫铁饭碗，就是随便往哪里扔，捡起来照样能吃饭。我们就不行，瓷的，泥的，端不好掉地上就成了碎片，接两滴雨水喝都可能把嘴扎破。小伙子太有才了。布阳也是，你都想不到花街上还能出这号人物，看哪哪好看，就是哑巴也是个抢手货，人家还会唱歌，咿咿呀呀声音就上了天。树梢不动了，麻雀也忘了飞，噼噼啪啪往下掉，好像也是古书上说的。

和我为敌的那帮混蛋不这样认为，他们做悲天悯人状，头插进裤裆里半天才拔出来，眯着半只眼像伟人一样说："我看玄。"

玄你妈个头。但他们还是说玄。你看看，他们把手指头摊开，一个个拨，跟抠脚气似的。首先，书宝是吃公家饭的，正经的中师高才生，知识分子，什么乐器一到手，立马就像从自己身上长出来的一样，想怎么弄怎么弄，艺术家啊。布阳，虽然脸长得也不错，但如果不是靠那身时髦的行头，未必就比花街上别的姑娘漂亮；嗓子是也不难听，能哼唧几个小调，但是初中差一个月才毕业啊，算什么？农民。咱们花街、东大街、西大街，吃不上公家饭的都是农民，也别不好意思，不种地了做小生意你也还是农民。歌唱得好你能进剧团当演员也行，进个鼓乐班子，整天为死人吹拉弹唱，草台班子都算不上。戏子？没资格呢。我反正是看不出好来。再说，你住得离布阳家比我近，你该清楚，布阳她妈过去是干吗的？那个，干那个啥的。你知道就好。书宝他妈这辈子最恨的就是这个，想起来牙根都痒痒，你要不拦着，保不齐她能找个小锤子把自己的牙全敲掉。

他们说："玄大了。"

我最讨厌他们说这个。要么说，书宝在三条街上还找不到老婆了，我数了很多遍，没有谁家的姑娘在铁饭碗里吃饭。人家好是因为，那个爱情。你们懂么。我们的脸都红了。在花街，说出这个词让人难为情。我们的叫法是"好"，或者"两人合伙挣碗饭吃"。"爱情"太隆重太正规了，乡下人哪敢用。我不知道他们俩是怎么开始好的，但我知道他们是怎么好的，那叫一个腻歪，现在想起来我胳膊上的鸡皮疙瘩还乱蹦。

去年十月，天出奇地热，所有的鸟都在半空里飞。我扛着土铳去打猎，沿着运河向西走，走几步放一枪，枪膛里的铁砂子四散飞出来，穿过很多种鸟的身体，它们就像中暑一样倒头栽到地上。书宝和布阳坐在芦苇荡旁边的石头上说话，指指点点，眉开眼笑的样子。我咳嗽一声说，有啥话不能天黑说？走，跟我捡鸟去。他们就高兴地跟在我后头，书宝拎着蛇皮口袋，布阳负责捡鸟，捏着翅膀往口袋里丢。有一只柴呱呱一头栽进水里，布阳伸手去捞，芦苇荡里突然蹿起一条小白蛇，我们都叫它"白条线"，尾巴一甩咬了布阳的右手食指，布阳叫一声，白条线就撒嘴跑了。这种蛇据说只有我们那里的芦苇荡中才生，跑起来极快，贴着水面走，只有尾巴摆一摆，身体几乎不打弯，看起来很美，像在飞。东西不大，但有毒，通常的解毒方法是找一只快要下蛋的母鸡来，把伤口对准鸡屁眼，因为母鸡要收紧屁眼兜蛋，它就会拼命吸，吸几次就把毒吸出来了。当然，那个蛋是不能再吃了，我们都怕中毒。

布阳的指头上渗出一滴紫红的血，慢慢开始变黑，食指也开始半寸半寸地往下黑。我从衣服上撕下一根布条扎住她手指，布阳都没叫，书宝倒心疼得直哼哼。我对手足无措团团转的书宝说：

"还转，你找钱啊！逮鸡去！"

书宝噢噢，两条腿长短不齐地往西大街跑。布阳也怕，他们都没被白条线咬过。她问我该怎么办，我说等鸡屁眼来了再说，她的脸就红了。依我看，书宝不仅乐器搞得好，跑步和抓鸡的功夫也不错，他一定是把见到的第一只母鸡就抓来了。时间摆在那儿。我把母鸡的屁股对着布阳的手指头，快，放上去。她的脸又红了。见个鸡屁眼脸都红。书宝抓着她的手帮她，好容易贴上去，半天了鸡也没感觉。我忽然想起来，这鸡一定是没蛋可下，看它挺胸摇头的样子像个将军，只有下完蛋的鸡才这样，下蛋之前的母鸡都是寻寻觅觅的像佣人。我一把将鸡扔了。只有用另外一个法子了，用嘴把毒液吸出来。我对书宝示示意，这事轮不到我啊。书宝一点都不客气，连布阳手指上的鸡屎都含进嘴里了。

黑红的血一口一口地往外吐。布阳僵硬的身体放松了，一厘米一厘米地往下软，眼神都不对了，每只眼里都有一条连绵不绝的运河，她用闲下来的左手去抚弄书宝的脑袋。实话实说，我在花街几十年了，从没见过哪一对正经的男女这样摸索对方的头，花钱找乐子的男女除外，这事一会儿闲下来我再跟你说。手指头上的黑影子开始慢慢往上爬，幸亏白条线毒性不大，要不布阳说不定能把书宝摸回摇篮里。那个温柔劲儿，一圈一圈又一圈，最后就没了章法。只有做娘的才会没完没了地摸孩子的脑袋。我在旁边找了个树根坐下来，歪着头看他们旁若无人地吸啊吸，摸啊摸，然后觉得身上一点点痒起来，自己摸自己胳膊一把，好家伙，鸡皮疙瘩一个比一个大，红着脸往外跳。

但是，不管书宝和布阳两人有多好，不管我对那帮说"玄"的混蛋有多烦，还是得承认他们俩的事有点麻烦。主要是书宝他妈不同意，这老太婆，脑子里长熟石灰了。她就认定两样事：一，坚决不能给儿子找个做过那个啥的丈母娘；二，坚决不能给自己找个卖唱的儿媳妇。书宝把两样都占全了。

3

布阳她妈年轻时做过妓女，三条街的人都知道。历史谁也改不了。要我说也不是什么大事，花街自古以来就不缺干这行的女人，因为自古以来都有生活艰难的人要活下去，男人要活，女人也要活啊，很可能这女人就是为了他妈的男人活得像样点才干这行的。当然布阳她妈不是为了哪个男人，而是为了布阳的外公外婆，那时候还没有布阳，布阳她妈那时候是大姑娘，年轻水灵，走起路来腰和屁股扭得都很好看。外公外婆除了生过一个好看的女儿，别无特长，运河在屋后两口子也吃不上鱼，晕船，乌篷船小舢板都晕，到了水上一个分不清南北，一个辨不出左右，这在花街的历史上绝对是空前的。老头子四十岁一过就专心生病，尽是些莫名其妙的毛病。那时候医生也搞不懂什么病，如果电视上说的话都是真的，我看像是前列腺癌再加上帕金森病。什么叫帕金森我不清楚，但抖成那样我还是能看出来的。那时候我还喜欢着爬树，没事就爬到老槐树上看老头在院子里抖，就跟手不是自己的似的。老太婆按说没什么病，但也是病恹恹的，十有八九是被老头子传染的。电视里说，病歪歪的样子也是能传染的，可能就是说他们这样。就靠女儿当家了。其实是靠钱当家，拿女儿换钱。老两口当然不会恶心到主动卖女儿，革命全靠自觉，女儿自己把自己卖了。

我说了，在花街做点这种生意不是新闻，很多女人都做。大部分都是外地来的，顺着水，跟着船，自带设备求发展。有水的地方就有人，就有男人，有男人的地方就有钱，女人就来安营扎寨。把床和好日子扎在钱眼里。布阳她妈一咬牙一跺脚，爹娘都只有一个，让狗日的臭男人来吧。就这样。布阳她妈明里暗里做了好几年，当她终于能够完全克服职业的羞耻心，正大光明地开门迎接男人时，爹娘按顺序死了。父亲年龄大两岁，先死，母亲小两岁，所以后死。她大哭两天，把老天都感动了，陪着她下了两天大雨。父母埋在运河北岸，都收拾停当，回到南岸她就决定从良。又过几天，她发现自己有了，孩子的爸爸是谁她弄不清。让你你也弄不清，那些在石码头上停下来买笑的船老大，还有本地的男人，一个个膘肥体壮，都是播种的好手，防不胜防啊。不管谁当爹，孩子都是自己的，她坚持生下来，跟自己姓，叫路布阳。名字有点怪是不是？但是好听，我没啥文化都觉得好听。布阳她妈没嫁过人，一直到现在。

找个做过那个啥的女人做亲家的确不是太好听，一般人接受不了也在情理之中。在书宝他妈，这还不是主要原因，她不是从名声上敌视，而是作为书宝他爸的老婆，她根本就接受不了这号女人。我不说你肯定也明白了，书宝他爸不是个好鸟，那是只馋猫，闻到女人味全身能竖起来的地方都会竖起来。三条街上的男人都流着口水说，樊苏三这辈子可没错过一天他妈的好日子，有条件他能上，没条件创造条件他也能上。在活着的四十五年的绝大部分时间里，樊苏三不是在唱戏就是在女人的床上，据说花街上的妓女他闭着眼抽两下鼻子就知道谁是谁，谁是什么味他一清二楚。男人都羡慕他，上下两头都不闲着，忙成那样还能活到四十五岁，不容易。老樊不叫"苏三"，苏三是大伙儿给他起的外号，在所有的戏里，苏三他演得最好，唱腔、动作、眼神无不拿捏得精准到位，他还靠《苏三起解》在市里拿了个啥奖，市长亲自颁奖，把他的手握了长达四十七秒。

这就很明白了，一切都因为樊苏三是个卖唱的，说好听点，唱戏的，搞艺术的。谁都知道搞乱七八糟狗屁艺术的这个圈子里烂事多，电视上报纸上都这样说，男人不学好，喜欢瞎搞女人，女人也不学好，喜欢和男人瞎搞。都是以疯做邪，拿腐化堕落当脂粉朝脸上抹。樊苏三没进宣传队之前多本分，见女孩子都脸红，眼皮盖下来盯着自己的脚趾头看，才吊几天嗓子摆几天花架子啊，就学会搞女人了。不要钱的他乐意搞，要钱的他也想搞。当然，书宝他妈也是这样被他搞上的。正因为这样，书宝他妈才痛恨妓女和卖唱的，这两种在她看来互为因果，都相当不可靠，不是自己出事就是早晚让别人出事。书宝小时候喜欢吹拉弹唱，她就很反对，好在儿子性格上随自己，不是瞎搞的那种人，就随他去了。现在冒出来个要做自己儿媳妇的卖唱的，还有一个做过那个啥的娘，那是无论如何也不能答应的。

月亮光光的晚上布阳她妈走回家，一路看自己的影子贴在地面上，还没有青石板路面光亮，于是悲从中来，因为难受她觉得左边的乳房隐隐作痛。她当姑娘时就爱俏，睡觉时都把自己收拾得利利索索的，就像现在的布阳一样；从良以后，她更加注意形象，一根头发都不让乱，她想让别人知道她其实是个很干净的女人。可有什么用，有些东西任你用多少桶水都洗不干净。布阳站在院子里的槐树下啊啊啊地唱《扬鞭催马运粮忙》。很好听，但这个时候越好听错得越大。她一脚踹开门，对女儿喊："别嚎了！咱真贱到那份上了么！"

这话太重了。布阳嘴空张着，声音没了，看着妈。她妈把竹凳放下，扶着槐树干坐到凳子上。"你和书宝好，妈懂，"她说，"可人家不待见咱们啊。"布阳不说话，等着她妈说下一句。下一句是上一句的重复，她妈说，"人家不待见咱们啊。"布阳就看见她妈眼睛里明晃晃地发亮，大好的两个月亮映在里面慢慢滚下来。布阳转过身往屋里走，到门槛前停下来，老式飞马牌挂钟在墙上当当地响，她折回身去了厨房，端一只杯子出来。

"妈，你喝口热水。"布阳说。

笛声还在响，丰收的人民开始走神，运粮的马车举棋不定。然后稻麦金黄的好日子不见了，娘儿俩听见西大街有人大喊一声。

布阳站起来说："妈，我就不信了，凭什么！"

4

书宝开了锁，一脚踹开院门，屁股朝外坐在门槛上，摸出一根烟点上。他有点烦，原因是文化馆的馆长高瘸子跟他说："知足吧，别吃着碗里看锅里。"那意思就是，老老实实做你的音乐老师吧，别盯着文化馆看，这年头，地主家也没有余粮啊。书宝的路就断了。

本来他打算往文化馆里调的，只有这种地方他才有用武之地。在小学里，即便中学，音乐从来就是作为可有可无的副科，语文老师一高兴，就把你的课占了，算术老师一不高兴，也把你的课占了。人家是主科，升学得看他们的，占了有理。这其实都无所谓，书宝不较那个真，他也不相信自己的课堂上真能培养出什么像样的音乐人才。现在的问题是，所有老师的工资都只能发百分之五十六，上面没钱，上面的上面说了，地方财政包干，教师的工资自己解决。上面没钱，能发百分之五十六就不错了。大家的生活每况愈下，只看青菜萝卜和洋葱头噌噌噌地往上涨价，兜里的钱一分不见多。有点能耐的老师就辞职自谋生路，去南方，或者更南的南方，像宁波、广州、深圳等地，那里无数的民办学校在高薪聘请优秀教师。走的都是教主科的，副科的像音乐美术人家不要，现在只要升学率。书宝心里痒痒一年了，也联系过好几所外地学校，对方都摇头。

眼看像样的同事都走完了，剩下的一帮歪瓜裂枣也军心不定，书宝觉得待下去实在没意思，就想到了文化馆。文化馆也是清水衙门，但起码还算个政府单位，工资也能足额发放，而且不拖欠，这就很好。去找高瘸子之前，书宝还是挺有信心的，如果他没听过自己的演奏，可以当场让他开开眼。他把二胡、笛子、萨克斯等一套家伙全带去了。高瘸子抽着烟，已经把手里那份过期的报纸看了四遍，上面一条消息说，市里某书法家的字卖到了三千块钱一个，他倒吸一口冷气，如果像他这样在办公室里坐一下午，那要写出多少钱来。为此后悔当年没有好好练字。他看见书宝从袋子里一件件往外掏乐器，问：

"卖唱？到菜市场上去，那地方摆摊好。"

书宝说："馆长，我想调进来。我是——"

"不管你是谁，不用说了。"高瘸子把报纸放下，"现在馆里一共三个人，我，副馆长，还有一个馆员，兼打杂。要不是看他年底退休，现在我就让他回家。"

"馆长，我会——"书宝对着他摇晃各种乐器。

"会当馆长也不行。咱们没钱，上面就给这么一点，你来了别人就得饿死。要不，这馆长你来做？"

弄得书宝挺不好意思，就没法再说了，尽管心里在犯嘀咕，给我照样做得来。

第三根烟抽完了，心里还乱，没有出路的乱。十八般武艺样样精通，有个屁用。远远地他听见母亲清嗓子的声音，她从街南头走过来。母亲有慢性咽炎，多少年了。当年也能来两嗓子，要不也不容易和樊苏三扯上一辈子的关系。但这慢性咽炎很要命，不要说犯病的时候唱不了歌和戏，就是平常和好人一样时，多唱几句喉咙也不舒服，总觉得有絮絮叨叨的东西上不来又下不去，停下来就得咳咳咳地清。宣传队就让她出来了。这以后她也就很少唱了，怕人家指指戳戳，出来了还有脸唱。现在她就只剩下慢性咽炎和清嗓子了。

母亲又清一下嗓子站到他身后，说："你去看看！"

书宝没转脸，准备点第四根烟。"什么？"

"布阳！"

书宝抬了抬下巴，听见东大街传来嘈杂的唢呐声，然后转过脸看到母亲手里拿着一块白布。这才想起东大街韩三丙死了，今天办事。母亲一定是去出丧礼的，街坊邻居出完丧礼都会得到一块白孝布。书宝看看表，正是吃午饭的点，照理说母亲出了丧礼韩三丙家要请吃饭的。

"还吃饭？"母亲冷眼看天，"我看见她十天不吃饭也饱了！"

"她又怎么你了？"

"她还想怎么我？在那里又蹦又跳扯着嗓子嚎，衣服也不好好穿，肚脐眼都露在外面，还不够要你妈命啊？可算把我们樊家的脸丢尽了！"

书宝站起来让母亲进门。看来韩六丙家请了开云鼓乐班子了。布阳在班子里一直是主唱，不唱的时候敲敲鼓打打锣，对乐器她知道一点。书宝觉得母亲少见多怪，露脐装、露背装现在城里到处都是，也就在乡下还当个新鲜事。鼓乐班子为招引眼球，让女孩子偶尔穿点这种衣服也正常。肚脐眼长出来又不是为了东躲西藏的。书宝一直都很喜欢布阳的肚脐眼，像个突起的纽扣，手感好极了。但他已经对那种感觉陌生了，现在他妈盯得紧，他们见面的机会少多了，见了面一般也没闲情逸致去摸布阳的肚脐眼。书宝觉得右手的食指有点痒，这根浑蛋的食指开始渴望一粒别致的小纽扣。既然母亲让他"去看看"，去就去，谁不是窝着一肚子无名火啊。书宝把烟重新装进烟盒里，把乐器放在门后，说："那我去了。"

他知道母亲一直盯着他的后脑勺，果然，只走了五步，母亲说："回来！"

"你让我去的。"

"我让你回来！"

书宝站着不动，果然母亲又眼泪汪汪地说："你要跟你爸是一路货，我还不如早点死了算了。"书宝有点怕这一手，这样一说你就不好意思不给她点面子。于是转身进了院子，拎着乐器袋回自己的房间了。

午饭三个菜，都是书宝最爱吃的：麻辣鸡胗，芹菜肉丝，鱼香茄子。这一年来，书宝其实一点都不想看见这三道菜，因为每次这些菜上桌都意味着母亲要痛说家史。小时候她受过多少多少苦，他的死鬼爸爸如何拈花惹草，她如何受那些前赴后继的野女人的气。然后，往往一个急转弯，对书宝说，你要是像你爸那样，我今晚就往运河里跳，淹不死我爬上来找棵槐树吊死，吊不死我喝盐卤，喝敌敌畏，我不能再丢人现眼地活在西大街上了；布阳那样的人家，打死我也不能同意的，我怎么就看不出她哪里好呢？书宝你怎么就鬼迷了心窍呢？你看看那哪是正经姑娘！我们就不能找个好人家么？

在饭桌前一坐下，母亲就开始她的"老三篇"。书宝盯着菜，一双空筷子在半空里剪来剪去，手机响了，一条短信。布阳用一大串上气不接下气的省略号间开了五个字：你妈骂我了。后面又一串急鼓繁花的感叹号。书宝正想问骂啥了，母亲用筷子点着桌面问他："谁啊？"

外面一阵猛烈的敲门声。书宝喊："谁啊？"

"我！"

母亲脸就搭下来了，用下巴指一下院门："开门，儿子。"她把"儿子"两个字的发音弄得一言难尽，如同只有母子之间才可能会有的私房话。她说"儿子"时，声音里有种"你是我的"的自豪感。

书宝往外走的时候带倒了一把小木椅。他刚把门打开一半，布阳就推开另一半进了院子，满面怒气，马尾巴斜扎在右后脑勺上。的确是露脐装，低腰牛仔裤，一圈白腰露在外面，肚脐眼因为愤怒起起伏伏地动。

"你妈骂我了！"布阳说。

书宝回头看看母亲，母亲正对着院门坐在饭桌前，扭头看别的地方。"骂你什么了？"书宝说。

布阳就有点委屈，她是主动向书宝妈示好的，都像巴结了。她正在唱歌，看见书宝妈和花街的一个大婶从旁边走过来。书宝妈本来不想往前凑，那大婶硬拉她过来，也是好意，她想让书宝妈看看布阳其实很不错，人长得漂亮，歌唱得也好。三条街都知道书宝和布阳的事。布阳看见书宝妈来了，正赶上一个间隙，那首歌有漫长的过门，她一瞬间就把所有的笑都集中在脸上，说："阿姨也来了。"

哪知道书宝妈把她上上下下巡视一遍，答非所问地说："你妈就是这样教你穿衣服的？"

布阳和那大婶的笑当时就僵了，像面具一样卡在脸上。歌曲开始了布阳都没反应过来，旁边有人拍肩膀提醒她才接着唱，唱腔里就多了刘欢那种浓重的鼻音。

书宝小声说："你别生气，我妈她就这样。"

书宝妈筷子在饭桌上顿一下，喊道："书宝，吃饭！"

布阳一把推开书宝，小皮鞋咯噔咯噔响，进屋坐到了饭桌前，端起书宝的饭碗就吃。每一筷子都夹起来好多菜。

书宝妈清了一下嗓子说："那是书宝的碗。你妈没教你吃饭各用各的碗么？"

"书宝在我家也是这么吃的，"布阳看着书宝妈，端起书宝的杯子喝了一口水，"用我的碗，我的杯子。"

书宝妈喊："书宝！"

书宝从厨房出来，拿了一只碗和一双筷子，对母亲说："妈，布阳忙了一上午，该饿坏了。"

"那就吃呗。"母亲说，撂下筷子站起来，"我饱了。"

5

为了表示对书宝和布阳两个人的反对，书宝妈再没去过韩三丙的葬礼，她不想再看见布阳。鼓乐班子在葬礼上要吹奏四天，在每一天布阳都可能出场。韩三丙家请了两个班子，开云的和小头的。

如果你对我们那地方熟悉，小头你一定也知道。我敢说方圆几十里知道开云的人一定也知道小头。齐开云还没出道时小头就已经名满天下，那时候他的头已经很小了，跟没长开的西瓜似的歪在一边，现在更小。脑袋也能越长越小，这辈子我大概只听说过小头一个人。绝对的奇人，高瘦，简直是根一米八的竹竿，腰围一尺七，裤子只能跟裁缝定做。因为头小他才被大家叫"小头"。在齐开云出道之前，小头名声最大，他有两个绝活，一是能够同时演奏七种乐器，嘴、鼻子、耳朵、手、脚、膝盖和屁股，你都搞不清楚他究竟是如何把它们派上用场的。一个人就是一个鼓乐班子。另一个绝活是玩魔术，除了不能让死人从棺材里爬出来，其他的都多少能实现，包括让一个大活人莫名其妙地钻进了棺材，和死人躺在一起。这事我也是听说，据说是很多年前的事，小头和另外一个鼓乐班子竞争，要抓人眼球，就玩了这么一个惊世骇俗的魔术。这个魔术其实不好，随便开棺是对死人的不敬，对死者家属也不吉利，当初那家人答应，也是认为小头根本玩不来，竟然就成了。之后就再没有死者的家属愿意了。没有死者家属愿意，你也就没法验证事情的真伪。

绝活其实不是个好东西，伤人，用小头的话说，折寿。你想想，你玩的东西都是一般人搞不来的，你一定就得花费常人几倍、几十倍甚至几百倍的精气神。精气神我没见过，但我懂，你一定也懂。你说就咱们这样一百来斤的小身骨，能有几斤几两的精气神？得节约着用。所以绝活也"绝"人。小头轻易就不露。他轻易不露，轻易也不动手，就往那里一坐，像泰山石敢当一样镇着，年龄大了嘛，老胳膊老腿的。而且头变得更小了，原来没长开的小西瓜已经严重脱了水。这样齐开云就占了便宜，技术好啊，又年轻，可以随时随地吹吹打打，开云班子跟着就逐渐上来了。即使现在齐开云躺在家里当残废，班底的实力也是数一数二的。好东西不怕价钱高，有钱人家出了丧事，最常请的就是小头和开云班子。

两个班子碰一块就掐，你不让我我也不能被你抢了风头，所以布阳这样的主要人物一般都要在，随时准备把锋头亮出来。

韩三丙葬礼的第三个晚上最关键，要去花街南边五里外的大柳树底下送盘缠，树底下有个土地庙。就是给死去的韩三丙烧纸钱、纸元宝、纸马、纸房子、纸花轿、纸汽车等等，让他去阴间的路上一帆风顺，顺便向阎王小鬼土地老爷祷告一下，让他们多照应下韩三丙，他在阳间一辈子大好人，没干过一件伤天害理的事。浩浩荡荡的队伍从东大街出发，一上路两个鼓乐班子就开始斗法，都要把观众引到自己跟前。浇了汽油的十几个火把烧红了半边天，扛纸房子、摇纸马的走走停停，以便让鼓乐班子尽情表演。越激烈越好看韩三丙的家人脸上越有光彩。

书宝跟随在开云班子前后，布阳没上场时两人就凑在一起说话。说什么我不知道，除了他俩谁也听不见，鼓乐和人声极度喧嚣，两个人说话得像吵架。布阳还穿着那件露脐装，伸胳膊扭腰时衣服就往上面跑，更多的一圈肚皮露出来，书宝就帮她往下拽。在这点上他比他妈要开明一点，但是也不乐意让所有东西都无限制地给别人看。

离大柳树还有一里路左右，小头班子占了上风，他们不知道从哪里弄出来一个小矮子，头大腿短，高不足一米。小头领着他走到众人面前，两个人怪异的比照让大家一下子就来了兴趣。小头松开侏儒的手，作了个揖就不见了，小侏儒在场子里走来走去，然后开始往一个蹲着的小伙子的肩膀上爬。小伙子慢慢站起来，这侏儒开始升高，手里多了两只唢呐，嘴里像野猪似的叼着两根别人递上来的细烟袋，高度差不多时，过来一个穿吊带衫的女孩子，夜晚的风还有点凉，她把胳膊和半个胸脯后背都露在外面，小矮子竟然顺势爬到了那姑娘的肩膀上，像个怪异的孩子骑在姑娘的脖子上，然后开始用鼻子吹唢呐。这个过程做得缓慢细致，极富观赏价值，等小侏儒的唢呐吹响时，围观的人群已经把嗓子都叫哑了。涌向小头班子的观众真如潮水一般。谁见过这阵势，侏儒爬到姑娘身上，嘴抽烟袋鼻吹喇叭。开云班子身边一下子就空了，就像运河突然漏了底，水没了，剩十几条船干巴巴地陷在河床里。

齐开云的老婆一把拍到布阳的肩膀，对着身后一挥手，两个人走过来。一个抱着一堆花花绿绿的衣服，一个拿着麦克风。齐开云的老婆说："布阳，该你了。"

这女人声音响亮，三十五六岁，人长得饱满又精神，在火把底下脸部轮廓分明，长得不错。尤其鼻子，像石头雕出来似的布满阴影，因此说话显得分量十足。书宝知道她叫王玉南，代齐开云主持这个班子，自称副班主，其实是正的，齐开云没瘫痪时就听她的。布阳告诉过他，这女人很牛，男人能干的事她都能干。

王玉南说："穿上。"

抱衣服的人就拎出一件递给布阳，布阳穿上。又递一件，再穿上。穿完了四件，书宝不明白了，问布阳："穿这么多衣服干吗？"

布阳说："你先回去，明天我给你短信。"

第五件衣服递过来，书宝抓住了，又问："你到底要干什么？"

王玉南一把抢过衣服，扔给布阳，说："为了脱。"

书宝就明白了，一边唱一边脱。真想得出来！他突然就愤怒了，再次把衣服夺过来甩到地上，对王玉南喊："她是唱歌的，不是干这个的！"

王玉南没生气，捡起衣服抖了抖，问布阳："谁？"

"我，男朋友。"布阳说，然后摇摇书宝的胳膊，放小了声音说，"没你想象的那样严重，回去吧，求你了。"

"男朋友？嗯，不错，"王玉南把衣服又抖了抖，"脱下来吧。"布阳和旁边的几个人都没回过神，王玉南又说，"脱。"布阳看看她，又看看书宝，犹犹豫豫地开始脱，最后剩下了本来的露脐装。等布阳全脱完，王玉南对着旁边一个正敲锣的女孩招招手，等她走到身边，王玉南把捡起来的那件衣服扔到她身上，说："穿上。"转身走了。

布阳唱到第二首歌才逐渐进入状态，之前她心里一直打鼓，王玉南那态度不是个好兆头，没准这次的奖金要砍掉一大半，还得挨训。王玉南向来强调一点，干活就要有干活的样子，没那么多叽叽歪歪的理由。其实布阳脱衣服也就做做样子，不能脱的时候她坚决不会再脱。书宝哪里知道，他就知道一点，当着众人的面，布阳一件衣服都不能脱。

现在布阳的歌声盖过了小矮子的唢呐，旁边那年轻的姑娘边跳边脱，她的舞蹈毫无章法，只是为了让脱不显得单调和尴尬才跳起来。布阳的歌已经足以吸引人，还有姑娘在脱，流走的人群又流回来，小头班子的观众空了。

这是书宝头一次完整地看布阳唱歌。他留下来开始只为了监督王玉南，防止他们找布阳麻烦，让她再脱，后来也听得入迷，满脑子美好的声音在飘扬了。他陪布阳到那晚的吹奏结束，已经凌晨两点。分手后回到家，母亲已经睡着了，书宝洗漱后刚躺下，布阳咚咚咚敲响了院门。

6

敲门声惊动了整条街，花街上的狗在黑暗里叫起来。布阳在门外喊："书宝，快起来！"声音像哭。

书宝出了房间门，母亲也披着衣服出来了，说："半夜三更瞎叫唤，怕别人不知道啊！"

书宝没搭理她，小跑开了院门。布阳在门外大口喘气，一把抓住他胳膊，满脸的汗闪着蓝灰的光。"我妈，"布阳说，"快，疼得受不了了。"

"还是那儿？"书宝问。布阳说过，她妈的左边乳房偶尔会疼。布阳点头。书宝拉着布阳刚跑几步，停下来说："等等，我去骑摩托，得去医院。"

书宝进屋拿了现金和存折，然后去杂物间往外推摩托，他妈又问："她到底要唱哪一出？这都几点了！"

书宝也烦了，生硬地回了一句："妈，你就不能睡你的觉？"然后发动了摩托，直接骑出了院子。

布阳她妈躺在床上，脸上的汗珠子一层层地出，腿脚紧绷，两只手里攥着床单，书宝头一次看见她头发凌乱纷披的样子。这样子根本坐不了摩托车，附近又没有别的机动车，能拖病人的只有平板车。书宝让布阳帮她妈穿上外套，他跑出院子去敲我的门。

摩托车发动机的声音和狗叫已经把我弄醒了，我正躺床上猜外面传来的含混人声是谁，书宝叫我的名字了。这事当然不会有二话，我开了门，两个人开始收拾平板车。我的车好长时间没动过了，在门灯底下现装车轱辘。都折腾好了拖到布阳家院门口，布阳已经把褥子棉被准备好了。布阳她妈坐在椅子上，头发梳理好了，换了干净合体的衣服，看起来不像去医院，倒像去走亲戚。接下来的情况是，我们把布阳她妈安顿在平板车上躺下，布阳坐在一边守着，书宝骑摩托车，我坐在他身后，两手抓紧平板车车把。摩托车载着我跑，我拖着平板车跑。那一路差点把我累残废，两只胳膊一刻不敢松懈。到了医院，胳膊都僵了，半天才伸直，那酸痛的劲儿应该不比布阳她妈小。我觉得自己的力气还可以啊，怎么会这么累呢。布阳她妈急诊时，我在外面守车子，一低头，他奶奶的，平板车的轮胎都碾坏了，瘪瘪的，一点气都没有。出来太急忘了打气了，我这破轮胎一直有慢跑气的毛病。

抽血。化验。B超。透视。还有一大堆我不懂的程序。要不是夜风有点凉，我坐在平板车就睡着了，天亮的时候书宝从一扇门里塌着肩膀走出来，见面第一句话是："哥，有烟么？"

我从屁股兜里摸出一个空香烟盒给他看，刚被我抽完。他就蹲下来在我扔掉的烟头里找，拣了个烟屁股长点的点上。我小心地问："医生，怎么说？"

"乳腺癌，"书宝说，第一口烟才缓慢地出来，人也跟着松了劲儿，顺势坐到了水泥地上，"医生建议马上手术。切掉。"

我觉得脊背开始往下流水，也慢慢地往下蹲，挨着他的屁股坐下来。癌这东西我没见过，听起来就已经够吓人了。"全切掉？"我问。书宝点头。我一下子想到刘松河家的那只白鹅，左边的翅膀被喝醉了的刘松河用镰刀齐根砍掉，跑起来东倒西歪，左边的身体光秃秃的，右边扑扇着巨大的翅膀，有种令人发指的怪异，怎么看都不像只鹅。

"怎么突然的就有了这病？"

"原来布阳说过，"书宝说，捏着过滤嘴吸最后几口烟，"偶尔疼一下，都没在意。这儿疼那儿痒的都常事。她妈说，昨晚在石码头上聊天，突然感觉到又疼，就回家了，越来越疼，受不了就吃了片止疼药，不管用。后来布阳半夜里回到家，才找我。"

在石码头上就疼了。我想起来了，那会儿我也在，刚从送盘缠那里回来。看完了小头变得更小的脑袋之后，我就去了石码头。现在不像过去，有点景就想看，不就那么回事么。不年轻了。石码头每天晚上都有很多人，一帮比我还没心思看景的人，坐着发发呆，有一搭没一搭地说说话。我也越来越爱扎这个堆了。我到那会儿，书宝他妈正和几个老太太说话，不用听都知道在说书宝和布阳。这个婶儿就这点不好，到哪都急着向别人撇清跟布阳的关系。你说布阳是多好的女孩子，真是。我在旁边坐下来，听见她说："我撂个死话在这儿，那丫头要想跟咱们家书宝好上，除非我死了，要不是她妈，非死一个不行！"

裁缝店的林婆婆扯起手势要劝，一扭头看见旁边站着个人，布阳她妈拎着小竹凳。书宝他妈也看见了，愣一下，装作没事人一样清清嗓子，对着运河的方向吐了口痰。我就看见布阳她妈的腰开始往下弯，右手捂住了左胸。

林婆婆赶紧站起来，说："布阳妈，你没事吧？"

布阳她妈腰一下子又挺直了，手也从左胸上拿开。"没事，你们聊，"她说，还对我们笑了笑，在月亮地里你看不到她一点难受的痕迹，"你们聊啊，我先回去了。"

那应该就是那会儿开始疼的。我对书宝说："噢。"

"你说什么？"书宝扔掉烟头问。

"我说我也想抽了。"麻烦已经不少了，我想还是别把他妈再扯进来。"你等会儿，我去买两盒。别，这点零钱我还有。"

烟买回来，每人抽了两根，书宝要去病房。走前他帮着抬起平板车，我把车轱辘卸下来，该补胎了。这种平板车的两个轱辘靠一根长轴承连在一起，只要推着那根和车厢等长的轴承，两个轱辘就跟着走了。我推着它们在大街上转来转去，天还早，修车的师傅没出摊。找了个避风的地方吃了早饭，两根油条，一碗豆腐脑，一个烧饼。城里的大街比花街宽，慢慢的人和车就多了。城里的人和车也比花街多。

我把车轱辘放在修车摊上，买了些早饭先送回医院。书宝和布阳都在病房里守着，布阳她妈的精神好了一点，医生给打了药水让她暂时不疼了。他们都是象征性吃了一点，吃点总比空肚子好。布阳她妈说谢谢。街坊邻居的谢啥，书宝是我好兄弟呢，布阳是我好妹子。书宝拉我一起到外边抽烟，说布阳她妈还不知道自己是癌症，手术的事还没来得及跟她说，让我把嘴管好，别漏了风声。我说当然，这点事老哥我还能做。

等我取了车轱辘回到医院，大约上午九点半钟。书宝说："阿姨她不愿意手术，死活不答应。要回去。"

"她知道了？"

"没人跟她说。不过，"书宝说，"这事也不难猜。"

上午十一点半，两瓶点滴挂完了，布阳她妈用酒精棉球摁着针眼，从床上坐起来，让布阳给她梳头。然后对书宝说："收拾一下，我们回家。"正看着病呢，哪有半路往家跑的。我们都劝，没用，她坚决要回，布阳都急哭了。书宝去找医生，医生说，荒唐，住旅馆、赶大集啊，想来就来想走就走！医生来到病房，说了一大堆怎么怎么和如何，布阳她妈认真听完了，最后还是一个字：走！医生也生气了，没见过你这样的病人，有本事你走了就别来！

"不来就不来，"布阳她妈说，"现在就走！"

医生没办法，只好开了些药让带着。我们原样回到花街，不同的是，现在布阳她妈坐在平板车上。

7

三条街的夜晚在那段时间一直安静，没有笛子、二胡、萨克斯、单簧管的声音，也没有歌声。坐在石码头上聊天，偶尔大家都没话说的空白时候，你能感觉到这世界在那一刻有点荒凉。除了不得不去到某个葬礼上唱歌，布阳都待在家里，陪着她妈。她一直疼，但不说出来，明显在忍着，疼得受不了了才吃药。到晚上，止疼药、治疗的药和安眠药一块吃，要不睡不着。稍微舒服一点，她就让布阳给她梳好头发穿好衣服，娘儿俩到石码头上走走。病是藏不住的，她努力和过去一样走路说话，我们还是能看出来。本来就瘦，现在更瘦，跟张纸片似的飘，所有衣服都显大，我总觉得她身上散发着医院里的那种苏打水气味。大家都知道了她是癌，说话都小心，兜着圈子嘘寒问暖。

照这个状态，不是晚期也不远了。医生建议立即手术的原因也在这，早点切掉还有希望。她坚持不切让大家不明白，谁都知道命最重要。后来我知道了，她不切的原因很简单：切了不好看。这是布阳告诉书宝，书宝又告诉我的。听完了我直想笑，什么事啊。书宝说："没办法，这对她很重要。阿姨一辈子都爱俏。"

"那也不能跟命过不去吧。"

"你不懂，"书宝说，"她年轻时不是那个么。"

"哪个？"我问，然后就明白了，"你是说，那个啥？"

"她放不下。就想后半辈子干干净净体体面面地过。"

要我看就没必要，有什么放不下的。花街上做过这个的不止她一个，还有现在正做的，哪一个不是活得好好的。

"活得好不好你怎么知道？"书宝说，"人家又不会把什么事都写个牌子挂在身上给你看。"

那倒也是。谁也不能真正弄懂别人在想啥。比如书宝他妈，我的老婶子，你当然可以对布阳她妈有想法，可人家现在有难了，咱得想开点，书宝不帮谁帮？书宝过来照顾一下是应该的，你别整天叽叽歪歪，一会儿拦，一会儿又骂，一会儿又嚷嚷要断绝母子关系，像什么话嘛。就算街坊邻居你也不能这样，你说是不是。书宝怎么说也是布阳的男朋友，而且早就把人家姑娘睡了。这话我在石码头上说过，转了几圈一定是钻进她耳朵里了，见了我就让我别走，要跟我理论。她说："走大路的咱们家书宝怎么帮都行，那是因为再帮也扯不上关系，她们家不一样，越帮越成女婿了，还是倒插门的。你说我急不急？"

讲道理你永远都讲不过女人，这是我在花街混了多年的主要心得之一。我一急，只好说："婶儿，布阳她妈犯病，就是那晚你死啊活啊的那句话刺激的，当时就疼了，回去就不行了。人家还没找你算账呢！"

书宝他妈愣一下，说："当时她抓着奶子就开始疼了？"显然那会儿她已经感觉到布阳她妈不对劲儿了，但她还是不依不饶，顺了口气声音就大了，"你当婶儿是头脑不够用啊，没听说过一句话要人命的。她那病啊，还不知道怎么得的呢！"

我赶紧跑了。她那点小心眼，我用膝盖都能想出来，她无非想说：不知道多少人摸啊揉的，不出毛病才叫怪！

第二天我摇船到鹤顶的芦苇荡里打了几只野味，拎给布阳她妈熬汤喝。从医院回来，陆续有街坊来看她，鸡蛋、挂面啥啥的送了不少，只有我这新打的野味最稀罕。布阳在收拾行李，三十里外的磨山镇死了人，请了开云班子。书宝也在，坐床边给布阳她妈拉二胡，《二泉映月》。我说书宝，来个高兴的，别跟欠了银行几万块钱似的。布阳她妈就说，她就爱听这个，心里安稳。布阳在旁边说："只要是书宝拉的，我妈都爱听。"

"听听，"我对书宝说，"什么叫丈母娘看女婿，越看越喜欢？你可得好好拉。"

然后我就提两瓶热水到阴沟边蹲下，给这些鸟褪毛。他们都不会。布阳她妈也下不了手，逢年过节杀只鸡都要喊我帮忙。毛褪完了，正要开膛，书宝叫我进屋。布阳也收拾好了，坐在床沿上握着她妈的手。那手干白硬净，细长得像骨头。

　　布阳她妈要欠起身子，书宝在她后背下垫了两个枕头。"书宝，布阳，他哥也在，"她说，躺久了力气有点跟不上。"我就想说两句话。我这病一时半会儿看来也好不了，把你们都拖累了。布阳，别哭，我不好好的么。你看现在多好，咱们不是一家人也像一家人。"

　　我宽她的心："路姨，你这话说的，咱们就是一家人。"

　　"对，他哥说得对，就是一家人。"布阳她妈说，眼泪开始转了，嘴也开始抖，"咱们要是一家人该多好。"哗的就泪流满面。

　　"阿姨，你别哭啊，"书宝给她递上湿毛巾，"医生说，情绪一定要稳定。"

　　布阳她妈把书宝的手也抓住了，说："我没事，我就想看见你和布阳好好地在一起。"

　　"阿姨你放心，我会对布阳好的。我妈那边，我会尽快处理好的。你安心养病。"

　　"那就好，"布阳她妈笑一下，要躺下。躺下的时候嘴角动了动，疼痛可能又开始了。布阳要去拿药，她说等会儿再说，还能忍。她躺下的时候还抓着布阳和书宝的手，"我就想说这个。布阳从小没，爸爸，又任性，你多让着点。"

　　书宝一个劲儿地点头。我觉得这种场合还是避开好，刚要走，布阳她妈叫住我，说："他哥，给你添了不少麻烦。书宝和布阳他们还小，不懂事，你多担待，有什么事以后还得常麻烦你。"

"又客气了，路姨，书宝他俩的事就是我的事。没二话。"

那天我把野味全收拾好了，回到家就跟老婆说，多少年了，头一回看见布阳她妈淌眼泪。老婆正在井边洗衣服，咕哝了一句什么我没听清，完了也就把这事放下了，帮儿子做算术题。这小子成绩跟不上总赖我，说我家教跟不上。你说我拿什么跟上，初中赖赖巴巴毕业，最后一次考试数学考了十三分，还是给教导主任送了两瓶香油才混到一张毕业证。

当时我模模糊糊觉得有点问题，没往深处想，我这糨糊脑子就没法往深里想，事后才恍然大悟，这不是托孤是什么？电视上演《三国演义》，刘皇叔在白帝城给诸葛亮托孤，那语重心长的，不就凄凄惨惨这样的么？我他妈的怎么就没想到呢！老婆说我一看电视俩眼珠子都要钻进去，都看到哪去了我。我打自己嘴巴子，是因为布阳她妈已经死了，在布阳去磨山的第四天，晚上布阳就该回来了。她把多少天省下来的安眠药，一顿吃了。

8

在花街，每年都有人寻短见，喝盐卤、敌敌畏，上吊，投河，一个个龇牙咧嘴，死得都不好看。布阳她妈不一样，整整齐齐地躺在床上，乍一看就是睡着了，被子都没乱。她死得干净、体面，拖鞋都摆得好好的。而且把里里外外都收拾过了，灶台擦干净，三盆花浇过水，布阳喜欢的那个机器猫玩具也冲洗了一遍。

书宝最先发现的。他从学校回来，窝了一肚子火，上午校长找他谈了话。文化馆的高瘸子这人不地道，不要书宝就算了，还嘴尖毛长地跟校长说了，你们学校那个某某某，要进来，我没要。校长认为，现在已经人心浮动，樊书宝你一个副科老师也跟着凑热闹，太过分了。书宝说我为什么就不能找个活路？副科老师就该在这里饿死？校长说我跟你没道理可讲，你不想想，你个教唱歌的都闹辞职，那些教主科的还蹲得住？这样，我也不跟你啰嗦了，要么你立马拍屁股走人，要么你就老老实实待着，别三天两头哼哼唧唧！书宝一下子哑火了，他现在拍完屁股没地方可去，只好忍了。

心情不好，他就直接先来看布阳她妈，免得回到家再出来母亲又跟着唠叨。他叫门，没人应，院门从里面拴上的。书宝觉得不妙，翻墙进了布阳家，开门看见布阳她妈安静地躺着，以为睡得正好，就坐石阶上抽了一根烟。抽完了还是生疑，小声叫阿姨，一动不动，大点声，还是不动，他就小心地推一推，僵直得像木头。他像兔子似的跳进我家，舌头怎么都摆不好位置，结结巴巴地说："出事了！出事了！"

怎么处理死人我也不懂，就找了米店老板的孟弯弯的老娘孟婆，女人死了都是她收拾。孟婆踮着脚进门，拉开被子先上上下下看一圈，又掀开布阳她妈的衣服，看一看，闻一闻，转身就走，说："她自己都收拾好了，洗过澡，梳过头，衣服里面都是新的，袜子也刚穿。"我们就看地上的鞋，也是新的，白银线在脚尖缀了两朵牡丹的黑色绣花鞋。孟婆出门坐在石阶上，老眼开始流泪，"她是早打算好要死的啊。"

布阳接到电话哭不出声来，半天才说噢噢噢，行李都没收拾就租了一辆车从磨山赶回来。女儿在，这边才能开始筹备葬礼。其实她回来了也没有主张，一会儿抱着她妈胳膊哭，一会儿抱着书宝胳膊哭，只会流眼泪。经过的那些场葬礼对她一点作用不起，因为死的是别人家的人。

　　书宝他妈在西大街听到动静，将信将疑地来到花街，看见进进出出那么多沉着脸的人，心里开始发慌。如果真死了，那是应了她的话了，不是她死就是布阳她妈亡，这太吓人了。她只是一句高傲的气话，不想咒任何人死。我的老婶子腿有点软，不知道该走近还是远远地避开，然后看见我从老歪杂货铺里抱了五十丈白布出来，下巴就挂下来了。

　　"她，真死了？"

　　"死了。"我说。

　　我婶子她扶着裁缝店的墙一点点往下缩，最后蹲在青石板地面上。"怎么就死了呢？"她眼神里一下子空空荡荡，"怎么就死了。"

　　吓得她那样让我心有不忍，就说："早晚的事，癌症，也没钱治。"

　　她腰杆稍微挺直了一下，对我感激地咧咧嘴，算是笑了。"不是因为，"她用两只手指着自己，"不是因为我吧？"

　　"不是，婶儿，"我说，"人要死谁也拦不住。老天爷都不行。"

　　书宝他妈扶着墙又一点点站起来，说："他哥，你能不能，跟书宝说，帮帮忙可以，别过头，咱不是人家女婿。咱没关系。"

这话我又不爱听了。布阳她妈都死了啊。我扭头就走，她还在后面嘱咐，让我把话带给书宝，他不是人家女婿，大家没关系的。

当天晚上，开云班子结束了磨山的那一摊，直接把工具车开到了花街上。班子里的人都在，各人带着自己的家伙。这是王玉南的决定，她说布阳是班里的人，她要让老人风风光光地下葬，所有人都是义务参加。以后就定为开云班子里的规矩。这女人义气，够哥儿们。布阳和书宝很感激，他们俩正为操办葬礼的钱发愁，那可不是一笔小数。活着四处要钱，死了花费也不小啊。省下鼓乐班子的钱就松快不少了。只有开云班子一个，但自始至终他们都很卖力，不唱也不跳，不玩任何花哨的东西，只吹奏，哀乐低回，悲伤又严肃，反而比别人家葬礼上联欢晚会似的吵吵闹闹的演出效果更好。这才正经的葬礼鼓乐。

鼓乐一奏响就带来另外一个问题，因为鼓乐也带着仪式走，仪式上孝子贤孙的身份是有讲究的。迎骨灰、摔火盆、捧牌位、领棺等一串子事都要儿子来干，儿子不在找孙子，儿孙都不在，像布阳她妈这样只有一个女儿，正常应该由女婿顶上。现在要命的是，书宝这种半吊子身份，算不算女婿。我和主事的料理客琢磨半天，拿不定主意，只好去找布阳和书宝。布阳看看书宝，书宝握着她的手说："女婿。"

布阳就哭了。我和料理客对对眼，就算是吧。主事的料理找来裁缝店的林婆婆，让她给书宝量身做一套孝子服。

第二天早上，书宝让我帮料理客照应一下，他和布阳去趟城里，很快就回来，骑着摩托车就走了。喊都喊不住。这俩人，头脑坏了，什么时候了还进城！九点半左右他们回来了，丢下摩托车就往灵堂里跑。布阳跪在她妈的灵前大声地哭。书宝也跪着，布阳叫妈，书宝也叫妈。然后我看见书宝从口袋里掏出两个小本本，书宝把本本打开，一手一个，对着路姨的遗像说："妈，我和布阳结婚了，你就放心地走吧。"

我听过火线结婚的事，但在这种时候火线结婚还是头一回听说。也不枉路姨搭上一条命。当时在场的人都哭了，谁扛得住这阵势。

临时结婚的事书宝是自作主张，他妈中午时才知道。中午宴请宾客，街坊邻居、亲朋好友要过来出丧礼。出多少一是自愿，二也要看关系，亲戚一般都得高过街坊。书宝他妈也来上礼，拿一张二十块钱递过去，收钱的没接，旁边记账的说："这点儿你也拿得出手？"

"怎么拿不出手？"书宝他妈说，"街坊四邻不都这个数？"

"你是街坊四邻？你是亲家母！"

"别瞎说啊！我什么时候成了亲家母了？"

正争论，书宝和布阳进来了。他们听说他妈来了，想不说一声有点不合适。我婶子一看书宝那一身孝子服，不是女婿就是儿子，眼都大了，指着书宝半天说不出话。布阳怕他们娘儿俩吵起来，就碰碰书宝让他冷静，自己走过来扶着婆婆的胳膊，用哭哑了的嗓子说："妈，我和书宝已经结婚了。"

"不可能！"我婶子一胳膊肘把布阳甩到一边，"你胡说什么！"

书宝说："妈，是真的。"从口袋里掏出结婚证，红底子照片上两个人的脑袋碰在一起。我婶子的脸唰的就白了，跟白灰泼上了脸似的。她退了两步，喉咙里像鸽子一般咕噜两声，站在原地清了好一阵嗓子。大家都站着看他们娘儿仨，屋里异常安静，外面的唢呐仰天长叫。我婶子清完嗓子，抽筋似的从口袋里往外掏钱，每个口袋都不放过，毛票和一分两分的硬币都掏出来了，大大小小一堆，整个摔到记账的丧簿上，两张毛票飘到桌子外，三个硬币滚到了书宝脚边。然后我婶子转身就往外走，两条腿拧着麻花迅速跨过门槛。

整个葬礼上书宝的表现都很好，三条街的人除了他妈，没有不夸的。都松了一口气，布阳她妈没白死。下葬之前，书宝还亲自给岳母拉了一曲她最喜欢听的《二泉映月》；布阳跟着哼调调，哭哑的嗓子配这二胡声，那真是大悲声，那个凄婉哀伤，那个款款深情，不懂音乐的人听了都要飘起来，都得掉眼泪。开云班子里的鼓乐手也听呆了，他们头一次听书宝拉二胡。他们以为只有齐开云才能把二胡拉得这么好。一曲终了，班主王玉南抹着眼泪哗哗拍手，说："好！"

9

因为书宝背着她跟布阳结婚，我婶子气得生了一场病，把自己关在家里，死活不见书宝和布阳，也不让他们进门。小两口只好请了医生上门给她看病，书宝进自己屋收拾好衣物，搬到布阳家去住了。一个礼拜后，我婶子病好了，头上多了好多白头发，人也沉默多了。布阳托我去鹤顶打几只野味，她煲了一砂锅汤，担心婆婆见了她冒火，再气出什么病来，又托我帮着送过去。我把砂锅端到西大街，书宝她妈正坐在门楼前晒太阳。我觉得她一下子老了，就像布阳她妈从医院里回来一下子变老一样。女人到了她们这个岁数，大概是经不起折腾的，折腾一下就老几分。从里到外的衰落。

"婶儿，"我说，"布阳煲的汤，央我送过来的，趁热喝了吧。"

她看看我又看看砂锅，老半天才清了一下嗓子，用下巴指指门槛下的台阶："放那儿吧。"

我把砂锅放台阶上。本来想跟她说说话，但她好像没心思聊天，就算了。只按布阳交代的说："婶儿，书宝和布阳明天要过来看你。"

"别来，"她挥一下手，"我担待不起。"

"婶儿，这话说的，儿子儿媳妇还有什么担待不起。"

"我没这样的儿子！"说完起身进了院子，随手把大门关上了。

热乎乎的砂锅在台阶上。我怎么喊门她都不开。这老太婆，我知道你不高兴，儿子跟自己都不吭一声就跟别人结婚，还是自己坚决反对的姑娘，放谁都不会高兴，可是，我的老婶子，那也是被你逼的啊。书宝又不是不要你了，人家小两口主动过来孝敬你，还拿头用劲儿，没道理嘛。真是。干脆我也不管了，扔下砂锅就走。

后来书宝和布阳都来看过他妈，也分别单独来过，具体情况我不太清楚，听说都没得个好脸，起码三口人从没在同一张桌子上吃过饭。我婶子还挺记仇呢。她去石码头的次数明显少了，去了也不像过去那样张牙舞爪地聊天，听人家说起书宝和布阳的名字都犯急。大概她觉得书宝把她伤透了。因为这样，书宝两口子也尽量不招惹老娘，我给他们出馊主意：这事不着急，让我婶子缓缓劲儿，消她个半年气，就这么一个儿子一个儿媳妇，还怕她不宝贝。

他们也忙，主要是布阳忙，三天两头往外跑。好日子来了，反而马不停蹄地死人了，班子的生意好得不行。如果去的地方近，书宝就骑着摩托车每天接送；路途遥远的，只能分开几天了。书宝并不反对布阳的工作，能整天唱歌是个好事，能把唱歌作为生活的主要任务，那是相当美好的；但有一条，坚决不答应布阳脱衣服，外套都不行。为此他跟王玉南声明过，过去他就不提了，现在布阳是他老婆，他得管：一件都不能脱。王玉南爽快地说，没问题。果然就没再为难过布阳。

大概过了半年，布阳有了。他们俩都没在意，有一天开云班子在离花街四十里外的店头镇演奏，布阳突然打电话给书宝，说她恶心得要死，总想吐，胳膊腿都使不上劲儿，不知道怎么回事。手机里也能听见她咕噜咕噜的出气声。当时书宝刚下课，骑了摩托车一路狂奔就去了店头。布阳正在休息的地方躺着，王玉南和当地的医生也在。王玉南担心是吃坏了肚子，就让丧礼主事的帮忙请了医生。对他们这些经常吃冷饭冷菜的人来说，吃坏肚子不稀奇，但反应很少有布阳这样的激烈。书宝刚进屋，王玉南就说，书宝，恭喜啊，医生说，咱们的布阳有啦。书宝激动坏了，大老远跑过来竟然听到了个好消息。他都没顾上感谢提着药箱正打算离开的医生，赶紧握住布阳的手，像珍惜古董瓷器一样让她躺好，别乱动，整个人眉开眼笑，樊家的历史开始有了新篇章了。布阳因为开心和害羞，把脸埋到他手上。

正恭喜来恭喜去，外面忽然热闹起来，很多人嗷嗷地叫。班子里的一个成员小高急匆匆地跑进来，对王玉南说："王姐，他们有人拿大顶，观众都过去了。"然后看看布阳，犹疑地问王玉南，"能出场吗？"

"现在不行，得歇着，"王玉南在屋里走动起来，"我再想想。"走几步停下来，"大伙儿都想想。"

没人有高招。一会儿又进来一个成员，贝司手王山，留一头长发。"王姐，不能再等了，"王山说，"人快走完了。"

布阳说："王姐，还是我去吧。"撑着胳膊要坐起来。

"别！"王玉南制止她，"你这是大事。总会想出办法的。"

书宝就是那一刻头脑一热，站起来说："王姐，你看我能不能帮上什么忙？"

小高说："王姐，我看行。除了开云哥，我还没听过谁的二胡拉得比书宝好。"

王山也说好。王玉南眼睛一亮，也拍手说好，那惊喜的样子完全不像班主，倒像个小姑娘。"问题是，"她掰着手指头说，"直接上去个空身人拉二胡，效果不好。得整点新鲜的。"

"这还能整出啥新鲜的，"小高说，"总不能让个大活人钻衣橱里吧。"他就那么随口一说，随手指一下墙角边立着的一个简易衣橱。几根玻璃钢做的架子，外面套上防水的花布，布上有山有水有一片树林子和很多正在飞的鸟。这衣橱是他们随身携带用来挂衣服的。

"怎么不行？"王山说，"书宝坐在里面拉二胡，谁也看不见，不知道的人没准会以为是咱们开云哥呢。"说完了才觉得不合适，齐开云残废了，现在一首曲子都没法完整地演奏到底。他不好意思地说，"王姐，我不是那个意思，你别生气。"

"生啥气？说得好！"王玉南走到衣橱前，拉开衣橱拉链，把衣服都拿出来，比划了一下空间，正合适。"就这么来。书宝，委屈你了。"

小高问："就跟他们说，是开云哥来了？"

"不，"王玉南说，"什么都不说，让他们猜去。"

那天店头镇人看见一辆推车从外面推过来，车上是个简易的衣橱，衣橱里传来昂扬激愤的二胡声。懂行的人一听就知道是《万马奔腾》，拉得相当漂亮，每一个细节都落了实，都照顾到了。一个人推着车子，一个人拿着麦克风对着衣橱，跟着车走，二胡声被放大后，一万匹马跑过店头镇。有人开始以为衣橱里是一台录音机，后来隐隐约约看见里面坐着个晃动的人影，激烈地拉动弓弦的动作带着衣橱一起哆嗦。毫无疑问，有人在衣橱里拉二胡。因为关在衣橱里，因为看不清人，观众的兴趣立马被吊了起来。人群从对面的那个班子前一拨拨地撤回来，拿大顶的家伙眼睁睁地看着刚才还在喝彩的店头人一个个头朝下地离开了他。

先是《万马奔腾》，大家被激昂的二胡声搞得浑身发热，觉得满身的血液被煮得直冒泡泡。接着弓弦一顿，雄浑悠缓的《江河水》流动起来，大家的血液慢慢开始平息，但不悲哀落寞，反而觉得身上逐渐充满了平和又持久的力量，拳头就一点点攥起来。

然后是忧伤的《二泉映月》，然后又是欢快的《十送红军》。观众在不同的情绪里出出进进，彻底服气了。开了耳了。他们议论纷纷。

一个说："齐开云又出山了？"

另一个说："听说他早不行了。"

再一个说："除了他，还会是谁？"

第四个说："谁知道呢，还藏在衣橱里，有点奇怪。"

王玉南一声不吭地笑了，最后实在忍不住，对旁边的鼓手说："这个书宝，救了我们的命哪。"

10

辛苦费三百。不是一个小数目。班子里的成员每场葬礼忙上三四天，分到手的不过三四百，书宝前后不到两个小时。不单是班子里的人眼睛瞪大了，书宝和布阳眼也大了。他们坚持不要。

"那不行，"王玉南一挥手，"外援是外援的价，救命有救命的价。不嫌少就拿着。"

书宝只好拿着了。当然不会嫌少，按书宝每月那百分之五十六的工资，这一个多小时差不多抵上他干半个月的活儿。

这是竞争的关键时刻，扛过去了，开云的班子就算胜了，剩下的演奏就是走形式，其他人打发就可以了。王玉南干脆做个顺水人情，让布阳提前跟书宝回去算了，该拿的钱一分不少。"这是大事，"她亲热地碰了碰布阳的肚子，"出了问题书宝可要找我拼命的。"弄得书宝满心感激，一激动又说，啥时候用得上他了，一句话。王玉南说："谢谢，来日方长。"

回家路上布阳抱着书宝的腰问："再让你帮忙，你真愿意来啊？"

"总得表个态吧。不是吃人的嘴短，拿人的手软嘛。"

布阳撅着嘴说："就知道你不愿意。拉不下脸。"

"没有啊。"

"还没有！我知道你其实跟你妈一样，瞧不上我们干这行的。"

"别瞎说！"书宝右手摸到布阳的屁股，拍一下，"我老婆不管干什么，我都喜欢。"

说是这么说，书宝心里头还是有杆秤的。他可能没他妈激烈，但还是对这行当心存偏见，毕竟连个草台班子都算不上，而且整天跟死人打交道，不是下三滥也是下九流，那感觉不好。他的工资是低得让人难为情，布阳挣的钱远超过他，但他好歹是人民教师，体面，铁饭碗，跟布阳比，天上地下。布阳知道他嘴硬，也知道书宝的确是真心喜欢自己的，就不再说什么了。书宝也不再解释。这事越抹越黑。书宝想，幸亏躲在衣橱里，要是光天化日，被熟人或者同事看见了，这脸就丢大了。

本来暗暗地决定再不去帮那个忙的，可半个月里竟连帮了两次。

头一次是被大伙儿哄起来的。他去接布阳，赶着布阳任务结束的时候到了一个葬礼上。布阳收拾行李，他坐在摩托车上等。班子里的人都认识他，几个刚换下来的家伙多事，根本不知道他的清高，就觉得是布阳老公嘛，那也是可以随便瞎说的亲人。一个说，闲着也是闲着，书宝你不如来上一段，让大伙儿爽一把。其他人一起叫好，也不管书宝答不答应，开玩笑似的把他往衣橱里拖。这伙人平常以走江湖自诩，言行上也逐渐有了江湖气，也拿江湖气来对付书宝。书宝又抹不开面子生气，只好向布阳一个劲儿地递眼神。眼神不递布阳也会了意，可她也没办法，这群伙伴不明白，她若说清楚了那一定得伤人。书宝于是活生生地被塞进了衣橱里，接着塞进来一把二胡和一支笛子。他们没找到推车，借了个平板车就把书宝推到了演奏现场。

可以想见那对所有听众都是个惊喜，书宝进去了只能干活。三曲二胡，三曲笛子，听得大家耳朵都竖直了。王玉南正在和主家结账，计算器按了半截子，吓得一激灵，冷汗出了一身，来不及扔下计算器就往外跑。她以为对方的鼓乐班子请来了高人，相当高的高人。等她看见了那个熟悉的简易衣橱，眼泪就出来了，自己人。

这次演奏纯属偶然的玩闹，按理说不在支出范围里，但王玉南还是坚持给了书宝三百元的酬劳。她的意思是，只要给开云班子长了脸，挣了威风，报酬是应该的。哪怕书宝只拉一支曲子，只吹一首歌，这个价也值。倒搞得书宝觉得自己的清高有点小气了。

第二次缘于这一次。同一地方死的人，相隔不到半个月。死者的女儿做生意发了财，要把父亲葬礼的排场搞大，越大越好，她想让老家的父老爷们看看，当年她这个被父亲赶出家门的不孝女，如今是如何衣锦还乡孝敬父亲的。父亲当年坚决反对她和一个离过婚的男人相好，和她断绝了父女关系。她请了四个鼓乐班子。和王玉南联系时该女儿提出要求，必须上衣橱，因为大家都说好。她要的就是让大家都说好。钱不是问题。王玉南不敢肯定就万无一失，但她还是答应了，然后谈了钱的问题。谈的结果是，她可以随便书宝开价，只要他肯来。

葬礼的第二天王玉南才找布阳，首先强调了当前的困难：四个班子，那血肉横飞的竞争场面肯定是空前的，谁都没有见识过的，开云班子的声誉正在面临前所未有的挑战。然后，王玉南说，主家特别提出，一定要衣橱。她不说衣橱里的人是谁，布阳肯定明白。王玉南说："布阳，你要是觉得姐还心疼过你，就帮大伙儿一次吧。全班人都靠你了。"就差声泪俱下了，布阳哪扛得住。一咬牙一跺脚，拨了书宝的手机号，叽叽咕咕说了半天。

"书宝，"最后布阳说，"我们娘儿俩一块求你了！"

书宝就挺不住了。"娘儿俩"，让他激动得心惊肉跳的词。这是他们的私房话，自从知道老婆有了，他就称布阳和她的肚子为"娘儿俩"。两个人就是比一个人管用，书宝答应了。但他说："我还要钻衣橱。"

布阳转达了他的要求。王玉南开心地说："他不想钻我还不让呢！"

四个班子在大门两边顺次排开，每个班子都有一块巨大的领地，用来演出和挤满观众。就像四个班子同时站在同一张桌子上较量，谁好谁赖一目了然，那残酷的程度完全称得上是血肉横飞，所有人都在拼命，不拼命你都说不过去。

布阳上场的时候也只能和小头班子持平，此时小头已经顾不上折寿，亲自出马了。如果他玩魔术大变活人或者大变死人说不定就赢了，但他没有，他只是同时演奏七种乐器。这就很要命。七种乐器一起响，队伍排得再好也免不了要杂乱，而且贪多嚼不烂，每一种都不可能演奏到最好，这是肯定的，最后只剩下个花活儿。书宝不一样，他一样一样来，每一样都极其精妙，每一样都是最好。他带来了自己的家伙，二胡、笛子、单簧管、箫和萨克斯。既然为了"娘儿俩"，就得隆重点，自己的家伙使起来顺手，不敢保证超水平发挥，正常发挥还是没问题的。书宝用圆满的一个、一个、又一个，打败了小头的残缺的七个。

为了隐瞒住身份，他到了指定的地点与王玉南他们汇合。书宝发现迎接他的不是那个简易的衣橱，而是一个崭新怪异的小屋：基座是一个巨大的轮椅，后面有两个把手可供推动；基座上面是一个房子模样的空间，天蓝色的锥形屋顶，四壁是一种特殊的材料做成，既像玻璃又像塑料；墙壁上均匀地分布很多小孔，用来透气和传音；打开左边墙壁上的一扇门，可以看见小屋里宽敞宜人，放着一把可供折叠的躺椅；已经安装好麦克风和扩音器，喇叭装在小屋的右墙外。当书宝坐进去小屋里时，浑身上下立马充满了乐符和演奏的欲望。此外书宝还有一个发现，那就是坐在里面可以清楚地看见外面，而外边的人充其量只能看见里面人的影子，就是看见的那个影子很多程度上也得益于想象。

为了在关键时刻隆重推出书宝，王玉南特地找人定做了这个怪异的东西。

书宝的出场即使一声不吭也足以让观众们把脖子转过来。现在他是用二胡演奏《十面埋伏》的激越之声上场的，铮铮铁骨，嘈嘈切切，汹涌澎湃，声音之大之雄壮能把天掀翻。观众呼啦一下就围过来。为了防止有人趁机搞破坏以及企图弄清楚小屋里的人是谁，王玉南早就安排了班子里的几个壮小伙拦在轮椅周围守着。

那天书宝演奏得极其尽兴，完全忘了下九流这回事。他把乐器一件件轮着来，每件乐器都演奏出最经典的曲目，那些完美的声音让对手们也暗自赞叹不已，他们和其他人一样，吃不准制造出如此美妙音乐的人是不是齐开云。尤其是书宝开始吹奏萨克斯时，对手们完全绝望了。他们玩了一辈子音乐，当然知道有种外国乐器早就传到中国，叫萨克斯，能吹出极度抒情的声音来，但他们基本上都是土乐手，萨克斯还没来得及学，可能这辈子都不会再去学，而这个陌生的、动听的、仿佛可以用来梳理内心的声音已经被开云班子里的一个人吹奏出来了。它适宜独奏，也可以用来伴奏。当萨克斯成为布阳歌声的伴奏时，其他三个班子彻底没脾气了。

小头的七种声音戛然而止，屈指可数的几个人看见他歪着更小的小头甩手出了场地。

11

书宝挣到了钱，这我知道，他拿到了钱回来就请我喝酒。"哥，日子不好过，"他端着酒杯啃着我打来的野味，舌头明显大了，"可想想，赚钱也不难。就两个小时，哥，我挣了这个数！"他把左手对着我竖起来，大拇指蜷在一边，另外四根油腻腻的手指摇摇摆摆。四百块钱，的确不少。在花街你想在两个小时内赚四百，据我所知只有一种可能，就是你是个女人，足够年轻足够漂亮，愿意做那种生意，而且还得遇到个冤大头，或者你能在两个小时里解决掉多个男人。我羡慕地说，老弟，还是你行，跟那些女人一样都有本钱。要在平常，拿他跟那些女人比，他一定不会善罢甘休，但今天他没有。他说："哥，你不知道在大兵压境的时候孤身一人扭转局势有多爽！真的，你不知道。我躲在小屋里看着观众你拥我挤地往这边跑，另外三个班子门前一下子就空了，那感觉实在是太漂亮了，跟喝啤酒啃野鸡腿一样过瘾。你觉得你有用，相当有用。有用真他妈好！"

我听出来，绕了一圈他关心的还不是钱。是观众。"想要观众好办，"我说，"那破书别教了，跟布阳一起干，观众拦都拦不住，还争着给你送钱。"

"那不行，"书宝总算还没糊涂，"工作不能丢。"

这话说完才几天啊，我觉得自己身上的酒气还没散清爽呢，书宝就把职给辞了。这事是让他的一个叫李银川的同事给闹的。我没见李银川，书宝说这人舌头长，喜欢来事。电视里不是流行"八卦"这个词么，该长舌男就是他们学校里的"八卦王"，人称"八卦李"。放个屁正好穿过针眼，真他妈巧了，八卦李就住上次书宝大显身手的那个村的隔壁，骑电驴子五分钟的路，他听说有四个鼓乐班子斗法的好戏，忍不住就去看了。据说他们村一半人都去了。八卦李好歹是个文化人，萨克斯他是听明白了，这洋玩意会使的人极少，他知道的只有同事书宝。可吹萨克斯的人藏在小屋子里不露脸，很多观众还是倾向于认为是齐开云，只有齐开云才能把乐器玩得如同自己身上的器官。此外，因为齐开云身体的某些重要部分没了，所以才会躲进小屋里。这是说得通的。但是，八卦李想不起来齐开云好胳膊好腿的时候曾吹过萨克斯，他也听说齐开云已经没能力把一首曲子演奏到底了。

八卦李的过人之处就显出来了，他特地打电话给一个教语文的老师求证。该语文老师和齐开云家住不远，回他话，齐开云那天下午一直在河边钓鱼。八卦李初步判断，躲在小屋里的应该是书宝。他老婆布阳就在开云班子里。八卦李第二天见了书宝，上来就说："萨克斯吹得好！"

书宝一愣，想到这家伙住邻村，就装疯卖傻："一般般。瞎吹。"

"听过的都说好。"八卦李笑眯眯地说，"要是地方大一点，摇晃着吹，更有味。"

"什么意思？"

"我是说，你吹得好，就是地方太小。挣不少吧？"

"说什么呢，"书宝看看手表，"该上课了，我先走了。"他急匆匆走了，听见八卦李在背后说，你拿两份钱呢！那声音酸得让人倒牙。

过两天书宝就觉得不对劲儿了，同事们的眼神老是歪歪扭扭，拉不直，跟他说话时起码保持了斜上三十度的夹角。他们一句萨克斯的话不提，只是嘘寒问暖，跟几年没见了似的，书宝被关心得都难为情了。然后他们就微笑，嘴角的皱纹里有看不见的千言万语。小学校嘛，就那么几个鸟人。我兄弟书宝想，挣了几百块钱，就让他们恨上了。这年头，你一个人私下里挣钱就等于在害别人，他们挣不了啊，心理哪能平衡？他们不说自己不平衡，他们最后让校长站出来替他们说："樊书宝同志，你知不知道，你丢了我们学校的脸，丢了我们全体人民教师的脸？"

"我怎么就丢你们脸了？"书宝站在校长室里争辩。

"你是一名堂堂的人民教师，却去赚那种不入流的钱，让学生和家长知道了，我们还能站得住讲台吗？再说，你这是不务正业，对我们的教学工作十分不利。"

"你凭什么认为我赚了不入流的钱？"

"你看，"校长说，用烟头指着书宝，"你在继续丢人民教师的脸。起码的诚实都没有，我们还怎么去教育学生。回去好好反省反省。"

"没什么好反省的！"

书宝软一下这事也就算了，他偏不给校长面子。我蹲家里都知道，领导最恨人家不给自己台阶下。所以校长就发火了，"樊书宝，我警告你，"校长站起来扔掉了烟头，"三番五次就你事多，还真以为缺了你一个教音乐的学校就办不下去了你！不想干你就给我回家！"

"回家就回家！"书宝火气也上来了，"谁稀罕！"

他气冲冲回到办公室，拎着乐器袋就往外走，办公桌都没收拾。既然回家了，那些东西带回去也只能当废纸卖。回到家他就找我喝酒。布阳不在家，大秦镇死了人，她昨天跟班子一块走了。喝酒时书宝啥也不说，就闷头喝。他的那点酒量我太清楚了，赶紧夺下酒杯。憋了半天他才说，老子他妈的就不干了！

到底还年轻，要在我这岁数，低个头就过去了，过日子不容易，讲道理他讲得比我好一百零二倍，可他就是做不来，低不下去。年轻人脖子硬点当然是好事，可是兄弟，咱那是铁饭碗哪，三条街就你这只碗摔不坏，你却大脑一抽筋给扔了。我劝他，把我老婆也动员起来一块劝。我们两口子说，忍一忍，前面是个天。书宝说，是个屁。我们说，看开点，一辈子长着呢。书宝说，是那群王八蛋看不开。我们说，就算不干了，也不能让那些王八蛋来说，咱这铁饭碗是上面给的，他们凭什么。书宝说，是老子自己他妈的不想干了！他说得意气风发，就跟电视上那些英雄人物站在山头上，风呼啦呼啦地吹。他把筷子拍到桌子上，掏出手机开始拨号。

"我！"书宝说，"问问你们王姐，我去了他们要不要。"

"你说什么书宝？"我听见手机里布阳的声音，"你要去哪儿？"

"去你们班子吹萨克斯，我不教书了！"

"你说什么？"布阳停顿一下，"你喝酒了书宝？"

"喝了。我在和我哥嫂一块喝！"

"你让大哥接电话，"布阳说。

"不接。你就问问要不要，我一会儿就过去！"

我抢过手机，对布阳说："别听他的，喝酒说瞎话呢。没事，你忙——"我还没说完，书宝又把手机抢过去，说："别问了，我现在就过去，我就不信你们也不要我！"不等布阳说话就关了手机。他给自己倒满一杯，碰了一下我的杯子，又碰一下我老婆的手，说："哥，嫂，喝！"一仰脖先倒进嘴里，放下杯子就站起来，"你们慢慢喝，我现在就去！"

根本拦不住。手机响了他也不接。斜挎乐器袋，发动摩托车一溜烟走了。两个小时后，我想该到大秦镇了，就去老歪的杂货铺借公用电话打布阳手机。我担心书宝在路上出事，他喝了酒，又一副不管不顾的样子。布阳在那边说："到了。在场上吹萨克斯。非要上，不给上不行。哥，他怎么成这样？"

年轻嘛，扛硬不扛软，我也没办法。"有挡头没有？"我问。我的意思是，千万别一清二白地站在别人眼皮底下吹，太惹眼了就更不好回学校了。

"有，上次专门给他做的小屋昨天就带来了。"

放下电话我就纳闷，那小屋昨天就带过去了，他们怎么知道书宝会去？我一直嘀咕到家。老婆说，那还不简单，不就是个假小屋么，又不是两层楼，随身带着，万一需要书宝去救场子，不就派上用场了嘛。老婆又说，我看那个王玉南第一眼时，就觉得这女人有心眼。看看，我说得没错吧。

12

进了班子书宝就再没有出来，他们当然要，求之不得呢。他其实还是放不下教书，也没法真正拉下脸来当个吹鼓手，但是回不了头了。刚开始几天回去也就回去了，时间一长，就是校长八抬大轿来请，他也没勇气回去了。布阳一直劝，没用。王玉南也象征性地劝过几次，然后就满心欢喜地绝口不提了。书宝的情绪很多天以后才缓过来，把自己矫正过来很困难，得说服自己去接受和适应另外一种工作和生活。好在有一拨拨蜂拥而至的观众跟数目可观的酬金，每次稍微出现一点因为工作性质而难为情和后悔的念头时，他就主动提醒自己，你看，音乐在你手里既能获得足够的观众，又能赚到大把的钱，你他妈的还有什么不满足的？你以为你是谁啊！三天两头地迎头来这么一棍子，逐渐也就转过来了。

对书宝的离职，布阳当然十分惋惜。那铁饭碗在三条街上，还是能好好虚荣一下的；在班子里也是，老公是文化人，起码觉得有半边身子是不俗的；还有一条很重要，孩子，她没来由地对尚未出生的孩子的未来充满信心，知识分子家庭，总不至于差到哪里吧。现在都没了。但很快她也就认了，自己老公，天塌下来还是老公。再说，她就是干这一行的，也没什么不好啊。两个人忙一起忙，闲一起闲，总能待在一块，挣比过去更多的钱，日子还是相当诱人的。

一直放不下心的是书宝他妈。儿子离职半个月后她才知道，她从河对岸的菜园子里回来，在石码头上听别人说完，立马头晕眼花，路都不会走了。她扔掉菜篮子一屁股坐到地上，放声大哭，跟着叫骂个不停。先骂书宝糊涂，丢祖宗十八代的脸，发誓一定断绝母子关系；接着骂樊苏三，就是续了他哼哼唧唧的狗屁脉，书宝才会去学乐器，又成了个不学好的东西；最后想起来主要罪过其实在布阳，都因为这个小妖精，他们娘儿俩才过成如今这个凄惶样，好好一个家四分五裂，这小妖精把儿子抢过去也就罢了，现在竟然把一个体面端庄的工作也弄没了，让儿子成了一个赚死人钱的卖艺的！她不能不气，不能不骂，不能不大哭一场。她完全忘了这么久她一直对他们撂脸子。

把天骂漏了也白搭，书宝已经成了开云班子的正式成员。入班的仪式很简单，就是拜见一下班主齐开云，然后烧炷香。王玉南带着，布阳陪着，在风和日丽的上午到了王玉南家。齐开云把空荡荡的裤管捋上去，残废的程度让书宝抽了一口冷气，两条腿在膝盖以上就早早结束了，末了处是两个圆溜溜的肉尖。齐开云想换个坐姿，用力的时候，两条腿根摆动的幅度小得可笑，显得极其无助，让书宝有强烈的荒诞感。这就是当年名声比县长、市长还大的齐开云，四十五岁，头发白了一大半，白里杂黑的头发让他看起来有点阴险，很少笑。

书宝记得他一共笑了三次，一是听见书宝拉完二胡，笑了，拍手说好。他的两只手因为长年转动轮椅，骨节粗大，青筋暴出，一点不像搞艺术的手。第二次是他自己吹笛子，他说既然书宝入了开云班，他就应该教给他一招，即在处理颤音时如何更科学地抖动指头，因为要演奏，齐开云本能地兴奋，笑了，甚至还有点羞涩。平心而论，书宝觉得那一招挺管用，理论上学不来的，只能是长期实践的心得。艺术中有绝招，千真万确。也就是在这次笛子吹奏中，书宝证实了传闻不虚，齐开云的确无法完整地把一首曲子吹到底，快结束时串了，到了一首流行歌曲上。王玉南提醒他时，齐开云恐惧地停下，接着出现狂怒的前兆，眉毛开始上下跳动。好在王玉南已经习惯了处理这种事故，安抚他说，主要是时间不早了，该上香了。拜的不是什么乐神，而是一把二胡，供在长案上。据说是齐开云草创开云班的时候用的，他靠这把二胡镇住了其他人。齐开云燃香，递给书宝，书宝三拜二胡，插进香炉里。书宝第二拜时，齐开云又笑了。

饭后，布阳和王玉南在另外一个房间里聊天，听她说育儿经。他们的儿子七岁，刚生了儿子齐开云就残废了。书宝和齐开云在香炉下面谈音乐。齐开云是野路子，不跟你谈什么理论，就实打实讲哪个好哪个不好，哪个管用哪个不管用。后来说到萨克斯，齐开云一定要听书宝吹一曲，这种新玩意王玉南跟他说过好几次了。书宝也不客气，来了一首美国乡村民谣，清新抒情。书宝闭着眼吹，结束了睁开眼，发现齐开云眼泪下来了。书宝想不至于啊。齐开云突然抓住书宝的手，说："我真成一个废人了。"

这话让书宝记了很久，也成为他平衡内心的理由之一。他理解齐开云的悲痛和绝望，只有真正热爱音乐的人才会有这种灰到生命里的想法，由此他想，做个吹鼓手其实已经非常幸福，整天和音乐在一起，想起来随手就能拿到，可以自由舒展地去吹拉弹唱。他凭什么还要不满？起码在那一刻，他因为抱着一只萨克斯而感到了某种悲壮和崇高。

王玉南把他们送出门，临分别时对书宝说："正式进班了，可别害怕啊。"

"这有什么好怕的？"书宝问。

"遭人黑手啊。"王玉南说，"知道开云为什么那样？车祸。当时他也骑摩托车，有人在螺丝上做了手脚，正骑着车子散架了，对面过来一辆卡车，两条腿就没了。还好，命没丢。"

"谁啊，这么歹毒？"

"对手。树大招风啊。正经事上胜不了你，他们就背地里玩手段。"

"查出凶手没有？"

"往哪儿查？都猜是祥鹿班子干的，但你找不到证据，一点办法都没有。"

祥鹿班子早就不行了，老班主死后，基本上是一盘散沙，更是找不到债主了。而且几年过了，没准凶手早就死了。听得布阳紧张得抓住了书宝的胳膊。

"也别太放在心上，"王玉南笑起来，"我带了六年班子，不是好好的么。不过小心点好，书宝，你们俩都是班里的宝贝，尤其要注意。"

书宝拍拍布阳，说："谢谢王姐，放心，咱们的布阳是福将，天下是太平的。"

13

成了正式成员，第一次分钱书宝有点不高兴，他和别人一样，三百五十元。过去做外援，两个小时不到就四百，现在四天里随叫随到，出场时间四个小时都不止，价钱反倒下来了。他没明说，私下里跟布阳嘀咕。布阳让他想开点，进了班就该一视同仁，要不王姐那里也为难。皇帝的女儿金贵吧，嫁到别人家也只能是媳妇。书宝只好闷头不吭气。

大家都在收拾行李准备解散，王玉南给书宝发了条短信，让他过去一趟。书宝就去了，屋子里只有王玉南一人。她关上门，让他坐，说他毫无疑问在整个葬礼上是最抢眼的，能把另外一个班子打败，书宝的功劳最大。说完了，从包里抽出两张老人头，"这是额外的酬劳，"她说，"也是应得的。刚才人多，怕大家有想法，单独给你。以后也这样。"

轮到书宝不好意思了，有点小人之心了。"别，王姐，"书宝把钱推回去，"皇帝的女儿成了媳妇，再金贵也是家里人。"现学现卖，他把布阳的话换了个说法。

"那也不是哪家都能娶到公主的，该宝贝还是得宝贝。听姐一句话，拿着。"王玉南笑得亲切，像自家人。姐给你的钱还啰唆什么。书宝觉得心头一热，顺从地接了。王玉南说，在布阳她妈的葬礼上头一回听书宝拉《二泉映月》，她就在想，要是班子里有这么个人物就好了，他会是另一个齐开云，甚至比齐开云更厉害，现在得到了，她很开心。开云班谁也打不败了。"姐再多一句，为你好，也为咱们班子好。"王玉南说，"场上的调子越高越好，场下的调子，该低还得低。"

书宝懂，说没问题，多少年都夹着尾巴做人的，习惯了。

"那就好。"王玉南笑笑，拍了拍他的肩膀，意味深长地说，"姐放心了。"

生活逐渐进入了正轨，书宝两口子出门一起出门，回家一起回家。书宝继续钻小屋，稀松平常的演奏他是不露面的。有一次他在那个小屋里想，王玉南也煞费苦心，也许她就知道最终他会用上这个怪物的，所以才花大力气找人设计制造出来。布阳的演出也逐渐减少，肚子已经显山露水，力和气都得小心着使，不能动了胎气。王玉南的意思是，有时未必要她出场，但是人来了，同志们心里就有底了，干劲儿就足了。

一个大活人藏得再结实，总会被发现的。和他们对手的小头、祥鹿、中寨、火车头等几个班子，陆续都打探出那个躲在小屋里的人是书宝了。王玉南也没打算瞒他们多久，要的那点神秘感主要是针对观众的，老百姓需要这点新奇。不是齐开云，几个班子为此松了一口气；但书宝比齐开云还牛，他会萨克斯，让他们更加忧虑，因为齐开云最风光的时代他们都见识过，心里有谱，书宝如果真正抢了所有人的风头，会是什么样的格局他们是一点底都没有。尤其是在黄庄的一次葬礼上，小头亲自出马大变活人也输给了书宝，他们更加忧心忡忡了。在所有鼓乐班子里，只有小头还有抗衡的实力，他老人家都不行了，这日子还怎么过。

那次竞争中，如果小头大变活人圆满成功，书宝未必就敌得过他，可惜小头要变的那活人不争气，中午喝多了，也吃多了，泡黄豆烧肉，一顿饱吃，积了满肚子的气。活人还没变出来的时候他躲在柜子里就憋不住了，三个大屁半个庄都听得见。一下子就把小头聚敛的精气神给泄了。小头那个气啊，要不是上百号人围起来看着，他就上前扇那家伙的耳刮子了。脸面算丢尽了。魔术本就是假的，但观众不管你，只当是小头年纪大了，本事不济了，一声声喝倒彩，一双双手鼓倒掌。他们得了结论：完了，小头彻底不行了。另一边书宝的小屋刚推上来，观众呼啦啦全过去了。

布阳准备留在家里专心保养胎儿之前，出事了。那天整个演出结束，分完钱天已经黑了。王玉南让书宝和布阳跟他们的工具车一起走，有一段路顺道，布阳说她想回家煮点白米粥喝，还是先走吧，器械还没装好，要等一会儿。他们俩的摩托车在夜路上行了大约十五里，前头突然从路边沟底冒出来两个黑影子堵在正路上，书宝一个急刹车，车倒了人也跟着往下掉，书宝反应快，跳下车去抱布阳。她肚子里有东西，千万不能摔着。总算抱稳妥了，他坐到地上，布阳坐在他身上。那两个黑影子随即窜过来，一个踢书宝，一个踢布阳，因为疼痛布阳惊叫了一声。唱歌的嗓门大，声音响亮，那两个人吓了一跳，一愣神的工夫书宝已经爬起了一半，一个人赶快上前补一脚，书宝又倒在地上，背在身后的乐器袋垫得后背疼。那人手里多了一把刀，在夜色里也能看见冰凉的光，书宝看见那家伙戴着一张京戏脸谱面具，唱黑脸的。黑脸的刀即将扎到他撑地的左手时，书宝猛地一抽，右手已经从乐器袋里抽出了二胡，顺手抡过去，打到对方的胳膊肘上。这时候他听到布阳又叫了一声，她肚子上又挨了一脚，既是疼的，也是吓的，书宝看见她面前的那个人戴的是白脸面具，他正打开一把手电照自己的脸，那张阴惨惨凶神恶煞般的面具，在突如其来的灯光下的恐怖效果极其巨大，就连书宝也被吓得突然间停住呼吸，头发寒毛全竖起来了。布阳继续尖叫，书宝迅速爬起来，一手二胡另一手抓着乐器袋，里面有笛子、洞箫、单簧管和萨克斯，对着那两个装神弄鬼的家伙乱抡，一边抡一边大喊大叫，希望附近有人听见。他守在布阳跟前。对方躲躲闪闪始终近不了身。这时候很远的地方传来汽车喇叭声，远远的也有光照过来，那两个人撒腿就跑，在路边沟渠的缓坡上拎起一辆放倒的摩托车，发动起来骑着就跑。等王玉南的车赶到时，他们已经没影了。

他们跑得差不多了，书宝扔掉手里的东西就喊布阳，蹲下来把她抱在怀里。布阳一直在惊恐地叫，整个身体僵硬发凉，她啊啊啊地叫着，两腿张开。书宝胆战心惊地撩起来布阳的上衣下摆，看见了她屁股底下汪着一小摊黑水，他听到自己身体里的某个地方发出咯嘣一声，像哪根骨头断了，胃里也跟着剧烈地痛起来。

书宝说："布阳，布阳，你说话呀布阳！"

布阳只是啊啊啊地叫，脖子神经质地转动，两只手不停地抖。王玉南的工具车到了，灯光照亮他们。布阳慢慢地低下头去躲避灯光，看见了身子底下越汪越多的血。灯光底下血是黑红的，不是黑的。布阳歇斯底里大叫一声，整个人就软了，倒进书宝怀里。

14

医生说，孩子没了。书宝点点头，眼泪往肚子里流。医生又说，病人受到的刺激过大，现在这种状况，最好送精神病院。

"多久能恢复？"

"说不好。有人一年半载就回来了，有人一辈子都不行。"

"别难过，书宝，往好里想，"王玉南抚着书宝的肩头说，"钱不是问题，大伙儿可以凑。待一块几年了，我们都舍不得布阳，你看，"她指着门外，开云班子里的所有人都站在走廊里，面色凝重地往病房里看。"大家都很难过。"

"医生，"书宝说，"我想把她带回家，自己来照顾。行么？"

"当然可以，这样其实更好。亲人在身边，知道她需要什么，越熟悉的越最容易把病人的理智唤醒。不过也得坚持药物治疗。"

班子里的工具车把布阳送回来，书宝指路，直接开到我姆子的门口。发生这事我也不知道，但一看见布阳空洞的眼神、迟钝的反应和几乎不愿动弹的手脚，我就知道出大事了。他们几天不回家我就觉得有问题，果然就来了。车一进西大街我就看见，很多人聚在孟弯弯米店门口打麻将，我站一边看，那车我认识。我跟在车后就追上来，车停在我姆子门口。

我婶子站在门口一脸怒气，要关门不让书宝进。书宝说：
"妈，布阳出事了，孩子也没了。"还没说完，眼泪鼻涕就
流了一脸。他妈也刚听到布阳怀孕的消息不久，才几天，听
到却是孩子没了，而且布阳也出事了。她矜持着不吭声，踮起
脚半信半疑地往车厢里看，一看见布阳的脸色和眼神就完全明
白了。我婶子的嘴唇抖起来，嗓子里咕噜咕噜地突然生出了扯
不清的痰，一巴掌扇到书宝脸上，声音里立马有了哭腔："早
你干什么去了！弄成这样才送过来！有孩子了你还让她在外面
跑！"她扒住车厢要往上爬，好几脚都没踩到车轮上，就拍着
车厢冲书宝喊，"还站着找魂哪？把她抬进屋啊！"

　　我和书宝还有班子里的一个小伙子抬着布阳往屋里走。王
玉南想跟我婶子道歉，她哪有心思听，甩着手跟在后面小跑，
嘴里嘀咕着："这可怎么得了。这可怎么得了。"

　　布阳在床上躺好了，空荡荡的眼睛找不到焦点，屋顶上垂
下来一条蜘蛛网，在她头顶上晃悠。我婶子站在床边看布阳，
像看一个陌生人，过了半天，她弯下腰小心地把手放到布阳肚
子上，轻轻地碰一下，又碰一下，转脸问书宝："医生真说，
没了？"

　　书宝点点头，说："妈。没了。"

　　"没了。"我婶子慢慢蹲下来，左手摸着布阳的右手，右
手攥皱了一把床单。"没了。"

　　事情弄成这样谁都没料到。书宝搬回了他妈那边住，为了
可以更好地照顾布阳。布阳不再说话，让她吃饭都要跟哄小孩
似的，张嘴，张嘴，对，吃一口。她就张嘴吃一口。不笑，不
哭，也不闹，除了吃喝拉撒，其余时间基本上用来发呆，坐着

发躺着发。偶尔弄出点动静来，多半也是夜里做噩梦的时候，书宝说，她啊啊啊地叫，手脚活动灵活多了，像逃跑又像跟人打架。

那段时间书宝没去班子里。王玉南让他先安心照顾布阳，顺便也修养一下，稳定情绪。班子重要，命更重要，开云班子已经对不起他们俩了。在家里他也难受，布阳看他如同看一个陌生人，眼神里没喜没忧。更多的时候是他看布阳，看她坐在椅子上发愣，躺在床上发呆，布阳的眼神空洞游离，都分不清她到底在看哪里。书宝照医生嘱咐的，按时给她服药，有空就跟她说话，不管布阳听不听他都说。他把上厕所的力量都用上了，希望像医生说的那样，尽快地唤醒她，让她回来。他不知道哪一句话哪一件事可能对她有用，就拼命说，想到什么说什么，直说到喉咙发干冒火，布阳还是一点反应没有。这种时候，他就会抓着布阳的不动声色的手掉眼泪，然后抹一把，让母亲来陪着布阳，他过来找我喝酒。

我几次问到仇家，我说："兄弟，找到了我替你出气，我拿土铳子把狗日的全家都端了，一个不剩！"他摇摇头，没用，不可能找到的。这种事多了去了，派出所都没时间理你。天黑，那两人又戴着面具，现在就是站面前也未必认得出来。鼓乐班子里常有这种事，背后捅刀子，多少年也不知道积累了多少糊涂账。听他说我才知道，齐开云表面上是出车祸，其实是被人算计的。我只好把牙咬得咯嘣咯嘣响。干咬，使不上力气。

在家守了一个月，布阳还是没有好转，书宝决定先回到班子里。得挣钱了。布阳这一折腾把积蓄花得差不多了，一直吃药也需要钱。他给布阳买的是治疗这种精神病症最好的药。王玉南来过两次，每次都要送钱，书宝坚决不收。人家已经够义气了，没道理全推到别人头上。他给王玉南电话，只提了一个要求，就是，不想再躲小屋里，他要明明白白地站出来，那帮龟孙子不是想下刀子么，那就来吧。王玉南犹豫片刻，一是有点冒险，二来她还是希望吊吊观众胃口，但随即就答应了。她早就盼望书宝进班了。这一个月来，布阳书宝都不在，那日子过的可想而知，眼睁睁地看着别人抢尽风头，但是布阳的病摆在那里，哪里开得了口。现在书宝主动要来，要天上的月亮王玉南也会爽快地说没问题。

果然就不再用轮椅上的小屋了。王玉南发现，大活人站出来效果并不比藏起来差，甚至更好。过去观众只用耳朵听，现在可以看了，还是个帅小伙子，书宝演奏时的动作和体态让他们觉得新鲜。尤其是吹洋玩意萨克斯时，太有意思了，身子摇来晃去，歪歪扭扭，像跳舞一样。他们喜欢。对老百姓来说，好看其实比好听更重要。他们发现从小屋里走出来的不是齐开云，一点也没有失望，猜谜语久了他们也烦，现在看见了真相反倒有种更大的满足感。书宝一上场就把观众拉了回来。他演奏得极其卖力，就要气气那帮龟孙子，气死你们这群狗日的！

天开始凉了，闲着没事的老人开始结伴死了。不知道你发现没有，天凉的时候总比天热时死人多，原因我也说不上来。反正书宝有好长一段时间都在外面跑，要回家也顶多待一两天又走了。那段时间我感觉满世界都在死人。

书宝在家时间少，布阳只能我婶子来照顾。她开始按照她的方式来，首先是喊魂。她想布阳的头脑既然是吓坏的，一定是魂跑了，她就用我们三条街上的老办法，半夜里拎一盏小马灯在三条街和运河边上走来走去，走两步喊一声：布阳啊，回来吧。听得人心里发凉，怪凄惨的。连喊了两夜。一星期过去了，当面叫一声布阳，布阳还是没反应。没喊回来。她又托人从运河下游的鹤顶帮忙请来仙奶奶。仙奶奶头发全白，都说能降妖捉鬼，还会踮着小脚跳大神。仙奶奶围着布阳看一圈，肯定地说："这媳妇被鬼附身了！"

然后仙奶奶开始做法，把稀拉拉的几根白头发披散开来，穿上长袍大褂，手持一把木剑围着火盆跳舞，火盆里烧着一刀纸。跳得踉踉跄跄，看上去随时都可能跌进火盆里，但一直跳完了都没跌。她用剑刺正在燃烧的火纸，一下，两下，三下，一共刺了十来下，然后喷了两口水。这场法要两百块钱。做完了，仙奶奶说，这个鬼道行太深，为防止它再回来，得把它的窝弄掉。我婶子问，怎么弄掉？仙奶奶说，蒸！具体做法是，在床底下烧两只炉子，火烧得汪汪的，每只炉子上坐一口大锅，烧开水，让沸腾的水散出蒸汽，布阳躺在光席子上蒸。我被叫过去帮忙，主要是担心布阳不愿意老老实实躺在床上，必要时我把她手脚捆上。

整个过程花了三个小时，我除了提水、添水、换煤球，啥忙也没帮上。布阳平躺在床上很老实，就跟她知道自己必须得躺上面一样，满头满脸的汗，衣服都湿透了也不要下来。这个法术价钱是一百五十。我婶子还请仙奶奶吃了一顿大鱼大肉才把她送走。

同样没见效。我婶子有点急了，从豆腐店麻婆那里得了一个偏方，用野山药根煮水擦身体，一天两次，管用。她就决定试试。要在家照顾布阳，她没时间去挖野山药根，想让我帮忙，我说婶儿，别信这些仙点子，一个人说一个样，没准野山药叶子煮水管用呢。

"不想挖就直说！"她还生气了，"等她睡着了我自己去，我就不信挖不来！"

"算了吧婶儿，还是我去吧，"我说。只能去了。她现在是有病乱求医，你要告诉她狗屎能治病，她没准也要试试。问题是，现在挖野山药根太难了，叶子没了，你分不清哪里有哪里没有，只能跟算命似的，凭感觉随便挖。

"你要不情愿，我出钱，一百块钱一斤。"

"婶儿，你饶了我。我这就去。"

不仅我去挖了，我把老婆儿子都发动起来，全家干革命，十天才挖到一斤半。够用两个月的。整天弯着腰找，人都站不直了。别人看见我，抓着脑袋问我，才几天不见，你怎么长矮了？我说我他妈的会长，怎么的吧。

那段时间三条街的人都知道我婶子忙来忙去，见了她先同情一番，问问布阳好些了没有，接着就含含糊糊地说："不是挺心疼儿媳妇么！"

"心疼她？"我婶子用鼻子冷笑一声，"我是疼书宝！治不好这个病秧子，书宝怎么办？书宝日子不好过，我能好得了？"

"说到底还是心疼。"街坊就笑了。大家觉得布阳如果能尽快好起来，出这点事未尝不是福。

"我哪那么多的心去疼别人！"我婶子说，"她要是棵树栽院子里，不动就不动了。她连树都不如，我还能把她扔了不管了？"说完她就急匆匆地走了，该回家给布阳擦身子了。

15

　　书宝他妈说的一半是实话，那时候她对布阳依然谈不上喜欢。还是小妖精。她更多是心疼书宝和那个没来得及出生的孩子，后悔自己没有及时放下臭架子，要不，一家人和和睦睦住一起，说什么她也不舍得让怀了孕的儿媳妇整天往外跑。那是樊家的香火，守在身边才放心。现在尽心照顾布阳，很大一部分原因是，她觉得自己跟这事也脱不了干系。

　　每天三次药，书宝他妈像喂小孩一样，哄着布阳张嘴。她不知道布阳是否需要哄，但哄几句却是有效果的，虽然布阳整个人还是面无表情。然后是煮野山药根水给她擦身。这个有点麻烦。天逐渐凉了，既要保证药水是热的，擦的时候又不能让布阳着凉感冒。她特地找木匠做了一个支架，支在床上，这样她给布阳擦身时被子就盖在支架上，既碰不着人又可以保暖。

　　第一次擦身，布阳躺在床上一动不动，她给脱掉衣服，第一次完整地见到儿媳妇的裸体她感到一阵心慌和难为情。她知道布阳什么都不知道，还是止不住地心慌。儿媳妇长得好看，在心底下她也是承认的，儿媳妇的身体也好看，皮肤、形状、线条、细腻、饱满、流畅，甚至像小孩子一样粉嫩，她在心慌和难为情之外，感到一些酸溜溜的东西出现了。她擦得躲躲闪闪，像做贼一样，擦完了赶快把被子盖上。那时候还没想到要做支架，她把被子直接盖在布阳还没晾干的身体上。然后毛巾都没涮，就站到镜子前看自己，真是老得不能看了。脸上长着来历不明的斑点，皱纹一条挤着一条，因为皮肤松弛，年轻时引为自豪的眉毛末梢一头也掉了下来，弯月眉瞒着她悄悄变成八字眉了。脖子上的皮肤如同被风吹皱的水面。她还看见布满斑点和皱纹的皮肤后面，沁出了越来越多的红。

布阳翻身弄出了一点动静，吓她一跳，赶紧离开镜子走过去。儿媳妇躺在床上睁着眼，什么都看不见。她把手伸进被子里，在布阳腰间的皮肤上狠狠地拧了一把。书宝他妈也没想到自己会下这一手，拧完后感到巨大的恐惧。布阳嘴角扯动一下，又和刚才一样。她盯着布阳看了足有两分钟，没发现任何异样，才慢慢平息了恐惧。她站起来去涮毛巾，把水泼到院子里老槐树的树根上。回到屋里坐在床边，想照书宝嘱咐的那样跟儿媳妇说说话，可她不知道说什么好。她搓着手，又掀开一点被子，正好看见了布阳两腿之间的地方，她陡然感到了难过，那么好的身体一动不动。就是一棵树，风来了也要摇动叶子，也要发出响声。布阳一声不吭。

晚上她在布阳的屋里住，睡在书宝之前睡的那张小床上，以便于夜间照顾布阳。一天夜里突然醒了，大好的月光从窗户和门缝里照进来，她一歪头看见布阳也睁着眼，她觉得看见了布阳的眼珠子在慢慢转动，就说："布阳？布阳？"布阳没反应，闭上了眼，月光照亮了她干净圆润的鼻尖和半个颧骨，因为呼吸鼻翼偶尔会动，书宝他妈就在那一刻有了做母亲的感觉，布阳就是个孩子，跟自己是有关系的。后半夜她一直都在感受着旁边睡着一个和自己有关系的人，就像当年书宝还小的时候，她感受到的书宝一样。

书宝越来越忙，一直要赶场子。偶尔他回到家，他妈就自觉地搬回自己的屋里住，即使儿媳妇啥也不知道，她也明白儿媳妇更需要书宝。她在院子里忙活，帮儿子洗带回来的脏衣服，或者做饭，经过房门口就能听见儿子在说话，说过去的事，说班子里的事，说从别人那里听来的好玩的事。只有儿子一个人在说。有时候说着说着书宝的声音就急躁起来，跟别人吵架似的。她赶紧丢下手里的事跑过去，问出了什么事。刚问完又觉得多余，还能有什么事，儿子着急，布阳这样不死不活已经好久，什么时候是个头却遥遥无期。她也急，但她不停地告诉自己，不能急，得忍着，如果她也烦了，布阳怎么办？这日子怎么过？

"给她吹吹口琴吧，"书宝他妈说，"笛子也行。"

"在外面整天吹，"书宝烦躁地说，"哪还吹得动。吹了她也听不见！"

她就不说话了。儿子整天跑，挣钱，回家还得照顾病人，够难为他了。

有一天下午书宝回来，给母亲打个招呼就去看布阳，看了布阳几眼就去花街上的澡堂子洗澡。他走后，他妈站在他待过的地方发愣，愣什么她自己也搞不清楚，只是不停地抽鼻子。然后她听见书宝放在家里的手机响了，当当两声。她跑过去看看，没敢动，这东西她不懂。过一会儿又响了，当当两声。她拿起来又放下。正收拾打算做晚饭，手机又响了，一段长长的曲子，她没听过的，根据调子她觉得应该是流行歌曲。书宝原来的响铃她知道，《花好月圆》。她犹豫接不接，担心别是急事。她决定如果再响就接，没再响。

后来书宝回来了，看一眼手机，说："我同事。"顺手把脏衣服递给他妈，走到院子里去打电话。

他妈把脏衣服放到盆里，倒水之前停下了，抓起衣服来嗅一下，又嗅一下，太阳穴咯嘣跳一声，浑身没了力气。女人的味。不会错的。不是布阳的，布阳的味她清楚。这里有种香的、艳的、更成熟的东西在。她扭头看一眼布阳的房间，迅速地把盆里倒满水，将衣服埋到了水下面。布阳坐在门里边的藤椅上，瞪着大眼看下午将要消失的阳光。书宝还在接电话，好像在争执，说什么她听不清。接完了，书宝对她说：

"妈，班子里有点事，我得去一下，今晚可能不回来了。"

"不能吃过晚饭再走？"

"催得紧，你们吃吧。我是副班主了。"

噢，副班主了。领导了，不去不行。书宝他妈看着儿子把摩托车推出门，坐上去，发动起来，一串子烟，走了。她在围裙上擦干手，走到布阳跟前蹲下来，握着儿媳妇的手，鼻子一酸，说："人家是副班主了。"布阳低下头，不吭声，看阳光离开门口。

16

半路上王玉南打他手机，问："到了没有？"

书宝说："快了。"

"记着，进小区第一栋楼302。"

书宝没吭声就挂了电话。他看见小区旁边就是医院，布阳她妈和布阳都进过这医院，更巧的是，站在302的窗户前能清楚地看见"急诊"两个大字，布阳娘儿俩都是从这两个字底下的大门进去的。王玉南开了门就抱住他，兴奋地说，这房子至少可以借给她半年。这是她住在城里的朋友的房子，朋友两口子去深圳做生意了，空着也是空着，正好借给她。

"这么好的环境你不喜欢？"王玉南只穿了一件棉睡衣，现在已经脱了一半。

书宝不是不喜欢，环境当然没得说。比他花街、西大街的家要好上几十倍。席梦思大床，巨大的落地窗，天鹅绒窗帘漫到地上，空调此刻打到二十五度，冰箱里储藏了足够两人一周吃的食物，音响里正放着柔慢的轻音乐。王玉南问，要喝酒么？书宝没说话，拎着她就扔上了床。王玉南有点重，半途上差点脱了手。

王玉南说："你干吗？又不是在野地里，也不是人家小屋。"

书宝三两下扒光了自己，直接开始干正事。路上他还觉得自己这次会更棒，王玉南已经向他好几次描述过那里宽松舒适的条件，天地广阔，一定会大有作为。但事实上并非如他所想，那柔软的席梦思他很不适应，总觉得使不上劲儿，好几次觉得下半身突然找不到了。他出了很多汗，还是草草收了兵。王玉南很不满，这等于糟蹋了大好环境，他们从来没在这么好的环境里做过。

"怎么了？觉得对不起布阳？"王玉南光着身子下床，啪地关了音响。"我又没让你把她扔了，也不要你负什么责任，你撂脸色给谁看。"

"没有，"书宝说，点上一根烟。王玉南把烟都给他买好了，他喜欢抽的牌子，两条，摆在床头柜上。"可能路上着了风。"

"啊？我试试，"王玉南把手放在他额头上，"好像有点热，等下我去拿药。"

书宝想阻止，根本不行，她把感冒药和温水一起拿过来了。没感冒吃一粒预防也好。强迫他吃了一粒。她伺候得很好，让他躺下，还要拿毛巾给他做热敷。书宝有点感动，平相而论，作为女人或者老婆，王玉南肯定胜过布阳，她知道你在什么时候需要什么东西，她能把一切问题都摆平，不用你跟着操心。他们两有了第二次，在野地里，冷风吹着，王玉南缩在他怀里，说，你别以为我跟哪个男人都这样。也就是说，她很少对一个男人如此好过。书宝忽然有了点感动，一把将王玉南又拽上了床。

这一次很好。相当好。两个人相互看看，笑了，很满意。这就是他们共同想要的。王玉南在床上让书宝眼花缭乱，书宝被动的时候心里闪过一个念头，这方面布阳跟她比，只能是个小学生。王玉南脱掉衣服之后的丰饶，时刻让他感觉到这才是真正的女人，像陷阱一样危险，也像陷阱一样让人着迷。书宝觉得自己可能很难从这个陷阱里爬出来。从第一次掉进去他就有这种预感。

第一次在他意料之外。他刚把布阳托付给他妈，第三次跟着班子去一个葬礼上。因为担心布阳，晚上睡不着，一个人到外边抽烟。死者的家在村子边上，出门就是野地，黑灯瞎火的看不见人影。夜风有点冷，吹到身上他觉得有种病态的舒服，漫无目的地就走到了一片收割过的玉米地里。玉米早砍了，秸秆扎成捆竖在地头。书宝放倒一捆坐在上面抽烟。两根烟抽完了，听到有细碎的脚步声，转身看见一个黑影走过来，他下意识地站起来。

黑影子说："书宝吗？"

王玉南的声音。书宝说是，又坐下来。王玉南走过来，坐在他旁边，说看见有烟头一亮一亮，猜可能是他，就过来看看。

"姐知道你难受，"王玉南说，"我们都难受。一定要挺住，吉人天相，布阳很快就会好的。"说话的时候她把手放在书宝的肩头，轻轻地拍着安慰。书宝突然觉得有点委屈，脑袋就搭到王玉南的肩膀上，王玉南顺势就抱住了他。其实当时书宝根本没往歪处上想，但王玉南粗重的喘息提醒和刺激了他。王玉南呼吸突然急促，紧紧地抱住了他，书宝能感到她丰满的乳房在剧烈地起伏，王玉南说："书宝，不难过，不难过啊乖。"她把他的脸捧起来，就在他嘴边说，"不难过啊，乖。"书宝看见她两只眼睛发出黑亮的光，她湿热的鼻息喷到他脸上。"不难过，不难过，"她说，两只手不自主地往下移，一边移一边抖，胸脯也慢慢地向书宝身上贴。当书宝再次抱住她时，她的嘴立马堵住了他的嘴，然后舌头一闪就进了他的嘴里。

他们就在野地里，在几个玉米秸秆之间，夜风一遍遍地吹。书宝感觉到王玉南整个过程都在抖，抖得不成个样子，身子抖，声音也抖，拼命压抑的叫声也只能一小节一小节地出来。结束了他们才感到风的冷，露水也下来了。他们没有再说话，结束了穿好衣服就分手了。王玉南先走，书宝又抽了一根烟才走。书宝每抽一口就骂自己一句，布阳那样了他还干这事，实在是太不要脸了。

以后的几天他们几乎不说话，碰个眼神就错开了。

第二次还是在野地里，晚上，另外一个村庄。班子里的人都睡了。书宝明显感到了身体的欲望，对此他觉得奇怪。自从那个晚上和王玉南在野地里之后，好几天他都感到勃勃的欲念。两个葬礼之间空闲，他在家里守着布阳，受不了了就爬到布阳的床上，他像过去一样进入老婆的身体。只几下他就生出怪异的感觉，布阳一动不动，甚至眼睛都没闭上，他停下来往大脑深处挖，终于想起来他模模糊糊感觉到的一个词：奸尸。这个词让他备感恶心，恶心这个词也恶心自己，恶心自己此刻脱光的身体。他从布阳身上滚下来的时候溜到了床边，差点掉到地上，吓出了一身冷汗。然后慌忙地爬到自己床上，对着脸狠狠地扇了两个耳光。第二天就离家进了班里，他完全可以推迟一天去，但还是去了。那个晚上他又感到一股力量全身乱跑，就带着烟出了门。死者家差不多在村庄中间位置，他直往村外走，路上还往身后看了几次，他有一种说不清楚的了断之感。他无端觉得这可能也是一次了断，跟王玉南，上次在野地里完全是偶然，从此一张纸翻过去。跟没发生过一样。

野地里有几棵间距二十来米的白杨树，书宝倚着其中一棵抽烟。一个人没有，村子里有几声狗叫。他夸张地松了一口气，神经质地往四处看，相隔四十米外的一棵树后闪出一个人影。书宝愣一下，扔掉烟就往对方走，对方也是，正往这边走。他们什么都没说，抱上了嘴就粘在一起。他们就靠着两棵树中间的那棵，中间除了喘息和阻止不了的喉咙里发出的声音，如果远处有人看见，那就是两个黑影子在爬树，却怎么也爬不上去。书宝觉得王玉南像绳子一样把自己捆得结结实实，要把他整个人勒进身体里。最后王玉南长叫了一声，惊动了村里好多条狗又开始叫。

王玉南说："没想到你会来。"

书宝说："我也没想到你会来。"

他们抱在一起，第二次就自然多了，如同理所当然。

"别以为我对哪个男人都这样。"王玉南说，"只有你。"

书宝没说话。

"书宝，真好。"王玉南又说，"我都好多年没和男人在一起了。"

书宝想起残废的齐开云，想起他的两条断腿无助地动，既可笑又荒诞。"你和齐开云没有？"书宝说。"我们不提他行么？"王玉南说，呼吸又重起来，她的手伸到了书宝的裤子里，"书宝，我们不提他。"

此后他们在一起好多次。有时候在野地里，有时候就在王玉南的房间里，死者家属要给鼓乐班子安排住处，王玉南是班主，单住一间。有时候甚至是大白天，其他成员在忙，他们俩没事，王玉南一个眼神书宝就懂了。一次，两次，三次就自然成了习惯，不需要理由了。当然白天他们得挑好时间，一只耳朵听着门外，千万不能让其他人知道，否则她这个班主就不好当了。多数时候都是王玉南递眼神，书宝开始以为是她太想跟自己在一起，后来发现，在那方面她甚至比他更需要，每一次都像厮杀。这也没什么不好理解，这么多年了嘛。书宝也无所谓，反正年轻，不觉得累。

王玉南总是找他，书宝觉得不妥，常在河边走，总要湿鞋的。王玉南想了想，这样，你就做副班主吧，省得每次多给你的钱都得偷偷摸摸，可以光明正大地拿。书宝坚决反对，一是有卖身求荣之感，二来他是新人，别人会有看法。王玉南说这好办，就说齐开云定的，他们都听。书宝还是反对，王玉南说再说吧，下一次班子集合时她竟然就公布了。好在大家都赞同。书宝直抽凉气，这女人胆子要是大起来，比男人还可怕。

王玉南在那方面相当坦率，从来不让书宝有负担。"我不会缠着你的，放心。"她跟书宝说，"我得照顾齐开云一辈子，他把我带出来的，又是孩子他爸，我不能扔下他。我知道你也不会打算要我的，都老太婆了，这个自知我还有。"

"你不老。"书宝说。

"我就当真话听了吧，"王玉南笑了，"要是镜子这样说就好了。"

书宝从没想过要和王玉南怎么怎么样，但他又离不开，就像现在，他在席梦思大床上感觉这女人是个陷阱，还是想往里跳。他管不住自己的身体，除了王玉南，他不知道过几天就在身体里乱窜的那些力气往哪里送。但每次把那些乱窜的力气送完了，他又会想起布阳。不知道她现在怎么样。

"以后班子一散就过来，"王玉南说，拍了拍席梦思，"这个感觉我想了很久了，别浪费了。想什么呢？布阳？"

"没想什么。"书宝说。

"这半年里，哪天布阳好了，你想回去我绝不拦着。"王玉南自己也点了一根烟，"到时候你要是还不嫌我老，随时想来我都欢迎。说真的，从一开始我就没有过非分之想。到我这个年龄，一个女人，有孩子，有那样的老公，哪还敢有别的想法。如果不是你，我可能都忘了自己也是个正常的女人了，也需要男人。就算你在心里根本瞧不上我，能和你在一起，我已经很知足了。非常非常知足了。"王玉南一边说一边抽烟，眼泪慢慢流了下来。

17

　　我把新挖到的一斤多野山药根送过去。书宝他妈正在对布阳说话。

　　我说："婶儿，书宝好多天没回来了吧？"

　　我婶子说："八天了。"

　　过两天我把刚打到的野兔送过去。书宝他妈也在对布阳说话。

　　我说："婶儿，书宝还忙哪？"

　　我婶子说："忙呢，当副班主了。"说完了，又跟布阳重复了一遍，"人家是副班主了。"

　　"婶儿，整天看你叽叽咕咕，都跟布阳说什么了你？"

　　"我还能说啥？老黄历呗，想到哪说哪。刚说到我二十三岁那年，运河发大水，石码头上的船大大小小都翻了个身漂在水上。"

　　那可真是老黄历了。我对布阳努努嘴，意思是，布阳好点了吗？我婶子叹了口气，说："可能好点了吧。我说话的时候，她能看着我了；拿起勺子，她也知道张嘴了。你说我一个老太婆，什么话她爱听？"

　　我哪知道。我就说："说话她不爱听，你唱歌啊。婶儿，年轻时你不是挺能唱的么。"

　　"唱你妈个头啊，"我婶子骂道，"知道我有咽炎还让我唱！不过，我当年唱得还是可以的，是不是？"

我说是，那太可以了。其实我没听过几句，听了也忘光了。我离开的时候听见她说："布阳，你要不爱听我说话，我就唱歌给你听。真的，当年我是唱花旦的，黄梅戏也会唱，那时候的流行歌，电影插曲，《红太阳》，我都会。要不是咽炎，我一准还在唱，不比你差呢。"在我听不见的时候，她继续说，"布阳，你要不嫌弃，妈真就给你唱两句。你就将就着听吧，书宝他不要咱们娘儿俩了。你要能听懂就点个头。"

我婶子说唱还是没唱，刚要起调，嗓子里就开始絮叨了，清了半天嗓子，兴致早没了。改说话了。对她来说，两件事最重要，一是说话，医生交待的；一是给布阳擦身子，麻婆说这是老中医的偏方，时间久了自然就见效。

她继续给布阳擦身子，每次都把药汁熬得浓浓的，用最软的毛巾一遍遍擦。过去一天两次，现在一天三次。此外就是跟布阳说话，不仅待在家里说，还在太阳好的天气里把布阳带出来说。在三条街上和运河边走，像牵着小孩一样牵着布阳。那些地方布阳走过多少年，我婶子拣所有人都知道布阳也一定知道的东西说给布阳听，这是洋槐树，那是紫穗槐枝条，另外一个是青石板路面，被很多人的很多双脚踩得发亮，蓝麻子的豆腐店，老歪的杂货铺，林婆婆的缝纫店，孟弯弯的米店，孟弯弯的爹叫老弯，儿子叫小弯。还有布阳家，她指着院门的锁说，钥匙在书宝手里，那个没良心的一个月里就回来两次，在家的时间加起来没超过五个小时。他不要我们了，布阳。我婶子还带着布阳经常到我们家串门，指着我老婆说这是嫂子，指着水井说那能解渴，指着我们家乱糟糟的屋子说，你哥他是个懒鬼，一年到头不知道收拾出来一个利利索索的生活。

走在路上，遇到的人都要停下来，跟她们娘儿俩说话。大家都当布阳什么毛病没有，该说什么说什么。他们说，布阳你又长胖了，胖点更好看；布阳你的衣服在哪儿买的，真好看，明天我也给我们家丫头买一件；布阳姐你看昨晚的电视没有，那个歌星声音真像你，就是唱得没有你好；布阳，我们家的秀琅也想学唱歌，有空了你给教教啊；布阳妹子，你嫂子在家打毛衣，不会织暗花，过天让她去问问你啊；布阳，天不好，别老站风里；布阳，天不早了，该回家了，要不，在我们家凑合吃点？

我婶子对着每一个跟布阳说话的人都点头，都感激地对他们笑。笑完了她就去看布阳，发现布阳嘴角翘了翘，分明在笑，她几乎是喊叫着对别人说："你们看，布阳笑了！"别人去看时，布阳的嘴角又正常了。我婶子急于想跟所有人争辩，就跟她撒了一个谎似的。当然没有人会跟她争，大家都希望布阳刚才笑了。我婶子心犹不甘地对我和我老婆说："布阳真笑了，都笑好几回了。"

"我也看见了，"我老婆说，"婶儿，回家吧，转了一下午了。"

我婶子的确感到累了，从中午出来，可不就是一个下午。

吃完了晚饭，两个人说了一会儿话，我婶子开始给布阳擦身子。擦完了她感觉到有点累，今天路走多了。两个人和往常差不多的时间躺下来。在过去，我婶子躺在床上也要侧身对布阳说话的，说到布阳闭上了眼睡着了才停下。那天晚上不行了，我婶子累，躺下来刚说几句就连打四个呵欠，说过去的事，自己都差点睡着了。布阳也走了一下午，精神倒很好，眼睁睁得大大地看昏暗的房梁。

"闭上眼睡吧，布阳，"她说。布阳不睡她也睡不踏实。布阳就是不闭眼。没办法，我婶子拿出了哄孩子的那一套，说："布阳乖，我给你唱个催眠曲，睡吧。"这么久她的确也是把她当小孩来照顾的。

所以我婶子哼起歌来是自然而然的，在平常，她根本出不了口，一打算唱觉得嗓子里有东西。那天晚上没这些毛病，歌声就出来了。她唱得挺投入，一首催眠曲唱完了，意外地发现嗓子里依然清清爽爽，而且，她发现布阳把脸转到她这边了，在看她。我婶子没敢动，怕惊动了这种好效果，就侧着身子又唱了一首催眠曲。这一次因为刻意要唱，嗓子里又感觉不舒服了，她忍着，坚持唱。布阳竟然一直看着她，她能看见昏暗中布阳的目光有了焦点，在看她，没错。我婶子心跳开始加快，忍着嗓子里的折磨继续唱第三首、第四首，她发现布阳慢慢地把身子侧向她这边了。这说明歌声起作用了。

我婶子激动坏了，不得不回过头重新唱第一首，催眠曲她一共就会唱四首。她就把那四首曲子一遍遍重复唱，每唱一遍她发现布阳的表情就松动一点，生动一点。她听懂了，起码是喜欢听。我婶子想，终于找到让她回来的办法了。她就一直唱，声音很小也把嗓子唱哑了，因为一直唱到了后半夜。布阳在睡着之前，我婶子看见她笑了一下。直到布阳入睡好半天，我婶子才停下来，开始一点点小声地清嗓子，足足清了半个小时。

第二天一早，我婶子醒来就去看布阳，布阳还睡着。她想起昨夜的催眠曲，觉得像做一场梦，她拿不准是否真实发生过，她就小声开始唱。只唱了几句，布阳的眼睛突然睁开了，被惊醒了一样。我婶子说："布阳，布阳，你能听见我唱歌吗？"布阳慢慢转过脸，看着她。一点都不会错，眼神里有了东西，不是空的。她就继续唱，中间忍不住清了两下嗓子，好像对布阳并没有影响。布阳的表情在歌声里柔和起来，歌声越大表情越柔和。真见了鬼了，我婶子想，赶紧又纠正，是碰到神仙了。为了让歌声放大，她由躺着变成坐着，从床上慢慢又站到了床下，当她的声音放到这些年她从没到达的高度时，她看见布阳嘴角翘起来，笑意越来越明显，最后露出了牙齿。几个月来终于真正地笑了。

她继续尝试其他歌曲是否有效。有，只要是好听的曲子，包括京剧和黄梅戏，都没问题。我婶子那几天一直唱歌，她觉得每多唱一首，布阳的精神就好一点，人也就回来一点，所以就不停地唱，除了不得不停下。做饭时她都让布阳坐在厨房门口，以便于听歌。

我知道唱歌有效，是因为我婶子让我帮她到城里的药店买胖大海和金银花。唱戏唱歌的人才用这些东西泡水喝。我说婶儿你又要重操旧业啊？她说多大了还有旧业重操？唱给布阳听，管用。别问了，买回来再跟你说。

那段时间我三次到药店，胖大海、金银花，还有治慢性咽炎的药都买来了。我婶子专管唱歌。说实话，唱得相当不错。可惜了这么多年。她把歌和戏都让给樊苏三唱了，樊苏三死了，她也唱不起来了。现在好了，压在箱子底的那些歌谱、歌本都翻出来了，连戏装也找到了，一抖开都呛人，很多小虫子在上面钻了洞。看她那架势，比专业还专业。

有一天我去送药，看见我婶子穿着戏衣像被点了穴似的一动不动，花架子、兰花指僵在半空里，只有嘴里在唱，咿咿呀呀的我也不知道是哪一出。

我说："婶儿，你跳大神啊？"

她对我龇牙咧嘴眉毛直跳，用下巴示意我看布阳，我当时就原地蹦了一下。布阳嘴里出了声音，不大，但实实在在是出来了。她的声音和我婶子的是同一个调，只是有点生硬和结巴。我张大嘴，喘气声都不敢大，一直等到她们把那一段唱完。唱完了我婶子跑到布阳跟前，捧着她的脸说：

"布阳，布阳，你把一整段都唱下来了！"

布阳缓慢地笑了笑。一笑，我就觉得过去的那个布阳要回来了。

"你不知道，"我婶子说，"这几天她越唱越好，开始只能唱一两句，现在一整段都唱下来了！快了，快了！"

这样的训练大概持续了三个月，春节过了，转眼春暖花开，运河的水都开始涨了，很多船开始在水上跑。书宝回来的次数依然不多，但每次回来他都会和布阳在一起待很久，眼睛揉得红肿才离开。我婶子告诉他，布阳能唱歌了，有时候也能说几句话了。晚上她们娘儿俩经常聊几句天。她让布阳说几句话给书宝听，布阳只是看看书宝，不张嘴；让她唱一段，她只笑笑，也不开口；她开始唱，让布阳跟，布阳竟也不跟了。急得我婶子直跺脚。书宝以为这不过是母亲的小伎俩，为了让他留下，就说："妈，你就别瞎费心思了。我出门不是逃跑，是忙。"

"我不管你忙不忙！布阳就是能说能唱了，我都半辈子了还跟你说瞎话？"

"那你倒是让她说让她唱啊！"书宝突然提高了嗓门，两眼一下子通红，"我不比你还想她能说能唱、跟过去一样啊？！"

我婶子蹲在布阳面前，说："布阳，你怎么就不张嘴了呢？你是不是什么都知道了？"

书宝冲母亲喊："她能知道什么！我又没打算和她离婚，没打算不要她，你知不知道，我比她好好的时候还想她。我也不知道怎么会这样。"书宝都快哭了，揪着头发蹲到槐树底下。

我婶子没再说什么，照旧做了他最喜欢吃的三个菜：麻辣鸡胗，芹菜肉丝，鱼香茄子。吃完了，我婶子说，你走吧。书宝看看布阳，把她的手握了又握，骑上摩托车出了门。

那天夜里，乍暖还寒，因为冷，花街上有种近似透明的寂静。十点钟所有人家都睡了。半夜里我醒来，迷迷糊糊听到哪里传来歌声，支起耳朵使劲儿听，是从西大街来的。

我推醒老婆，说："我婶子又唱歌了。"

我老婆把脑袋伸向窗口，说："不像。不像一个人唱的。"

"你耳朵里肯定塞驴毛了，布阳就是唱，你也听不见，那才多大声。"

"你耳朵才塞驴毛！"我老婆打开窗户，更多的声音进来了。"真是两个人的。"

我把脑袋伸出窗外，那时候已经无须分辨，两个人的声音。我婶子的，还有一个陌生的声音，再陌生我也听出来是过去的那个布阳。她们的声音响亮而忧伤，在唱运河边流传了多年的一首老歌《水上船》。

二〇〇七年七月二日　芙蓉里

夜　　歌

祁 家 庄

　　父亲是个浑蛋，好在他已经死了。我把他的骨灰装进棺材，埋到地下；他给我留下一屁股债。两万三千零二十四块三毛，这个赌棍。我也是个浑蛋，父亲在电话里就这样骂我，因为我没有及时给他寄钱，他也不认为我现在有多大出息。自我打号子里出来，整个人像只瘟鸡头低毛耷开始，他就骂我是浑蛋。

　　但是我带了钱回来，办完父亲的丧事我还有钱。我是决定替父亲还债的。父债子还，我是亲儿子。父亲死在九月底，天刚刚开始有点凉意。他和一群人躲在一间烟雾弥漫的小屋里打麻将，他用左手摸牌。自摸，那一局赢得相当漂亮。当他动用最后的智力，在最快的时间里算出这一次他能把半个月里输的钱都赢回来时，全身的血液都蹿到了他脑门上，心脏的反应有点跟不上。这时候有人喊了一声，警察！除了我父亲，其他的人抓了自己的钱就跑。父亲没跑，毫无内容地大叫两声，趴在了麻将上。他们说父亲一定是被吓死的，因为警察的确出现了。我觉得他是高兴死的，至少八个月他没赢得这么利索了。

他的最后一赢没人认账。但他认的账我得替他还。

村里人只加了一件小外套，我却穿了一件休闲西装式的黑皮夹克，里面是白衬衫。热是热了点，这让父亲的葬礼显得相当体面。我把葬礼弄得很简单，不请鼓乐班子，不大宴宾客，这让父亲也与众不同。我借了一台音响，一天到晚用两台大音箱播放哀乐。哀乐播放时，我把父亲弄上车，拉到火葬场，然后抱着一个木质的骨灰盒回来。我把骨灰盒放在父亲的遗像下面，一个人守了一天。到晚上，我觉得应该有个人为父亲哭几声，就听从堂兄的建议，花一百六十块钱请鼓乐班子里的一个女孩在父亲灵前唱了一曲《哭灵》。那姑娘唱得泪流满面，让我好几次都以为死的是她父亲。她的悲恸让我也掉了眼泪。

棺材很小。又不是胳膊腿完整的一个人，我跟木匠说，你就做一口你这辈子见过的最小的棺材，两三个骨灰盒大就行。我抱着棺材去了墓地，白衬衫，黑皮西装夹克，因为这两种颜色，我的孝衣也省了。培完坟上的最后一锨土，我把铁锨扔掉，掏出手机给祁顺风打电话。我说顺风哥，我爸的债可以还了。祁顺风声音里充满了中华烟的味道。

"一小时后到村委会找我。"祁顺风说，"别空着手就行。"

我左肩上扛着铁锨往村委会走。一路上有人围观。外地嫁来的年轻媳妇和十岁以下的小孩，都在向别人打听我是谁。他们知道我是祁老三的儿子，但不知道我是谁。你肯定明白我的意思。十二年前我出门，中间回来的时间加起来也不超过半个月。

"这一路你肯定走得风光。"我进了村委会的小会议室，祁顺风贴着我的耳朵说。当然，从明成祖时建村以来，祁家庄没人敢像我这样办丧事。"有能耐有身份的人就是不一样。"祁顺风对围坐在桌边的十来个人说，"要不先欢迎一下我的兄弟祁进步？"大家心不在焉地鼓起掌。

"我是替我爸还债的。"我左手往兜里插。

祁顺风按住我的手："自家兄弟，不急。开完会再说。"

狗日的真能装。借父亲高利贷时他可没这么轻描淡写，一次次催父亲还债时他也没这么亲热。"我借你还不放心？哪有什么高利贷？"他对我父亲说，"我是副村长。你是我三叔。"父亲觉得有道理，胳膊肘哪能往外拐呢，人家还是村副。贤侄，借我八千就行。多？三叔还得喝点酒哩。

输输赢赢，经父亲手上的钱基本上保持了动态平衡，但八千块钱不知怎么就变成了两万三千零二十四块三毛。父亲找来借款合同认真研究了一遍，曲曲折折的条款里面竟有那么多小机关。签字画押摁过手印的。

"我只表一个态，我本人对咱们祁家村的建设很有信心，"祁顺风说，拆开一包新的软盒中华烟，用左手撒出一排子，"我十分希望更好地为乡亲们服务。能不能选上这个村长倒不是最重要。当然了，为了给老少爷们谋到更大的福利，我得有这么个平台。"

那群人相互看，然后相互借火点烟。

"进步兄弟是支持我的，"祁顺风说，"我兄弟大家肯定都知道。我三叔的好儿子。现在外面都叫他祁总。固定资产上千万，做海产品加工有限公司，是吧进步老弟？看我兄弟这身行头！爷们肯定记得进步兄弟小时候很白，小鸡鸡都是白的；

现在这皮肤，古铜色。电视里的有钱人才去晒成这色儿，叫日光浴。男的穿着三角裤衩，女的兜着两把大奶子，往沙滩上那么一躺，黄金海岸，晒太阳。接受紫外线照射。光合作用。就是这样的。进步兄弟，你来了就是支持我。"

我慢慢地把左手往口袋里插。"我来替我爸还债的。"我等着他再次搋住我的手。

狗日的没搋。我心里又没底了。我的钱不够。即便只办了一个无比简陋的丧事，我剩下的钱也很不够了。祁顺风是个狠角色，不是一天两天。他知道我爸是个浑蛋，所以主动借给他钱；他知道我爸是个浑蛋，所以弯弯绕绕地把利息弄得那么高。你别从本家的角度来看这家伙，他对自己亲爹亲妈也下狠手。但他就是有一帮势力，打小就是孩子王，五年级没念完，就开始带一群小喽啰去村东头的松树林边打劫，每人手里握一把小斧头。他说我小鸡鸡白，真事，不过现在黑了。他带着一帮小恶棍拦住我，非脱下裤子让他们瞅瞅不可，要不他会挥起斧头，咔擦，管他黑白，把我裆里的东西去了。那时候我都十二岁了。想想看，过路还有好几个我的女同学。问题是，我当时真他妈的脱了。他们笑得要趴到地上啃狗屎。他让我一辈子都认为长一个很白的小鸡鸡是个耻辱。这个狗日的祁顺风，这些年发了，带着当年跟在屁股后头拎着小斧头的那群走狗，把周围几个村里的粮食买卖全拿下了。他到你家，不跟你讨价还价，他只负责告诉你一个价，然后站他身后的某个狗腿子的咽炎及时发作了，咳嗽两声。就两声。你就得说，这个价，公道，成交。现在种地的人少了，年轻人都在出门找钱，他开始买地。反正你们也种不了那么多，卖几亩给我，我看就这个价吧。他把左手伸出来，晃几个手指头要看他当时的心情。他用这些地种粮食、栽水果、养鸡，更多的高价转手给做大棚培育的外地人。他一声不吭就成了镇上有名的致富带头人。据说镇长开会时点了他的名，在咱们祁家庄，祁顺风同志是致富带头人。你站在祁家庄的任何角落往天上看，最高的那幢小楼就是祁顺风家。这他妈个浑蛋。

我也是个浑蛋。从号子里出来我的确萎靡不振。尽管只在里面待了两年。两年不是人过的日子。我其实就干了三趟，加起来不过六辆现代轿车，还是个副手。渔船离韩国和日本近了，你心里也会痒痒，走私一辆车就能拿到好几万。结拜的兄弟问我："老二，咱俩来两手？"我说好。他是船老大，我听大哥的。那段时间我真的挺有钱，大哥没亏待我。从我在那个渔港第一次见到他开始，他就没亏待过我。那时候到渔船上谋生，我学会了开船。第三个雇主是我大哥。然后我们一起进去了。第六辆现代车从船舱里往外出的时候，一伙条子围上来，就跟说好了来迎接我们似的。"进去过"是个忌讳，相当于"翻船"，一般人不愿雇。我只能重新从普通水手干起，出苦力的那种。海风把我彻底吹黑了，连同小鸡鸡。

我把钱掏出来，说："这是五千。"我还想到另一个兜里去掏，祁顺风用左手摁住我。他像香港赌片里亚洲赌王一样哗地把五十张人民币摊成一个红色的扇面，然后一抄手，又把它们合到一块儿。整齐得像我刚给他时一模一样。他把钱捏起来，用钱的侧面对着会议桌剁两下，推到他右手边的祝千万面前。"叔，耽误你和各位老少爷们的时间了，顺风很是过意不去。"他说，"饭点儿也到了，大家拿去买瓶酒喝吧，想吃荤的买半斤猪头肉。先散了吧，靠各位爷们啦。"

他不看他们装模作样地推让，带我出了会议室。

我把左手伸进另一个兜里，祁顺风摁住我。

"还有。"我说。

"我的钱我还不清楚？"他说，"你坐这儿抽根烟。十五分钟后给我电话。"

祁顺风一路向西走，拐个弯往南不见了。十五分钟后我拨通了他手机。

"杜胜利家。"他在电话里说，一股中华烟的味儿，"杜胜利。来吧。"

杜胜利家新建了大房子，如果不是他下地干活都要探头探脑的老婆站在门楼前，我真想不到杜胜利这辈子能住上大房子。他和我爸一样，天生是个赌棍。九个人占据了床沿、椅子和三条腿的板凳，就这样也显出堂屋十分空旷。别的家具都被杜胜利输完了。五十年来，他从来就没把自家的屋子里赢满过。

我向街坊邻居们点头致意。

"找我有事，进步老弟？"祁顺风递给我一根烟。

"替我爸还钱。"

"三叔借的钱呀，嗨，我都忘了这码事。"他说，"多少来着？算了，多少钱也不管了，还一半就行。那一半当我孝敬三叔了。"他用防风打火机给自己点上一根烟，打火机从右手换到左手。"在座的多少都欠了我一点钱。钱这东西，生不带来死不带走。我祁顺风其实不打算坐地要价，就是想在各位手头紧时帮上一把。不兜圈子了，进步兄弟就是榜样，凡支持我祁顺风的，一概减半。"

"顺风哥雅量，"我及时地把手伸向剩下的四千块钱，临掏出之前，手指头松了松，七八张钱留在了兜里。我把三十多张票子递过去。"代我爸谢谢你了。"

　　祁顺风用鼻子笑了两声，说："应该的。"

　　杜胜利说："我欠九千二。"

　　一个说："我欠六千七。"

　　一个说："我欠一万三。"

　　祁顺风摆摆手。"明天投过票再报数。进步兄弟回来一趟不容易，咱哥俩得好好整两杯。祝各位发财啊。"

　　出了杜胜利家，我问："还有几个会？反正我明天才走。"

　　"两个。"

　　"可我只有这么多钱了。"

　　祁顺风停下来看着我，一个嘴角吊起来笑。"进步你狗日的脑子好使了，敲诈到我头上了？"

　　"帮着哥哥做事嘛。"我说，从口袋外面感受那剩下来的几张钞票。我不能连坐车离开祁家庄的钱都没有。这些钱我打算给父亲办个像样的葬礼的，进了村看见祁顺风我就知道，这钱无论如何得还，还多少都得还。他跟我说，从古至今的故事里，和尚死了都不能把庙带走。这话有深意，他电话通知我父亲死了时没忘叮嘱我，欠的钱一块带过来。我继续往家里走，在房前左右看看。我爷爷没能生出一个好儿子，但他有个好眼力，他把房子建在了村庄中央，没有比这更好的位置了。父亲骂我浑蛋的时候，顺便安慰了自己："幸好我还有两间好房子，要不养了你这么个儿子还有什么指望。"你用膝盖都能想到，这房子，其实是这位置，会越来越值钱。但你要让祁顺风不高兴了，房子可能会从一天少一块砖一片瓦开始，直到变成一块平地，最后可能连平地都不见了。我临时决定办一个谁都没见过的葬礼。父亲是个浑蛋，我也得说，爸，只能委屈您了。

"要不是弄清楚了一个月你只有两三天能把脚踩在岸上，还真给你这人模狗样的唬住了。三叔整天颠三倒四地跟人磨叨，你混得多多风光，我就是不信。他那点小胆量，你给他点钱，他敢不还我？"

狗日的说着了。有时候海上饭不好吃，比如我现在这情况。但我还是坚信日子会好起来的。我还相信，那个一听说我得在里面蹲两年，立马把我的存折和银行卡卷走的臭婊子，早晚有一天会回来给我系鞋带的。我只要她系，别的女人再好，也靠一边站。我就不信这个邪了。这也是父亲骂我的理由之一，被个女人给玩了。从号子里出来我剁了右手小指的最后一节，为了要记住这一点。就像当初被迫脱下裤子露出小鸡鸡后，我立志离开祁家庄一样。因为缺了半截手指，我慢慢习惯了用左手，活生生把自己弄成了一个左撇子。父亲也是个左撇子，他迷信左手摸牌才会有好运气。

现在，口袋里的几百块钱，地处村庄中央的房子，还有后天养成的左撇子，是我全部家当。

"真可以对半还？"

"兄弟我扶正后，一切都好说。"

我决定陪着祁顺风把戏演下去。我们去祁家庄西北角的一户人家，那里聚了一屋子准备听取候选村长施政纲领的正经村民。我穿着西装式皮夹克和白衬衫，我有被海风吹黑的时髦肤色，我还有一场空前的葬礼。没几个人知道这些年我都干了什么。我可以是祁总，就可以是打算造福桑梓的祁总。进门之前，祁顺风把那三千多块钱塞回我口袋。

"为了表示我为祁家庄服务的诚意和建设祁家庄的能力，我真诚地邀来了我兄弟祁进步。望三叔在天之灵安息。"祁顺风说，"进步兄弟是大老板，总经理，董事长，正在筹划为村里建一座康乐中心。进步兄弟只愿意跟我合作，打虎亲兄弟，上阵父子兵，老少爷们都懂的，进步兄弟，你来说几句？"

"我支持顺风哥。我们需要顺风哥这样有激情、有想法的实干家。这次回来太过仓促，家乡变化很大，好。康乐中心也只是个初步想法，还需要与顺风哥进一步磋商。"我在口袋里摸索，手指头又松了松，这次顶多三十张钞票被我放到了那户人家的饭桌上。"抱歉，随身没带那么多现金，只表示一下诚意。给康乐中心征集个好名字，谁取出大家喜闻乐见的好名字，这钱归谁。"

房间里骚动起来。没什么比钱更好使。对这一屋子人来说，谁能给村子里找来钱，谁能让大家过上好日子，谁就是在为人民服务。这效果祁顺风很满意。

接下来我又陪着祁顺风跑了两场。其实是三场，晚上那顿饭是最重大的一场。前两场，一场扮演代表死去的父亲接受借款减免仪式的孝子，一场装作哭着喊着要跟祁副村长合作的有钱人，这世界除了祁顺风，谁我都信不过。第三场是我争取来的，跑了大半天，天都跑黑了，饿得不行。剩下的那四千块钱在我兜里进进出出好几趟，让祁顺风这狗日的看出了门道。他没事就用左手朝我口袋上蹭。可我饿得不行。我想喝两杯。应得的。祁顺风一拍脑瓜，没问题，一会儿有场酒，你再辛苦一下。

在酒桌上，我把先前的所有身份都用上了。不用祁顺风引导。照祁顺风的意思，明天的选举是无记名投票，今晚必须让那几棵重要的墙头草吃上定心丸。我的表演相当成功。即便我少说几句话，这身行头和特立独行的葬礼已经说明了问题。重量级人物做事都极端，比如葬礼，可以铺张到大俗，也可以至简到大雅。我说：

"为了表示对顺风哥的鼎力支持，我决定推迟行程，明天作为祁家庄的一个村民，亲自为顺风哥投上庄严的一票。这些年，叔叔大爷兄弟姐妹和顺风哥对我爹多有关照，为了表示感谢，我要多敬大家几杯，一醉方休。"

真就喝醉了。回家的路上摔了三跤。有两次躺在地上，感受着身底下尖利的石头，满天的星星像刚洗过一样，让人难过，我哭了。接到父亲死亡的消息，同船的兄弟说："穿上你最好的衣服。装也装得体面点。"

过日子不容易，他们是对的。回到家我躺到床上就睡着了，空荡荡的家，我连鞋子都没脱。第二天我被喇叭声吵醒，村委会的广播在宣布投票仪式即将开始。我洗了把脸，把头发梳理整齐，掸了掸裤脚和鞋面上的灰尘去了村委会。今天比昨天凉快。

十八岁以上的村民零散地站在村前的空地上。主席台上铺着红布，镇长亲自到场监督。祁顺风人五人六地坐在台上，跟过两分钟就喔一次牙花子的谢顶镇长隔一个位置。镇长微笑着对我点头，那是因为祁顺风正指手画脚地向他介绍我。衣锦还乡的兄弟祁进步。有了镇长对我的远距离青睐，村民们在我身后指指点点。我向镇长和祁顺风沉着地挥挥手。

投票开始，每个人把打过钩的纸片往镇长面前的投票箱里塞。我投票的时候，听见镇长笑出了声。镇长笑了，主席台上的人就笑了；主席台上的人笑了，下面的村民也跟着笑了。不知道他们为什么笑。我看看祁顺风，狗日的铁青着脸，没笑。

当场唱票。有人拿麦克风念名字，有人往一块大黑板上写"正"字，唱票员和计票员每人左右都站一个监票员。祁家庄是个大村，计票是个漫长的过程。镇长去村委会休息了。祁顺风板着一脸的横肉走到我跟前，拖着我就往没人的地方去。站住后，他先给了我一拳。"你狗日的来拆我台是不是？"

"天地良心，我投的是你。"

"看你这身狗皮！"他抓着我肩膀，扳了一下，我原地转了两圈。我揪住衣服下摆，尽最大努力往身后看，娘的，衣服啥时候被划破了，皮衣张开一张大嘴，旁边有很多没擦干净的泥点子。人造革就是赶不上真的皮草。

祁顺风把手伸到我装钱的口袋，我立马用手摁住。我们先是盯住对方的手，然后看对方的眼。重叠在一起的是两只左手。

"狗日的，"我说，"你也是左撇子。"

二〇一四年一月二十九日下午1:50，东海

夏日午后

1

如果我推迟一个小时往家赶，就会舒服得多。首先阳光不会那么强，骑车会更凉快；其次可以不见那么多人，不用向每一个人都重复同一句话：我回来了。但事实却是，我在六点钟的时候就进了大街，这是我们小葫芦街的公共时间，几乎所有的人都坐在街两边槐树花的阴凉里摇着扇子。主要是男人和小孩。男人们三五成群扎成堆，打牌或者吹牛，小孩两腿之间夹着一根树枝相互追逐，他们在等着厨房里的老婆和妈妈喊他们回家吃晚饭。他们都看见了我大汗淋漓的样子。

"回来啦？"一个问。

"回来了。"我说。

"回来啦？"另一个问，"看热得，像从水里刚捞上来的一样。"

"回来了。"我说。

"哟，回来啦？一床被子就累成这样，"又一个说，"到底是知识分子。"

"回来了。"我笑笑说。

我把箱子上的被子扶了一把，自行车的速度放快了。这是唯一可以减少重复同一句话的方法，车子"嗖"地从他们身边过去，等他们看到我时我已经跑远了。这个方法行之有效。到了曹三家的小商店处我得拐弯，还是有一伙围在小商店的雨棚下打牌的人注意到了我。我听到有人喊我的名字，说回来啦？我回头看了一眼，一个个头不高的年轻人伸着脖子站在雨棚下，为了看清我只好从人堆里侧出身来，向我举着右边的胳膊，手里的一把扑克在左右摇晃。他的样子像是斜插在人堆里。我认出了他是谁，初中时的同班同学，还是同桌，和我家隔三条巷子，可是我突然记不起他的名字了。不过我还是十分熟悉地向他摆手：

"回来了，"我说，"有空过来玩。"

回头和他说话时，车轮子经过一块石子，差点把我给扔下来。

母亲正在院子门前的柳树底下给祖母剪头发。原先我家门前也是长着一棵大槐树，夏天我们都在树底下乘凉，满身都是槐花甜丝丝的香味。大约十年前，祖母责令父亲把槐树砍掉，她说槐树上老有吊死鬼垂下来，扭来扭去的看着心里难受。吊死鬼是槐树上常生的一种小虫子，软体动物，像蜘蛛那样顺着自己吐出的丝坠下树来，在风里像吊床似的摇荡。父亲舍不得长了多年的槐树，就说村庄里到处都是槐树，再说，砍了槐树栽什么呢？祖母说随便，只要不是槐树什么都行。父亲不得不花了一天的时间把槐树砍了，然后栽下了这棵柳树。我们很快就发现柳树其实也很好，我们没有理由不喜欢，所有槐树的功能它都有，而且不生吊死鬼。祖母就更喜欢了，凡是能在树底下做的事都拿到树底下来做。比如现在，她就要母亲在柳树底下给她剪头发。剪头发的原因是天太热了，头发窝成一个大抓鬏不爽快。祖母早就抱怨天越来越热了，简直不让人活，恨不得把头皮给揭下去才凉快。今年她终于受不了了。

"再往下剪。"祖母说。

"不能再往下了，"母亲说，"再短就扎不起来了。"

"剪，剪掉的头发长了还能多卖点钱。"

"回来啦？"母亲说，喀嚓一剪子下去，祖母花白的长头发落到她的左手里。祖母的头发很多年没剪了。

"回来了。"我说，把自行车停好。"剪多了，奶奶，"我说，拿起镜子递给祖母，"你看，恐怕扎不起来了。"

母亲说："不是说月底才回来吗？"然后看了一眼我的车子，"怎么把被子也带回来了，在学校里晒晒就行了。"

"我辞职了。"

"什么辞职？"母亲问。

"我不教书了。"我没有看着母亲，而是把镜子移到祖母的左后方，以便祖母看得更清楚一些，"就是不干了。"

祖母突然抱着头啊地叫了起来，慢慢地哭出了声。

2

我说，辞职就是不干了，就是不再当老师了，不用再去教室里给学生们上课了。这是我的表达。对母亲来说不是这样。对母亲来说,辞职是指丢掉了工资和铁饭碗,好不容易从小葫芦街爬出去又自甘堕落地回来了,然后面临的问题是,为了找点事干必须整天到处乱转,就像天南那样。母亲的嘴和手一起哆嗦起来,"就是,"她的整个身子都抖起来,"就是天南那样,蹲在家里,到处去偷鸡摸狗?像条找不到屎吃的狗?"

天南,我想起来了,余天南,我的初中同班同学,我最后半年的同桌,就是刚刚拿着一把扑克和我打招呼的那个。天南的名声在小葫芦街不太好,他常会干一些莫名其妙的事。也不是什么大事,但一点一点把自己给坏了。母亲用她通俗的方式基本上说明了辞职的现实含义,说不定辞职以后我在小葫芦街上众多种可能的生活之一就是母亲所描述的那样,就是像天南那样。这是我没想到的。在此之前我从未想过辞职以后干什么,辞职以后生活该怎样进行下去。

祖母叫了一声之后,慢慢地哭出了声。正如母亲所说的,一剪子下去后留下的头发太短了,根本不足以重新窝出一个小鬏来,甚至扎都扎不起来。祖母一边哭一边不懈地招拢剩下的头发,企图用她用了几十年的一根头绳把它们扎起来,没能如愿。当她意识到无论怎样努力都是白费的时候,哭声更大了,眼泪从两个皱纹堆积成的眼窝里向不同方向流开去。

"扎不起来了,扎不起来了。这可怎么办理?"祖母说梦话似的蠕动着嘴,"死都不能死了。这可怎么办理?"

"死不了不更好?"母亲的声音里孝敬老人的美德明显减少,有点不耐烦。"谁让你不干了?你说。"

"我自己。"

"什么不干了？"祖母还没有从悲伤里摆脱出来，问话比刚刚更像梦话。

"你孙子要回来种地了！"母亲没好气地说，剪子掉到地上，被无数的蝉声淹没了。

祖母一下子听懂了，停止了哭泣，站起来直直地看着我，右手捂着后脑勺上走不到一块儿的头发。看了我一会儿又看看母亲，说："我去做饭。"踮着小脚进了院门，跨过门槛时被绊了一下，幸亏扶住了门框才没有摔倒。

我没法向母亲解释辞职的原因，我辞职是因为我不想再教书了。当你不想做一件事时，最好的解决办法就是不去做，所以我决定不干了。我写了一份辞职报告交到了校长室，校长不在。这样最好，省得他再盘问一番。在我们学校，主动辞职这种事还是史无前例，这份辞职报告对校长来说一定是个新鲜东西，尽管我在报告上已经写得十分详细了。我说的详细是指我明确写了辞职的原因是不想再当老师了，其他的是否说清楚了我不敢肯定，我自己都不是很明白。我只是不想再看到学生整天被逼着趴在课桌上的样子，都读初中了，每天还要把单词和课文抄上五十遍，不管弄明白了和记住了没有。而我也必须这样折磨他们，如果我不这样干，学生记不住考不好，所有的责任都在我，校领导在每周两次的教师会上都要把我拎出来抖一抖。

我们的学生不可能考好，他们总是隔三差五地辍学，家里有了一点钱就来念两天书，没钱了就卷书包回家。大部分学生是出了校门就再也回不来了。学期中因为交不起二百八十块钱学费，初二年级一次辍学四十八人。我的班上走了十个。我去了一个学生家里，他的父亲对我说，要我儿子去念书也可以，你替他交学费吧。我只能回来了。在我的学校里，冬天几乎所有的学生都穿着廉价的旧黄军大衣，站在僵硬的操场上像一棵棵枯死的老树，在寒冷里面无表情。他们不知道怎样展开自己的表情，枯燥的大衣抹杀了他们的性别。那个时候我就打算不干了。我觉得我不像老师，倒像个集中营的看守。现在学期快结束了，校长在会上强调，班主任必须把辍学的学生找回来考试，否则我们的试卷数量与学籍上的人数不符，这个责任谁都担当不起。我要在考试之前周游全镇，到所有辍学的孩子家跑一趟，和他们约好什么时候来到教室里考试，然后亲眼目睹他们如何随心所欲地交上一份价值三分或者五分的试卷。他们过早地从中发现了生活背面的乐趣。

我在辞职报告上说，我坚持不到考试了，我必须今天就辞职。

"那你就回家种地吧。"母亲用鼻子跟我说话。

"你还怎么出门？"这是父亲憋了半天才说的第一句话。他的意思很明白，我好歹是小葫芦街上的第一个大学生，是吃国家饭的，现在饭碗丢了，这面子怕是挂不住了。

"我觉得教书很累。"我在饭桌上作了总结发言，把饭碗推开准备去自己的房间。

"比下地干活还累？"母亲说，"不就是站着说大半个小时的话么？百灵从来不说她累。"我走到院子里又听到母亲说，"你回家种地，百灵怎么办？"

我怎么知道。百灵全名何百灵，说不清是否算是我的女朋友。在村庄后面的小葫芦小学当老师，中学和我、余天南同学，坐在我们前排，和胖子年勇同桌。我那时候很喜欢她，我猜她也喜欢我，所以我们一直有来往。做了小学教师后，没事了就来帮我父母点忙。母亲显然早把她当成儿媳妇了，尽管我们什么都没说过，也没表示过什么。我也不知道她是否愿意做我老婆，不过我倒是很喜欢她，越来越喜欢了。就这样。

祖母也跟着我出了门，踮着小脚送给我一块西瓜，"先吃了再说"，她说，一只手按住头上的用纱布改造成的白手巾。

3

祖母的白手巾成了天南的笑料。他当着我祖母的面实话实说，说奶奶你老糊涂啦，那几根头发值几个钱，害得大热天戴头巾。祖母没和他一般见识，骂了他老而不死的奶奶几句就给我们切开了西瓜。祖母现在整天都在头上盖着那块自制的手巾，那么短的头发她觉得没法见人。在小葫芦街上，只有祖母这样年纪的人还遵守着几十年前的老规矩，坚持认为老太太头发收不起来死了阎王都不要，阎王不要还怎么死，死不掉那就太可怕了。祖母在变糊涂和爱唠叨之前就一再表示，她可不愿成为一个老不死的。所以她用手巾盖住脑袋，把那些短发遮住。

西瓜是天南带来的。我回家的第二天他就来找我玩了。下午四五点钟的时候，我午睡刚起，母亲从菜园子里回来，见到天南脸就拉下来了，什么话都没说又拎着篮子去菜园了。天南一定是没看清母亲的脸色，在院门口就喊起了我的名字，说是送西瓜给我吃了。我们坐在柳树底下吃起祖母切开的西瓜。我和天南好几年没在一起玩了，他初中毕业以后就四处找钱，用母亲的话说，是瞎混。我却读了高中，然后上大学和工作。天南并不显得陌生，哗啦哗啦地啃着西瓜，汁水顺着手和胳膊流到地上。我看到了他左手上剩下的那半截小指。

母亲坚持认为那半截断指是天南偷鸡摸狗的见证。母亲昨天晚上对我说，这下好了，蹲在家里吧。想跟天南学还不容易，手指也伸过去给人家剁掉半截。其实我们小葫芦街的人都知道，天南的小指不是因为偷红石头村歪头家池塘里的老鳖被歪头剁掉的，恰恰相反，天南没偷，手指是他自己剁掉的。几年前他就和我说过一次，意思是日子不好过，现在只是搭上一根手指，说不定哪天小命也搭上了。我早就知道初中毕业后他四处游荡，干过泥瓦匠，卖过水果，贩过假药，到野地里捉过黄鼠狼和黄鳝。他的手指就是在捉黄鳝回来的途中丢掉的。

那次收获令人满意，不仅捉到了十来斤黄鳝，还在乌龙河北岸边上捡到一只老鳖。捉黄鳝是件苦差事，半夜三更在野地里转悠，天不亮就得把头天晚上下的黄鳝笼子收起来。太阳出来之前天南已经收拾完毕，挑着他的笼子从红石头的野地里往家走。乌龙河的老鳖大概想到岸上来透透气，不识时务地爬到了一块石头上。天南当然不会客气，一脚把它踢翻，拎到了口袋里。他只想在歪头的池塘边坐下来抽根烟，折腾了一夜，被露水打得头重脚轻。烟只吸了一半，歪头的大儿子从小屋里钻出来，他只是想撒泡尿再回去睡个回笼觉。小歪头看到天南坐在他们家的鱼塘边上，脚边的一个蛇皮口袋里慢吞吞地爬出一只老鳖来。他对这东西太熟悉了，鱼塘里歪头两年前投放了一百只小乌龟，还指望着老鳖长大了卖个好价钱。谁都知道城里人尽喜欢吃这些乱七八糟的东西。他看到了自家的老鳖从别人的口袋里爬出来，火气就上来了。这家伙胆子也太大了，在自家门口偷起了东西，还心安理得地抽起了烟。小歪头把撒尿的事忘了，转身取下篱笆门上的菜刀，大叫着冲上去揪住了天南，人赃俱获，一个都跑不掉。天南跟他说不清楚，那只老鳖也不像话，顽强地向鱼池里爬。红石头和我们只隔一片野地和乌龙河，大家都认识。天南知道小歪头刚从监狱里出来不到一年，是个前杀人犯，对这种人什么都讲不清楚。承认偷了老鳖当然不行，小歪头完全可以用拳头把他活活打死；留下来更说不清，眼看老鳖就爬进水里了，他被小歪头牢牢地抓住，脱不开身。

"我没偷，是我在乌龙河边捡的。"天南说。

"你什么没干过？蒙我？"小歪头说，一把将他推倒在地上。"我知道你是小葫芦的惯偷余天南。你跑不了。"

口袋里的黄鳝也陆陆续续往外爬，天南急了，从小歪头的手里夺过菜刀，没等小歪头弄明白怎么回事，天南已经把他左手的小指剁下了半截。

"不是我偷的，"天南扔掉菜刀站起来说，"这下你该相信了吧。"举着血淋淋的手走到老鳖跟前，一脚把老鳖踢了回来。

小歪头没想到天南还有这么一手，他是见过大场景的人，知道放血意味着什么，便无话可说了。这时候歪头穿过野地从家里过来，太阳已经升到树上了。歪头看了一眼老鳖，对儿子说："不是我们家塘里的，还不找块布给人家把手扎好。"

然后天南就回来了。再后来就不愿在野地里游荡了，说太苦，不是人过的日子。我听说这两年他出了远门，到哪个大城市里赚大钱了。当然在家待的时间也不短，像母亲说的，还是到处瞎混。天南说他的确去外面转了一圈，就是为这个来找我的。他想向我打听电脑的事，他想搞这个。我以为我听错了，电脑那东西不是一个两个钱就能搞到的，再说，我们的小葫芦这样已经被世界遗忘的地方，搞来电脑干什么。

"我又没说去贩电脑卖，只是想知道它到底是个什么东西，能干什么，值多少钱。"天南说，一副瞎聊的样子，"我在南京和武汉跑了两年，看大城市里的人都玩这东西，也想好好折腾一下。"

看来他的确在外面混过了，举止言谈都带上了点见过世面的痕迹。我告诉他我也说不好，我也就是在大学里玩过几天，现在忘得差不多了，大概只会开机关机。可以上上网，玩玩游戏，查查资料，打打字，看看碟片，就这些吧。工作以后就没碰过，不知道现在变成什么模样了。我们的那个烂学校，一个月五百块钱的工资都要拖后小半年才发，哪来的电脑。我也买不起，把嘴吊起来一年不吃不喝也只能买个一般的。

"这么值钱？"天南很遗憾地说，"我全把他们便宜卖了，几百块钱就出手了，有时给钱就卖。"

"哇，你出手倒是大方，哪来那么多的电脑？"

"别问了，知道了你要害怕。"他点了一根烟，递给我一根，我说我从不抽烟。他脸上出现了怪异的表情，微笑挂在两个多肉的腮上。我知道那些电脑的来路了。"其实也没什么，大教授，"他说，用的是我们同桌时他给我取的绰号，让我看到了十年前整天混在一块儿的幸福时光。他的口气像开玩笑，"从那些有钱人家顺手拿的。他们出门后我再开门进去，一个大口袋半个家都装下了，还在乎一台电脑。你不知道他们多有钱，我见过一家最多有三台电脑，四台电视，一个房间放一个。我想他们也用不了。"

他和读书时没变，说话还是直来直去，什么都不在乎。他的回答还是超出了我的想象，我说："跟抽根烟一样容易？"

"比抽烟要难点儿。不过只要想干，办法还是有的，活人哪能让尿憋死。"他清清淡淡地踩灭了烟头，拍了一下膝盖，说，"上午我看到百灵了，告诉她你回来了。你也不过去看看人家，不就是个教授么，牛什么，小心她被别人骗走了。"

4

除了我家人，天南是小葫芦街上第一个知道我辞职的人。这些天他没事干，有空就来找我。母亲仍然不喜欢他，但态度改变了不少，她担心我老是窝在家里会出事，有个人陪着总可以让人放心。回到家以后我才逐渐明白辞职对我来说意味着什么，从未考虑过的生活、未来之类的大问题这会儿全来了，躲都躲不掉。我没有明确的后悔，但是日子变得不好过了却是明摆在眼前的，心情也跟着乱起来。有天南嘻嘻哈哈地和我说话，我的情绪多少有点起色。

我们聊的大多是过去在一起的开心事。比如小时候一起去乌龙河边放鸭子放牛，一起逃课到野地里去游荡，有时还把百灵和年大胖子带上。百灵和年勇胆小，烧土豆时听到护校的老马敲响了上课铃就哭了，害怕老师罚他们扫一个星期的教室。那时候百灵一哭就往我身边凑，大概就是那时候我们相互喜欢上对方的。我们都说年勇白长了一个大憨个头了，屁大点事都扛不住，却天天哄着要跟在我们屁股后边玩。

　　然后聊到了现在。十几年过去了，都变了。天南成了方圆闻名的闲杂人员。百灵当了小学教师，能歌善舞，长得越发漂亮了，母亲就警告过我好几次，让我赶快下手，很多年轻的小伙子都在小学校门口晃荡，错过了一天就错过了一辈子。年勇也非昔日可比了，他叔叔成了镇上银行的头头，搞到一笔钱，让他和在派出所当什么队长的哥哥开了一家很不错的饭店，听说这几年腰包鼓起来了，肚子更大了，看人都是斜上三十度，因为个高，基本上看不见小葫芦街上的人。

　　天南对我什么都不隐瞒，还和同桌时一样。他说这两年逛了一圈真是开了眼界，二十年摞一块儿也没十来个月看的东西多。

　　"我们算什么？屁也不是。当然了，他们其实也屁也不是。"他学会了在无名指上戴上银戒指，学会了用银戒指拨烟灰，他一直就这么在我面前拨来拨去。"我知道这种事不光彩，可我实在找不到能够在那些地方活下去的门路。我捡过垃圾，蹬过三轮，睡过桥洞和水泥管子里，有两天我只吃了半块方便面，还是从垃圾筒里找到的。后来还是干了，我还能干什么？我想看看他们家里到底有些什么。看了吓我一跳，乖乖，要那么多干什么。我就帮他们用用吧。我认识了一个安徽人，老婆跟别人跑了的三十五岁的男人，两人一块儿干。有点害怕，干多了就没感觉了。干一会儿歇几天，钱包瘪了又凑到一起了，跟约好了似的。挣了一点钱，想回来找点正经事干，这不，晃过去两个月了还是没头绪。没办法，看来还得去。"

　　我无话可说，劝是没用的，他不是小孩，该懂的比我还懂。他找不到事干，就像我现在这样，逐渐被一种莫名的焦虑占领了。

"辞了职你打算干什么？待在家里肯定不是个事。"

"我也不知道。"

我突然希望这个夏天没完没了才好，炎热和所谓的暑假是我待着不动的最好借口。可是暑假过了我该干什么呢？没想好，也想不好。

"跟我一起到北京吧，"天南说，"九月份凉快了我想去北京看看。有我一口饭吃就饿不死你。"

我笑笑，不置可否。"再说吧。"我说。北京我没去过，陌生的大地方让我恐惧。读大学时一个姓程的老教授说，年轻人应该出去闯闯，否则很容易早衰。我想我现在可能是害怕去闯，我早早地老了。

我和百灵的来往在这个夏天多了起来。她经常到我家来，比我不在家时来得更多了，街上的人都把她当成了我父母的准儿媳妇。我不说，她也不说，我们都知道对方在想什么。百灵不知道我辞职的事，母亲不让我告诉她，天南也这样告诫我，最好不要让她知道。事实上也只有天南一个外人知道这件事。我也常到小学校去，既是去打篮球也是去看她。

一到下午我就烦躁，不知干什么好。天南不知从哪里摸出来一个破篮球，让我和他一起去活动一下。我知道他是让我去见百灵。我们那地方只有小学校才有一个比天南的篮球好不到哪去的篮球场，球场正对着百灵的办公室。好在我比较喜欢这项运动，虽然不太在行，总还有点能吓唬人的样子。打过一次我就知道一个夏天的下午该怎么打发过去了。天南的篮球打得很一般，只能算是知道篮球是怎么一回事。他的兴趣也不是很大，扔了几下就坐到球场边上的树阴底下，斜着面对百灵的办公室。他不时告诉我，百灵办公室里的老师哪个又伸出头看我了，捂着嘴的，笑着的，指点着我。他们在替百灵审查男朋友哪。

只有我一个人在下午渐弱的阳光底下大汗淋漓地跳来跳去，流汗和疲劳的感觉让我舒展。我看着自己的影子在残缺不整的水泥球场上腾挪跌宕，有种正在生活的扎实的安慰之感，觉得生活就该是这个样子，脚踏实地。但是黄昏来临，孩子们吵嚷着从简陋的教室里鱼贯而出的时候，我的心情又坏掉了，我想起了我的学生，他们那些早早麻木了的脸，还有将来的生活。该死的将来，我该做什么呢，我又能做什么呢。这时候百灵也忙完了，端着两大杯水从办公室里出来。杯子是我来这里打球以后她特意准备的。她把湿毛巾递给我，让我擦擦身上的汗。我只穿了一条运动短裤和一个小背心，有时候干脆背心也脱掉，光着上身热出一身的油汗。

"偏心，你怎么不给我一条毛巾擦擦汗？"天南取笑她，"我也是在这个球场上打球的。"

"去！你又没流汗，一直干坐在那儿，你以为我没看见。"说话时她还和过去一样，向我身边凑了凑。她说，"你看你，胳膊都晒脱皮了。"从我手里接过毛巾，小心地擦那些晒脱皮的地方。"他们都说你球打得很好，姿势也好看。"

"乖乖，百灵同志，现在就这么说啦，脸红不红啊。我也打球，就没人夸我一句？"

"你那也叫打球？在树阴底下坐了半个下午，他们都说你是在这儿坐着睡午觉呢。"

"天南在思考关于人类前途的大问题，"我说，"哪有时间打球。"

我的玩笑开得并不成功，他们都没感觉。

"我也给你送了一杯水了，"百灵说，接下来的是对我说的，"天南经常来学校看我，还给我带过很多好吃的。"

"喂喂，你别这样说，不要让大教授误会，"天南说，"我只是帮着教授保护你一下，不让那些不三不四的人影响你的工作，那个，就是两个人之间的那个什么情的。我们是老同桌，这点忙还是要帮的。你说是不是大教授？"

这种话天南常说，他总喜欢把我和百灵放到一起表达出来。百灵还是每次都红着脸低下头去，"不理你了，"她说，扭着身子站起来要走。

我本能地敏感起来，脱口而出："谁？"

百灵嘟着嘴，低着头向上瞟我，小声说："年勇。"然后争辩着："他只是偶尔过来玩玩，没什么的，我只当他是同学，真的！"她一急抓住了我的胳膊。

5

若是百灵不来，我们家的气氛一直是不冷不热的，连对现在的生活知之甚少的祖母，也不再像过去那样一句话能重复十几遍了，她老人家头上时刻盖着那块毛巾，再热也不拿下。父亲在家总是说水稻的事，吃过饭扛一把铁锨就下地了。在往年这种时候是很清闲的，他会到曹三家的小店和一帮闲人打牌下棋，晚饭都能一拖再拖，一直下到半夜才回家。现在突然都戒了。母亲变得寡言和不耐烦了，过去祖母不住地唠叨她都能忍受，现在不行了，祖母稍稍引起一个话头，母亲就说，行啦，八辈子以前的事有什么好说的。祖母看看我，便不再说话了。母亲也很少串门了，只在我回来一周后的某一天去了一趟外婆家，一大早天没亮就出门了，直到晚上九点钟才回来。母亲不会骑自行车，到外婆家去都是步行，十几里路，母亲走路又快，通常早上七点出门，午饭之后就回来了，回来后精神一般都不错，因为外公和外婆的身体都很好。但那次不同，回来后眼睛红红的，眼泡都肿了，我问是不是外婆他们身体出了问题，母亲说不是，他们很好，外公一顿还是两碗米饭。母亲哭过了，毫无疑问，我去厕所时，听到她在柳树底下对着父亲长长地叹了一口气。

好在百灵很快就放暑假了，一两天就来我家一次，也不是和我待在一起，而是帮着母亲做一些家务。母亲喜欢百灵，常常在干活时就忘了手中的事，满足地看着她理想的儿媳妇，看得百灵不好意思。百灵在午饭后问我，是不是家里出了什么事，她感觉不对劲儿。

"没有啊，能有什么事？"我终于开了一个关于我们俩的玩笑，"妈可能是觉得你比较像她的儿媳妇。"

"去，不理你了。"她把一个洗过的盘子又洗了一遍。

"喂，还有一件事，说了你别瞎想。答应不瞎想我才说。"

"说吧，地球明天爆炸我都扛得住。"

"早上我来的时候遇到了年勇，他说什么时候有空请我们和天南吃饭，老同学聚一聚。"

"我们是谁？"

夏日午后

"当然是你和我。"解释完了她才发现是个圈套，跺着脚把盘子里的水往我身上泼。我抓住了她的手，第一次，就被从外面进来的母亲看见了。母亲看见了，转回身向院门外走去。

晚饭后百灵回家了，母亲来到我的房间。

"百灵知道你辞职了？"

"我还没告诉她。"

母亲长叹一声，说："她知道了还会再来我们家吗？"

我也不知道。母亲的担心在她看来是十分有道理的，围在百灵身边转的小伙子很多，有不少都是我们海陵镇上小有头脸的人物，比如年勇。前些天我和天南在小学校里打球时见到了他，已经不再是当年的那个年大胖子了，当然现在更胖了，但却是眼下小老板的流行的胖，看到他们不同凡响的肚子和腰身时，你会想起他们同样不同凡响的鼓鼓囊囊的大钱包。他是小葫芦街上为数不多的皮带上武装了手机的人之一。我们看见了他，我相信他一定也看见了我和天南。他愣了一下转过身，走两步停住，没有回头，然后走出了小学校的大门，身上的衣服滑动着大片的阳光，然后我听到摩托车发动机的声音响起来，很快又被蝉声掩盖了。

6

八月上旬的一个晚上，我和百灵刚出院门，遇到了来找我的天南。小学校有个规定，为了保护公共财产，暑期安排教师护校。两个教师搭配起来住在学校里，两个人要护一周，现在轮到百灵和她办公室里的田老师，一个五岁男孩的妈妈。百灵在我家吃过晚饭，我正打算把她送到学校里。

天南说："太好了，百灵也在，省得我再跑一趟了。年大胖子让我告诉你们，明天晚上他请我们吃饭，在他的年年有余大酒店。五点钟他开车在小学校门前接我们。"

"去不去？"百灵问我。

"当然去，老同学聚聚不是很好么？"我说。

"那我们怎么回来？天黑，从镇上回来还有十里路呢。"

"当然是年大胖子再把我们送回来了，"天南说，"要是有去无回，年大胖子就太不够意思了。"

第二天下午五点钟，我们来到小学校门前，年勇果然开着车来了。他饭店里的搞采购的工具车，还带了个和他相比瘦得不像样的司机。小车不是很好，六成新，白漆剥落，但那是年勇自己的私有财产，这在海陵镇也不是件谁都能做到的事。年勇热情地和我握手，好像上次根本就没看见我，脸上的笑一坨一坨地抖。

天南说："胖子，别搞得跟真的似的。"

他说的是年勇握手的见面方式，年勇以为说的是用车来请我们到他的大酒店吃饭这回事，颇为得意地说："哪里哪里，请大教授嘛。车子是自己的，当然想怎么用就怎么用了。"

我表示感谢，为了满足一下年大胖子，我说："胖子混得不错啊，我们当年的一帮同学里，就你混得最好，看这肚子的规模，不是三个月两个月能速成的。"

年勇嘿嘿地笑，说："没办法，什么时候向大教授请教一下减肥的诀窍。"他跟我说话眼睛瞟的却是百灵，嘴角油汪汪地蓄满水，像刚吃过一大碗红烧肉。

百灵突然抱住了我的胳膊。我说突然是因为之前她从来没有当着别人的面这样做过，即使我们两人在一起的时候也没有。我知道她的意思，她要让我放心，也让年勇看清楚她和我的关系。

天南说："行啦，有话到饭桌上说。我早就想着胖子的那桌好酒好菜了，昨天晚上就开始留下肚子了。"

车开起来就凉快多了。年勇坐在副驾驶座上，我、百灵和天南坐在后面一排，一边走一边听年勇讲述他的伟大的事业史。他侧身面向我们，左胳膊搭在椅背上，一副成功人士的模样。百灵靠窗坐在最边上，一直看着窗外的田野，脸上的潮红还没褪下去，因为她的左手在我手里，能感觉到她的手在微微颤抖。

年年有余看上去还可以，但大酒店三个字还是有点大而无当。我看了一下，那条街上的所有店面名字都很威风，起码三星级的，内容却还是保留在小镇这个层次上。年勇为我们安排了一个包间，他在这个小房间里花了不少工夫，消灭了不少乡下的痕迹。总的说来还不错，那顿饭是我这几年来吃得最好的一顿。天南吃的也不错，喝的也不错，他的酒量最大，一个人喝了八瓶啤酒，唯一的反应就是中途去了两次厕所。我是不行了，半瓶正好，一瓶头就开始转了，一瓶半人开始转，但是那天晚上我喝了足足两瓶半，剩下的半瓶还是天南帮我喝的。百灵不让我喝，但是没办法，年勇的热情让人受不了，我宁愿痛痛快快地再喝一瓶也不愿看到他的那张肥腻的笑脸。他一会儿教授一会儿知识分子地叫，说如果我不喝就是看不起他。我舌头打结地说，大家都是同学，是兄弟，谁都没资格看不起谁。

年勇说那就好，喝。我就喝，就喝多了。百灵意志比较坚强，她说不喝就不喝，从开始就抱着一小瓶雪碧，一直抱到饭局结束，中间做得最多的一件事就是让我少喝酒而踢我的脚，不断地在桌子底下踢我的脚，可我还是喝多了。

我们三个男人谁喝得都不少，但是哪个醉了没有我不知道，分不清了。十点钟结束，坐上车回小葫芦街。在车上我都记不起在饭桌上聊了些什么，好像坐下就开始喝酒，一直喝，喝得我不行了，想吐，结束。百灵也要回学校护校，田老师特别嘱咐百灵早点回去，她一个人待在空旷的校园里害怕。一路上我都把脑袋伸到车窗外边，以便随时倾泻而出。竟然没吐，天南说那就留着，好不容易喝进去的，吐出来就太浪费了。

回去的时候天气就不妙了，开始起风，路两边黑暗的大风像水一样漫过野地。百灵有点着急，催司机把车开得快一点，以免半路淋雨，车子走土路不方便。还好，只是一直起风，把百灵送到学校雨也没有落下来。我原来指望一路大风能把酒气给吹散了，到了小学校发现不但没有吹散，反而被风吹得更厉害了，难受得想立马倒在地上。

年勇大着舌头说："大教授你太没出息了，这点酒量以后还怎么混。好了，我送你回去，送你回去。"然后对司机摆摆手说，"你开车回去吧，今晚我不走了，就在小葫芦住下了。我把教授送回家。"

我说："都是兄弟，胖子你太客气了。赶快回去吧，雨马上就来了。"

"没事，"年勇声音扭成了麻花，"我一定送你回去，送过你我就去我妈那里，好长时间没去看我妈了。"

天南说："那就留下吧，难得胖子有这份孝心。"

7

年勇把我送回家就去他妈那里了。他妈还住在小葫芦街，胖子要她搬到镇上和他一起住，她不愿意，在街上住了一辈子了，舍不得离开。我到家很快就吐了，吐得淋漓畅快，感觉肚子里所有东西都倒空了。祖母他们都睡了，天南帮我收拾了残局。他把秽物扔掉从外面回来，告诉我开始下雨了，雨点很大。我关上吱吱呀呀的电扇，果然听到雨点沉重地击打着屋瓦。

"一场好雨，"天南点上一根烟说，他要等雨停了再回家。"胖子他妈的成心要灌你，你不该喝那么多。"

我有气无力地说："高兴嘛，难得聚一次。"

"他是嫉妒，追不到百灵了借机整你。不过胖子也喝了不少。我也喝多了。"

"你不是说没问题么？"

"那是骗胖子的。我如果不硬充着找他喝，他还不把你灌死。"

天南抽了三根烟，雨还没有停下来的意思。我们有一搭没一搭地说着话，我都快睡着了。突然我听到了有人用力地敲着我的后窗，听到一个女人在喊我的名字。天南从椅子上跳起来去打开窗户，雨点立即扑进房间里。我听到田老师在屋后大喊：

"快去，快去！百灵让你快点到学校去，年勇在那里！"

田老师连伞都没打，冒雨摸黑从学校跑来找我，湿淋淋地站在后窗外，脸上头发上水流不断。"快点！快点！年勇好像喝醉了！"

我和天南都没顾得上找伞和雨衣，开了门就往雨里冲。天南咬牙切齿地说，这个狗胖子，就知道他妈的没安好心。母亲房间里的灯也亮了，我们已经出了家门。田老师结结巴巴地说，年勇满身是水地敲响了她们的房门，声音都和原来不一样，听起来阴森森的。他一个劲儿地敲门，百灵说她们都睡下了，年勇说不行，他一定要看一眼百灵，他想她，再不开就把门踹开了。她们惊恐地穿好衣服，百灵去开门，让田老师一开门就跑出去找我，越快越好，她尽量把他拖住。

我和天南跑得飞快，这是我这辈子在雨里跑得最快的一次，天南跑得比我还快。在跑步上我一直不是他的对手。泥路上湿滑，田老师跌跌撞撞地跟在后面，很快就被我们落下了。她也没经过这种事，上气不接下气地跑，急得大哭。

刚进校门我就听到百灵的尖叫，我都快疯了。跑在我前头的天南被泥水里的什么东西绊了一跤，整个人扑倒在水里。我没工夫拉他一把，连汤带水地冲进了百灵的房间。该死的胖子正在撕扯百灵的衣服，上衣已经被他撕掉了半边袖子。年勇像一头大狗熊扑向百灵，硕大的屁股正对着敞开的门。我吼了一声，从侧面对着他的屁股狠狠地踹了一脚，年勇倒在地上，像一摊行动不便的肉。他想爬起来，天南已经进来了，跟上来一脚又把他踹回了地上。

百灵扑进我怀里，声音都变形了。她吓坏了，身子抖得像被电击似的，一阵阵打着剧烈的寒战。我抱着百灵站在一边安慰她，天南发了疯似的对着年勇的身体猛踹，嘴里叫着："你他妈的畜生！畜生！"

我把衣服脱下来给百灵披上，田老师跑进来了，紧张地抓着百灵的手，哆哆嗦嗦地说，没事吧，没事吧。百灵只是哭，抱着我的腰。年勇被天南踹了几十脚之后才抽空从地上爬起来，嗷嗷叫着要还手，又被天南一脚踹倒在地上。父亲和母亲也湿淋淋地跑来了，怀里抱着两把雨伞和一件雨衣。母亲看过百灵发现没什么大问题，就让我赶快把她带回家，余下的事他们来处理。

天南把年勇拽起来，说："别在这里丢人现眼了，我们到外边把这事了结掉。"然后对我说，"你把百灵带回去，这狗日的交给我了。"年勇空有一个大块头，打起来还不是天南的对手，天南个头不高，身体却灵活结实，他什么事都经过了。

天南把年勇推进了雨地，事情就变得简单多了。我把百灵带回了家。一会儿工夫母亲把田老师也带回家了。父亲留在小学校替她们护校。我们回到家里，祖母已经烧了一大锅热水留给我们洗澡，还在另一只小锅里烧了一锅姜汤。百灵在祖母怀里又哭了一回，然后开始喝姜汤，洗澡。都收拾完了，已经是凌晨两点半了。田老师留在我家，和母亲睡在一起。百灵在我的房间，除了洗澡那一会儿，她一直抓着我的手。

进了房间她平静多了，只是委屈地哭，在我怀里嘟囔着说害怕，要结婚，她想早一点结婚。我们真的就把那天晚上稀里糊涂地当成了新婚之夜。在错误没犯之前，我努力提醒自己，千万别冲动，千万别冲动。

我说："你会后悔的，我已经辞职了，什么也没有。"

百灵说："我知道。我是嫁给你，你干什么和我有什么关系？"

女人的逻辑有时候毫无道理可讲。我说："你怎么知道我辞职了？"

"我早就感觉到了，你们家整天愁眉苦脸的，跟天塌了似的。"

雨一直没停。我们刚停下来就听到后面的敲窗声。

"谁？"我问。

"我，天南。胖子我教训过了。"

"他人呢？"

"还能到那儿，去他妈那里了。"

"天南，你从院门进来，"百灵说，"我给你热姜汤喝。"

"别麻烦了，我困死了，要回去睡了。你们忙吧。"

他随手又敲了两下窗户就走了。百灵掐了我一下，缩进我怀里。

8

两天以后小葫芦街传开了年勇的死讯，他是那天一早被钓龙虾的小孩发现的。年勇的尸体漂在后河的芦苇荡里，鼓胀得像个气泡，还穿着那天晚上的衣服，身上落满了苍蝇。我们一家包括百灵和田老师，无一例外都被公安人员带去了问话，还有天南。我是从派出所回来的路上遇到了天南，他已经被调查过了。

"怕什么？我就是踹他两脚，他死了关我屁事。我也挨了他好几拳头，淤血现在还没消。"

我们骑着自行车边走边聊。我问他那天晚上他们出去了到底发生了什么事。

"你怀疑胖子是我杀的？"

"没有。我只是想了解一下，"我说，"你是帮我才惹上麻烦的，我不想警察冤枉你。"

"我都跟警察说得很明白了，我们出了学校，我一直在骂他，我最痛恨这样的人了。我想痛快地和他打上一架。他也骂我，我们就打起来了。谁都没赚到便宜，只是他一个空架子，三两下就不行了，多挨了我几拳。后来我也懒得打他了，雨又大，就散了。他说他回他妈那里。我怎么知道他就钻芦苇荡里死了？"

"他骂你什么？"

"还能有什么？我不想听的。狗嘴里还能吐出象牙？"

和我们一样，从天南那里公安局也没能找到年勇的死因。案子很棘手，尸体已经开始腐烂，雨过天晴的芦苇荡边什么蛛丝马迹都找不到。小葫芦街上议论纷纷，但议论不过是议论，他们对年勇的死缺少愤怒和同情，倒是对他雨夜闯进百灵她们的房间表示愤怒和鄙视，认为这样的人死有余辜。认为年勇死于他杀，并且主张严惩凶手的只有年勇的叔叔和哥哥，尤其是他哥哥，有事没事开着摩托车到我们家周围转悠。他母亲除了悲痛无话可说，她知道自己的儿子并非死得干净和无辜。

因为找不出有说服力的证据，最大的嫌疑人天南仍然没有失去自由，他和往常一样在午睡之后来到我家。来时不忘带上一个大西瓜，我们坐在柳树底下边吃边聊。母亲对他的看法发生改变，觉得我们家拖累了他，给他带来了这么多麻烦，所以经常留他在我家吃晚饭。因为临近开学，百灵这几天常要到学校去，她担心刺激我，就嘱咐天南多来陪陪我，让我不要想得太多，辞都辞了，就这样了，怎么活不下去，又撞上年勇的事，别烦出毛病来。天南也没事，睡醒了就过来了。

我在柳树底下支了张桌子放西瓜。天南让我多吃，说多喝水多吃西瓜利尿，能够避免结石和糖尿病什么的。我对医学一窍不通，但我对西瓜情有独钟，吃起来也不输给他。正吃着，年勇的哥哥骑着三轮摩托车从街上拐过来，带了两个部下，后座上一个，车斗里一个。他看到我和天南坐在树底下，车子就停在我家门前。

"你们日子过得不错啊，一天一个大西瓜。"年勇的哥哥坐在车上说。另外两个抱着胳膊站在上司跟前，阴阳怪气地看着我们。

"你们也来一块？"天南用菜刀点着另一半还没切开的西瓜说，"大着哪，两人吃不完。"

"留给你吃，"年勇的哥哥说，"多吃一口赚一口，还有你没得吃的时候。"

"你还认为胖子是我杀的？整天在这儿转，你们烦不烦？"天南说，然后他做出了让周围四个人都叫出声的事情来。他手起刀落，左手的无名指齐整整地留在了桌子上，他竟然哼都没哼一声。"看到了吧，"他把半截滴血的指头拿起来对年勇的哥哥晃了晃，甩手扔到了他们的脚前，"我说过了，胖子的死跟我没关系。"

他们几个也愣住了，一只公鸡跑过来也没想到把它赶走。公鸡从容地叼起了天南的半截无名指，一阵小跑离开了。我要

追上去抢下手指，天南一把拉住了我，

"让它吃，公鸡从来不吃杀过人的无名指。"

我们都看到那只公鸡将天南的手指放在地上，翻来覆去地啄，显然对它很感兴趣。年勇的哥哥脸上的肌肉抖动几下，说："你有种。"发动摩托车带着两个部下离开了。

给天南包扎伤口时我疑惑地问他，公鸡不吃杀过人的无名指，我怎么没听说过这种事。

"我也没听说过。做点样子给他们看看，省得天天来烦人。"天南说。

"那也不需要断送一根手指来做这个样子，十指连心哪。"

"所以才管用。无名指留着也没用，你看我没了半截小指不照样活得好好的？"他终于叫出了疼，丝丝啦啦地吸冷气。"这帮鸟人你不给他们放点血他们就不死心。"

用了大半瓶云南白药才止住流血，看得祖母两只小脚一个劲儿地往后退，右手紧紧捂住头上的毛巾，跑来跑去帮我拿白布，嘴里说："这可怎么办理？这可怎么办理？"

包扎好了天南又拿起一块西瓜，吃着说："我想明天就走，省得他们再来找麻烦。先到北京去看看。一块儿去？"

我脑袋一时没转过来，明天就走？太突然了。我也许应该出去闯一闯，可是眼下还没有立刻行动的想法，而且还有百灵。很多事真正迫在眉睫了，就不是想象的那样可以利索果断地解决掉了。

"算了，你再等等吧。还有百灵，你们可能要结婚。我想明天就走。"

9

　　八月三十日之前的几天是我最为痛苦和无聊的时间。往年这个时候我该整理行装回学校了。现在我无所事事，天南去北京了，那天他说过去北京之后我再也没见到他，一定是走了。我想起了四十里外我的那所中学，我不喜欢它，讨厌它，不愿见到那些年复一年早早麻木的孩子，可是现在，我想念他们，比什么时候都更想念他们。我发现我原来也是爱那所学校的，爱那些到了冬天都穿着旧黄军大衣的孩子们的，我还想着早就有过的一个想法：我想把他们都教好。这个发现尤其让我痛苦，我开始后悔当初草率的决定。

　　三十日一大早母亲就拎着一个大包袱出门了。等我起了床，祖母告诉我，母亲回娘家了，晚上才能回来。我又要度过一个难熬的日子，尽管百灵有空就来陪我，仍然不能改变这一天的漫长。我感到一天比一天更漫长。晚饭百灵早就做好了，一直放在锅里，说要等母亲回来一块儿吃。大约八点半，母亲风尘仆仆地回来了。进了门她把包袱往椅子上一扔，我从没看到母亲有过这种动作，家里人大概也觉得陌生，都瞪大眼看着她，等她说话。

　　"我热死了，百灵，把电扇往这边转一转。"母亲说，一屁股坐到另外一张椅子上。

　　祖母坐在她前面的小板凳上，电扇的风猛烈地吹过来，掀掉了头上的白毛巾。祖母想抓没抓住，只好慌忙拢住头发，忽然麻利地站了起来："长起来了！长起来了！能扎了！"祖母激动地说，"能扎起来了！这可怎么办理？这可怎么办理？"

祖母忽然发现她的头发悄悄地长长了，已经可以扎起来了，再也不要整天盖着一块毛巾了，她已经获得了死亡的资格。

　　母亲却大声说："儿子，校长让你明天去学校报到！"

　　我看着母亲。百灵说："真的？"

　　这个消息让祖母和父亲也吃惊，祖母不说话了，父亲从烟叶的浓雾里站了起来。

　　"校长亲口对我说的。"母亲说，眼泪哗地流了一脸，"儿子，你还是一个老师。"

　　百灵抱住了我的腰，说："这下好啦！"

　　我说："我不是辞职了么？"

　　母亲说："校长没见到你的辞职报告，想辞职要当面向他辞职。你还想辞职吗，儿子？"

　　我什么话也没说。母亲竟然在一天时间里来回步行了八十里路，她还带了一个包袱，她想给校长送礼，求他让我再回到学校。而校长当初就没看到那份辞职报告。我觉得奇怪，我是亲自放在了校长的办公桌上，还用墨水瓶压住了，怎么可能没看见？可是母亲说了，校长没看见，他让我明天去学校报到。我想起了刚回家一周后的那一天，那时候母亲就去了一次学校，只是那会儿学校已经放假了。

　　母亲步行了两个八十里路，我又成了老师。

　　当天晚上百灵就帮我收拾了行李。收拾好行李她对我说的第一句话，和第二天送我走的最后一句话相同："我要结婚。"

　　我说："好。"

　　早上七点多钟，太阳已经升起。我推着自行车从家里出来，准备去四十路外的学校。从曹三家的小店拐上大街，我看到一伙人吵吵嚷嚷向远处走去，后面跟着一群早起的看热闹的小孩。我问站在商店雨棚下的一个人，那些人在干什么？

"公安局的，抓天南的。他真的杀了人。"

我仔细看了一下，果真看到了人群里走着一个被推搡着的小个子男人，他走路的样子像极了天南。可是，天南不是说年勇不是他杀的么？他不是早就去北京了么？

一个人从我身边走过，说："回去啦？"

我说："回去了。"

又一个人说："哟，回去啦？"

我说："回去了。"

二○○三年二月二十三日　在北大万柳

夏日午后

从"花街"到"耶路撒冷"

—— 徐则臣　张鸿

（访谈）

张鸿，中国作家协会会员，文学创作一级，副编审。现居广州。

张鸿：则臣，首先祝贺你获得了我刊（《作品》杂志）的年度奖，有趣的是这次你获得的不是文学作品奖，而是"文学手稿"奖，要知道，还有好几位文学前辈参与啊。一个作家，写得一手好书法，这对于习惯于电脑写作的众作家来说，是"奇葩"啊。这是"童子功"吗？

徐则臣：算童子功吧。我祖父是老私塾，写一手好字，当小学校长时成了"右派"，被勒令回家养了很多年猪。我记事起，祖父还做另一件事，卖字，以补贴家用。春节前的集市上挂满了祖父写的对联。从小我跟祖父母生活在一起，耳濡目染，算是有了点童子功。念中学时兴趣最大，课余时间都耗在书法和篆刻上，获过几次书法大赛的奖，联欢活动时，也经常被拉出来献字。祖父卖字一直到我大学快毕业，八十岁，写不动了。在祖父精力衰减之前，我就在帮他写。写字卖钱，可以为生。大学时也差点念了美术系的书法专业，但进校门前停下了，觉得一天到晚看书似乎比一天到晚练字更像一件正经事，于是我进了中文系，开始写作成了作家。感谢《作品》颁给我这个别致的"手稿奖"：这是个以文学的名义的书法奖，或者是以书法的名义的文学奖。不管如何形容，这肯定是我作为一个作家，获过的所有奖项中最容易让我祖父理解的一个奖：文学与书法，如此和谐地团结在一起。

问：二〇一四年对你来说是一个丰收年吧，按广东的习惯说法是：拿奖拿到手软。别告诉我："获奖不重要"。

答：那我告诉你，获奖很重要。一是有奖金，这不必多说。二是作家需要"奖"这种形式获得某种劳作上的呼应。写作是一个人的战斗，谁都帮不了你，但别人可以通过"奖"或者别的形式让你得到一些精神上的声援，鲜花和掌声固然好，批评同样也是一种呼应，让你觉得吾道不孤。我不是圣人，在孤独漫长的写作途中，我希望获得这样的呼应。当然，一个成功和诚实的奖项必须同时能让作家感到一种职业上的尊严。

问：几年前我的一位好朋友，现在是文学博士、大学教授，他说过这么一句话："我几乎就不读国内作家的作品，除非是朋友的。"我想问您两个问题，当然，我也知道作为一位文学编辑是作不到这种状态的，但做为一位作家、评论家，这么做合适吗？

答：个人以为不合适。这位教授的想法大概是，国内作家写得不咋地，不忍卒读。这看法稍有点悲观和不负责任且不论。做文学评论的，不读当下作家的作品做什么研究？研究不仅要研究你认为好的文学，还要研究你认为"不好的"文学，"不好的"文学未必就没有研究价值。你要倡导和伸张一种好的文学，也得建立在知己知彼的基础上。作家也一样，你可以不必非得在国内文学花很多的时间，但你得了解这个语境中别人在思考什么、写了什么、写得怎么样。一个时代不会孤零零长出来一个大作家，他肯定得在一个可靠的群体中才能脱颖而出。

问：当下有不少作家都成为了编辑，或者说编辑成为了作家，你也是其中之一，如何看待这两者的关系？

答：作家当了编辑，多半都是觉得编辑可以整天跟文学混在一起，又有时间可以写东西。我就是这样成为编辑的。编辑成了作家，也多半是原来就有文学情结，做了编辑后，以更专业的态度开始写作了而已。两者的关系有点纠结。编辑在某种程度上就是批评家，他的主要任务不是选稿，而是毙稿，不是看优点，而是挑毛病。对小说越来越了解，你会更清楚自己的定位，知道自己写作的方向，包括长远的规划。当然也有负面的影响，会消磨你对文字的感觉，减损你表达的欲望。看多了稿子，经常一句话不想说。看到好小说还好，看多了烂的，把你的艺术感觉往下搂，拖你后腿。

问：你的写作一向有着一种地域意识，以至于"花街"成为了你的一个文学标签，你如何看待作家文学创作中的地域性特质？

答：因人而异。有的作家会对某种地域性的东西比较着迷，有的作家可能根本不感兴趣，连碰都不愿意碰，天生就是个"世界人"，不在作品中留下任何地域性的痕迹。对地域性感兴趣的作家也有两种：一是的确在认真钻研自身的地域性，试图深入彻查自己的地域意识，这个地域跟自己的出身息息相关；另一种，地域性只是个幌子，叙事策略而已，他不过是要借助某些地域性的要素去建构自己的纸上世界，这个地域就是纯粹的文学意义上的地域了。

问：长篇小说《耶路撒冷》好评如流，甚至多次印刷，我为你高兴，我知道作为一个作家这就是一种成就。我想问你两个问题，一是，这个长篇为何取名《耶路撒冷》，与你给我刊的《哈里路亚》有无承接关系？这还曾经引起过我们编辑部的一些小误会。二是，短中长篇你全顺手，但你个人偏好哪一项，为什么？

答：最初我是对耶路撒冷这个地名感兴趣。人很奇怪，有时候你会对某些字词有强烈的感觉，"耶路撒冷"四个字用中文说出来的声调、音韵特别漂亮，这四个汉字给我的颜色是比较暗，比较冷，是个特别阔大的意象。在我对这个词感兴趣之后很久，才知道它负载的宗教和信仰方面的意义。但我希望表达的不是宗教的意义，而是信仰。我把宗教和信仰分开来理解，宗教是集体化的有秩序的信仰，容易形成某种意识形态；信仰则是个人的、自由化的，你可以信仰很多东西。在小说里，除了信仰之外，耶路撒冷还有寓意远方、希望、理想和心安之地等意思。从这个意义上说，每个人心里都有一个耶路撒冷。跟《哈利路亚》，只是从字面上看起来都跟宗教有点关系而已，不承接啥。短中长，一度喜欢写短篇，干净利落地写完了，很爽；后来喜欢写中篇，有一定回旋和兜兜转转的余地，从容、自如，觉得舒服；现在喜欢写长篇，更开阔，那口气可以长久地憋下去，广阔天地大有可为，纵横捭阖，那种调动千军万马、风起云涌的成就感很有诱惑力。可能是我现在还处在一中长篇小说的思维里，没准哪天换到了短篇获中篇的频道，我也会说手头上正写的文体最让我开心。

问：在过去的一周，《卡夫卡全集》和《博尔赫斯个集》又由不同出版社出版了，从一九九六年以来，这两位作家的书在中国隔个三两年就出版一次，可以肯定地说，这种现象在世界出版史上都少见。卡夫卡对文学事业的贡献无非就是抛弃了"真实"，投入了"虚构"的怀抱，而博尔赫斯的创作是反故事的。中国很多作家都说这两者是自己文学创作的"前辈"，你怎么看？

答：卡夫卡和博尔赫斯不仅在中国热，在全世界各个国家好像都热。现在回头看，好像他们的贡献可以用一两句话甚至一两个关键词简要地概括，但回到历史现场，能实现人类文学史上这点改变何其之难，不是谁使使劲儿说变就变的。卡夫卡写出《变形记》的开头时，全世界对小说的理解基本上还沉醉在雨果、巴尔扎克、托尔斯泰的古典现实主义里。在既有的小说疆域的尽头再往前走出一步半步，那就是相当伟大的先知了。卡夫卡让我们看到了一个虚弱的、惊恐的、被压抑和异化了的自己，他得了现代主义的先声。博尔赫斯肯定不止是因为对传统的故事倒行逆施才成就他的小说美名的（即使仅有这一点功劳，也当刮目相看），你在巨大的、强悍的文学传统中，有革命的勇气已属不易，何况还得有解构之后重建的悟性与能力。当然，博尔赫斯的贡献不止这些。前段时间去拉美，与拉美的一些专家学者和作家交流过，博尔赫斯单对西班牙语这门语言的贡献就堪称独步。有很多中国作家言必称卡夫卡和博尔赫斯，固然有狐假虎威、虚张声势的嫌疑，但也不能否认他们也许真的从这两位大师那里取到了某些真经。这真经未必就局限在你我对大师的理解上，也未必就局限在教科书和文学理论对大师的理解上，每个人的角度不同，来路不同，没准有人就从卡夫卡身上看到了博尔赫斯，或者从博尔赫斯身上看到了卡夫卡。我愿意宽容和乐观地理解我的中国同行们。

问：接下来有何创作计划？

答：一直在准备一个长篇，跟二十世纪初的历史和京杭大运河有关系，正在看一堆资料，也在循运河沿线一个地方一个地方地走，我相信田野调查对写作的意义。我干活慢，晃晃悠悠地准备，希望这两年能够写完。